Das Buch

Falk Thomsen ist ein ziemlich netter Kerl mit einem ziemlich netten Leben. Kurzum: Nichts passiert so wirklich. Seit gefühlten fünfzig Semestern studiert er schon Soziologie und seit gefühlten fünfzig Jahren lässt er sich von seiner Freundin herumkommandieren. Jetzt gerade hat sie sich in den Kopf gesetzt, mit ihm nach Goa zu reisen. Zum Partymachen. Falk mag's aber eher ruhiger. Deshalb kommt ihm der Brief vom Notar gerade recht. Falk hat den Strandkorbverleih seines kürzlich verstorbenen Lieblingsonkels Sten geerbt und muss nun zurück in die Heimat. Seine Freundin soll ruhig in Goa feiern, Falk hingegen wird seine Semesterferien am Nordseestrand auf Heisterhoog verbringen, jeden Tag schön ausschlafen und dabei auch noch reich werden. Doch dann geht es so richtig drunter und drüber.

Die Autorin

Marie Matisek führt einen chaotischen Haushalt mit Mann, Kindern und Tieren im idyllischen Umland von München. Neben dem Muttersein und der Schreiberei pflegt sie ihre Hobbys: Kochen, ihren Acker umgraben und Kröten über die Straße helfen. Ihre große Leidenschaft allerdings gilt der schönsten aller Inseln, die weder in der Südsee noch im Mittelmeer liegt, sondern von der kalten und rauen Nordsee umspült wird: Heisterhoog (die in Wirklichkeit ganz anders heißt, aber das ist geheim).

Von Marie Matisek sind in unserem Hause außerdem erschienen:

Alles Liebe oder watt?
Mutter bei die Fische
Und ewig singen die Krabben

Marie Matisek

Nackt unter Krabben

Ein Küsten-Roman

Ullstein

Besuchen Sie uns im Internet:
www.ullstein.de

Wir verpflichten uns zu Nachhaltigkeit

- Klimaneutrales Produkt
- Papiere aus nachhaltiger Waldwirtschaft und anderen kontrollierten Quellen
- ullstein.de/nachhaltigkeit

MIX
Papier | Fördert
gute Waldnutzung
FSC® C083411

Ungekürzte Ausgabe im Ullstein Taschenbuch
1. Auflage April 2013
8. Auflage 2022
© Ullstein Buchverlage GmbH, Berlin 2011/List Verlag
© 2011 by Marie Matisek
Umschlaggestaltung: ZERO Werbeagentur, München
Titelabbildung: © Gerhard Glück
Satz: Pinkuin Satz- und Datentechnik, Berlin
Gesetzt aus der Minion
Druck und Bindearbeiten: CPI books GmbH, Leck
Printed in Germany
ISBN 978-3-548-28547-4

1.

Die Amsel vor seinem Fenster sang aus voller Kehle, und der alte Sten freute sich über das Ständchen. Durch das geöffnete Fenster strömte die noch frische Luft des Sommermorgens in sein Zimmer. Er atmete tief ein, aber die See konnte er nicht riechen. Nicht auf dem Festland, gut fünfzig Kilometer vom Wasser entfernt. Das wurmte ihn. Es hätte so ein schöner schneller Tod sein können. Allein vor seiner Hütte, das Rauschen des Meeres in den Ohren, die Abendsonne war langsam in den Dünen versunken. Er hatte sich gerade auf der Bank seiner Strandkate ausgestreckt, die Pfeife angesteckt und einen Schluck Whisky genommen, da hatte ihn der Herzinfarkt erwischt. Aber er hatte keinen Schmerz gespürt und gedacht: *So soll es sein.* Dass ausgerechnet in diesem Moment der verdammte Jörn Krümmel vorbeigekommen war! Der Idiot hatte den Notarzt gerufen, und Sten war mit dem Hubschrauber von seiner geliebten Insel Heisterhoog in ein Spital auf dem Festland geflogen worden. Und da lag er nun, wie ein Fisch auf dem Trockenen.

Die Tür seines Zimmers flog mit einem Krachen auf, und Sten wusste schon bei diesem Geräusch, dass das niemand vom Krankenhauspersonal sein konnte. Und tatsächlich. Die Cowboystiefel, der angeberische weiße Stetson und der Hundertkilobauch, der sich über einem protzigen Westerngürtel wölbte, konnten nur einem gehören: Bernd Frekksen, seinem erbitterten Widersacher. Sten war nicht überrascht. Dass Frekksen die Lage ausnutzen würde, lag auf der Hand. Aber Sten würde nicht einen Millimeter weichen. Nicht er, Kapitän Sten Thomsen!

»Na, Sten, bist du dem Tod ja noch mal von der Schippe gesprungen, was?!« Frekksens dickes Gesicht verzog sich zu einem breiten Lächeln, und seine Schweinsäuglein blitzten.

Sten zog es vor zu schweigen. Die Amsel hatte aufgehört zu singen, als hätte sie gespürt, dass mit dem Erscheinen von Bernd Frekksen jedes frohe Lied enden musste. Dieser zog sich jetzt einen Besucherstuhl neben Stens Bett und ließ sich schwungvoll mit seinem ganzen Gewicht darauf fallen. Der Stuhl ächzte unter dem schweren Mann.

»Herzinfarkt, soso.« Frekksen wischte sich die Schweißperlen von der Stirn, aber das falsche Lächeln war noch nicht verschwunden. »Da sollte man schön auf seine Gesundheit achten, Sten.« Genussvoll holte Bernd Frekksen einen Zigarillo aus einem Etui, das er in der Tasche seiner cremefarbenen Lederjacke stecken hatte. Er hob das braune Röllchen unter seine Nase und atmete den herben Tabakgeruch tief ein. »Und du willst doch gerne noch ein bisschen leben, was, Sten? Schon allein, um dein kleines Häuschen zu behalten und die paar Quadratmeter drumherum.«

Sten schloss die Augen. Der Frekksen konnte sich querlegen, wie er wollte. Er würde auf Durchzug schalten.

»Oder hast du schon aufgegeben? In dem Fall …« Frekksen kramte in seiner Herrenhandtasche, holte etwas daraus hervor und schmiss es Sten auf die Bettdecke.

Der alte Sten spürte das Gewicht und wusste genau, worum es sich handelte. Der Zankapfel, um den seit Jahren ein erbitterter Streit auf Heisterhoog brannte. Und der die idyllische nordfriesische Insel in zwei verfeindete Lager gespalten hatte. Außerhalb der Saison, versteht sich. Sobald die Sommergäste kamen, legte sich ein trügerischer Frieden über die Insel. Da hielten sie alle zusammen, eine Notgemeinschaft. Aber kaum waren als Letztes in Bayern die Ferien zu Ende, entbrannte der Zwist von neuem. Die Dokumente, die nun auf seiner Decke lagen, sollte der alte Sten seit Jahren unterschreiben. Hinter seiner Unterschrift war Bernd Frekksen her wie der Teufel hinter der armen Seele.

Doch Stens Gedanken nahmen jetzt eine ganz andere Richtung. In zwei Wochen würden in einigen Bundesländern die Ferien beginnen. Und über drei Monate lang würde er jeden seiner Strandkörbe vermietet haben. Er war bestens darauf vorbereitet: Die Schlösser waren vom Rost befreit und geölt, die Polster gewaschen, die Löcher geklebt. Der Auszugsmechanismus für die hölzernen Fußstützen überprüft und ebenfalls gefettet, das Korbgeflecht ausgebessert. Und auf jedem seiner 350 Strandkörbe hatte Sten mit leuchtend blauer Farbe die Nummer nachgemalt und den stolzen Schriftzug »Thomsens Strandkörbe«.

»Wenn du das Zeitliche segnest, kannst du das ebenso gut unterschreiben«, sagte Frekksen gerade. Er hatte sich den Zigarillo angezündet und blies eine dicke Rauchwolke in Stens Gesicht. »Dann kann dir doch egal sein, was auf der Insel passiert. Hier, unterschreib, du oller Sturkopf.« Frekksen piekste ihn mit einem Kugelschreiber in die Seite. Sten zog es vor, nicht zu reagieren. Der konnte ihm gar nichts, dieser aufgeblasene Möchtegern-Deichgraf.

Frekksen hatte offenbar nicht damit gerechnet, dass der kranke Sten sich ihm sogar auf dem Krankenbett noch entgegenstellen würde. Er stand auf und beugte sich dicht über Stens Gesicht. Der alte Kapitän hielt die Augen fest geschlossen, aber er roch den Zigarilloatem. Stens Brust wurde ganz eng, als sich Frekksen fast auf ihn legte.

»Hör mal Sten, sei doch vernünftig. Wir auf der Insel müssen mit der Zeit gehen. Arbeitsplätze schaffen. Du kannst dich dem nicht entgegenstellen. Was juckt's dich denn, was mit deinem Grund passiert, wenn du tot bist? Du hast doch keine Erben.«

Wenn du dich da mal nicht täuschst, Frekksen, dachte der alte Sten, *wenn du dich da mal nicht täuschst.* Er hörte das fröhliche Tirilieren der Amsel, dann tat er friedlich seinen letzten Atemzug.

2.

Der linke Blinker von Falks Simson-Schwalbe war schon seit Wochen kaputt, also winkte er lässig mit der Hand und bog mit ohrenbetäubendem Geknatter in die Stresemannstraße ein. Der Audi, der ihm entgegenkam, musste abbremsen und hupte ihm hinterher. »Reg dich ab«, lachte Falk und jagte die Schwalbe auf fünfundsechzig Kilometer pro Stunde hoch. Lerchenstraße, Schulterblatt, schließlich die Schanzenstraße, über den Bordstein und die letzten Meter auf dem Bürgersteig zurückgelegt. Falk bremste quietschend vor der Hausnummer 9a und grinste. In nur siebzehneinhalb Minuten vom Institut nach Hause, das war Rekordzeit! Er zog sich den grellgrünen Helm mit den FC-St.-Pauli-Aufklebern vom Kopf, schloss sein Moped ab und warf einen Blick auf das Fenster im zweiten Stock. Es stand offen, die Holzjalousie war hochgezogen. Das hieß, Bille war schon aufgestanden. Falk kramte in seiner Hosentasche und klimperte mit den losen Münzen darin. Zwei Euro fünfzig, dafür konnte er etwas zum Frühstück besorgen, jetzt, um halb drei am Nachmittag. Die türkische Bäckerei unten im Haus hatte die besten Sesamkringel, jede Stunde zog Yasemin frische aus dem Ofen.

Kurz darauf lief Falk die ausgetretenen Treppen des Altbaus hinauf, immer zwei Stufen auf einmal. Die Tüte mit drei Sesamkringeln und O-Saft schlenkerte gegen seinen Oberschenkel. Oben angekommen, entschied er sich, nicht zu klingeln, Bille war ein bis zwei Stunden nach dem Aufstehen immer wahnsinnig empfindlich. Meistens hatte sie sich zuvor die ganze Nacht um die Ohren geschlagen, sie war DJane im »Xtreme«, einem Club hier auf St. Pauli. Leise schloss er auf. Aus der Küche hörte Falk schon das Zischen der Espressomaschine. Er schmiss seinen Rucksack in die Ecke und stieß die dunkelrot lackierte Holztür auf. Bille saß mit dem Rücken zu ihm vor ihrem Laptop. Die Haare hatte sie in einem lockeren Knoten nach oben gezwirbelt und Falk konnte einen Blick auf ihre wunderschön geschwungene Nackenlinie werfen. Sanft hauchte er ihr einen Kuss auf den winzigen Leberfleck unterhalb des linken Ohres.

»Morgen, du Schöne. Guck mal, was ich mitgebracht habe!« Er hob seine Einkäufe hoch.

Bille dreht sich zu ihm um und strahlte ihn mit leuchtenden grünen Augen an. Falk sah schon an ihrem Blick, dass sie in Gedanken ganz woanders war. Nicht bei ihm und auch nicht bei dem Frühstück, das er in der Tüte trug.

»Ich weiß, wo wir hinfahren!« Billes Stimme bebte vor Spannung, und Falk musste schlucken. Dieses Beben bedeutete meist, dass Bille eine Idee hatte, auf die Falk keine Lust hatte. Das letzte Mal hatte Billes Stimme so gebebt, als sie Mao Tse-tung, den kleinen Straßenkater, aufgelesen hatte. Sie hatte ihn vor dem Kältetod gerettet, und in der Folge hatte Mao Tse-tung die ganze Wohnung als Katzenklo missbraucht, sich an Falks Klamotten die scharfen Krallen gewetzt und Falk den Platz im Bett streitig gemacht. Falk seufzte.

»Goa«, hauchte Bille bedeutungsvoll. »Das ist so was von abgefahren.« Sie drehte sich wieder zum Laptop und schob ihn etwas zu Falk. »Guck mal.«

Vor Falks Augen zog sich ein strahlend weißer Sandstrand, nur partiell beschattet von einigen hochgewachsenen schlanken Palmen, über den gesamten Bildschirm.

»Goa«, dachte Falk laut. »Ist das nicht in Indien?«

»Ja, klar. Die Leute da sind so was von lässig, man kann sich kleine Strohhütten mieten, direkt am Strand. Den ganzen Tag abhängen und Mangos essen, abends trifft man sich, trinkt was, und nachts ist Party am Strand.« Bille klickte weitere Goabilder an, alle zeigten idyllische Strände und lächelnde, sehr entspannt wirkende junge Rucksacktouristen.

Falk überlegte. Fernreisen waren echt nicht sein Ding. Lange Flüge, die Hitze, Essen, von dem man Durchfall bekam, und jede Menge Ungeziefer. Wie konnte er Bille nur diese Schnapsidee ausreden?

»Bille, Süße«, begann Falk locker, während er die Sesamkringel auspackte, Orangensaft eingoss und Bille einen Latte macchiato zubereitete. »Ich hab kein Geld mehr. Goa, also das ist echt nicht drin bei mir.«

Falk spürte Billes bohrende Blicke im Rücken.

»So ein Quatsch! Du hast bloß keinen Bock! Du kannst doch deinen Vater mal anpumpen, der hat doch genug.«

»Bille, das Thema haben wir schon durch.« Falks gute Sommerlaune, die Rekordzeit und die Sesamkringel waren vergessen. Ein Gewitter zog auf, das konnte Falk deutlich spüren. Besser, er lenkte das Gespräch auf ein anderes Thema.

»Kommst du nachher mit in den Park? Hannes und Tina wollen grillen.«

»Lenk jetzt nicht ab, Falk Thomsen.« Wenn Bille bloß nicht so süß aussehen würde, wenn sie sauer war.

»Ich lenk nicht ab.«

»Ich kenn dich.«

Ja, leider, dachte Falk, und weil das so war, wusste er auch, dass Ablenken jetzt keinen Zweck hatte. Bille wollte nach Goa, und sie würde so lange nicht nachlassen, bis er mit seinem Rucksack den Check-in am Hamburger Flughafen Fuhlsbüttel passiert hatte. Bille ließ nie nach, und das faszinierte Falk auch so an seiner Freundin. Sie war die treibende Kraft in ihrer Beziehung, und Falk, von Haus aus eher entspannt, lässig und etwas faul, hätte ohne Bille vieles in seinem Leben

11

verpasst. Aber seit einiger Zeit hatte er das Gefühl, als hätte er die Entscheidungsgewalt über sein Leben aus der Hand gegeben, und er fand, er sollte das schleunigst ändern.

Falk setzte noch mal an: »Du weißt doch, dass Mama mir die Miete für das Zimmer nicht mehr zahlen kann. Also Urlaub … Das sieht echt nicht gut aus.«

Billes Augen sprühten grüne Blitze.

»Das kommt dir ja gerade recht, was? Immer, wenn du keinen Bock auf was hast, sagst du, du hast kein Geld. Wie wär's denn mal mit Arbeit, Falk? Das würde 'ne Menge Probleme lösen.«

»Ich jobbe ja dauernd!«, widersprach Falk. »Aber das Studium gibt es schließlich auch noch«, wandte Falk ärgerlich ein.

»Soziologie!« Bille rollte mit den Augen. »Andere studieren Medizin und jobben nebenher. Die können dann auch nach Goa fahren.«

Müssen, dachte Falk, *die müssen dann nach Goa.* Bille wandte sich wieder dem Laptop zu und gab Falk damit zu verstehen, dass für sie die Debatte beendet war. Sie würde nach Goa fahren und er auch. Basta.

Gerade als Falk darüber nachdachte, ob es nicht doch einen Ausweg aus der verfahrenen Situation gab, klingelte es. Der Briefträger stand vor der Tür, er hatte ein Einschreiben für Falk. Es war ein Schreiben von einer Hamburger Kanzlei. Falk war skeptisch, ob er das Schreiben überhaupt annehmen sollte, und ging im Geiste seine Verfehlungen der letzten Woche durch. Wie oft war er beim Schwarzfahren erwischt worden? Hatte er irgendjemandem den Stinkefinger gezeigt? Der Briefträger trat unruhig von einem Fuß auf den anderen und hielt Falk fordernd den Stift für die Unterschrift entgegen. Schließlich siegte Falks Neugier, er unterzeichnete und ging mit dem Kuvert in die Küche zurück.

»Hier, ich hab billige Tickets gecheckt. Wir müssen aber

schnell zuschlagen, das wird jeden Tag teurer«, sagte der Rücken von Bille.

Falk riss das Kuvert auf und überflog das förmliche Schreiben.

»Ich habe einen Termin beim Notar. Mein Onkel ist gestorben. Und anscheinend habe ich irgendetwas geerbt.«

Bille strahlte. »Na, wenn das nicht typisch Falk ist. Hat kein Geld für Goa, und schwupps, nippelt der Onkel ab und vererbt die Urlaubskohle.«

Falk wurde schlecht.

3.

Zwischen Fetzen weißer Wolken strahlte die Sonne am blauen Nordseehimmel. Der Wind zerzauste Falks dunkle Locken, bauschte seine weiten Leinenshorts. Die Kapuze seiner Windjacke flatterte munter. In den Händen hielt er einen Becher Filterkaffee. Wenn er ehrlich war, ließ er den ganzen szenigen Latte-Karamel-Shot-Topping-Kram aus Hamburg jederzeit stehen für eine Tasse vom seit hundert Jahren gleich bitteren Kaffee auf der Fähre nach Heisterhoog.

Falk saß auf dem Oberdeck der »Aurora«, einem betagten Mitglied der weißen Flotte. Schon als Kind war er auf ihr gefahren. Es war ein Tag vor Saisonbeginn und die Fähre fast leer. Falk saß auf seinem Lieblingsplatz, der letzten Bankreihe an Backbord, nah am Schott zur Brücke. Auf dieser Seite hatte er auf der Hinfahrt die ganze Zeit Sonne, und wenn er den Kopf drehte, sah er den Rudergänger bei der Arbeit und kam sich vor wie auf einer Kreuzfahrt.

Seine Füße hatte er auf der gegenüberliegenden Bank geparkt und am Boden lag sein abgewetzter Trekkingrucksack, prall gefüllt mit Klamotten für die nächsten Wochen, Büchern, dem Laptop samt externen Lautsprechern und einem Erbschein, der ihn als neuen Besitzer von »Thomsens Strandkörbe« auf Heisterhoog auswies.

Es war ein Schock gewesen beim Notar. Falk hatte allenfalls mit einem kleinen Geldbetrag gerechnet oder irgendwelchen

Kleinigkeiten aus der verträumten Hütte seines Onkels. Aber tatsächlich waren Falk und sein Vater die einzigen noch lebenden Verwandten des alten Sten, und der hatte seinem Hamburger Neffen testamentarisch seine Strandkorbvermietung, sein Häuschen und ein bisschen Geld vermacht. Falks Vater, der seit zehn Jahren in Amerika lebte und nichts mehr von der alten Heimat wissen wollte, hatte schriftlich auf den Pflichtteil verzichtet.

Bille hatte sich schier ausschütten wollen über Falk, den Strandkorbvermieter. Der hatte nicht mitgelacht, also hatte sie ihn zuerst geknufft und dann in den Arm genommen. »Ist doch supi. Jetzt düsen wir erst Mal nach Goa, und dann vertickerst du den ganzen Krempel.«

Falk hatte sich aus der Umarmung gewunden. »Das geht nicht.«

»Was? Wieso?« Bille war sofort auf hundertachtzig gewesen.

»Jetzt ist Saison. Wenn ich nicht hinfahre, vermietet ein anderer seine Strandkörbe an dem Abschnitt und der Laden ist pleite, wenn wir aus Goa zurück sind. Dann kriege ich dafür gar nichts mehr.«

Bille hatte dramatisch die Arme nach oben geworfen. »Fahr halt jetzt hin und verscherbel alles so schnell wie möglich. Dann gibt's schöne Strandkörbe für die Nordseespießer und *Dance the Trance* in Goa für uns.«

Falk hatte sie nicht anschauen wollen.

»Was? Wo ist das Problem?« Billes Ton verhieß nichts Gutes für Falks seelisches Gleichgewicht.

»Ich weiß nicht ...«

»Du weißt nicht? Was weißt du nicht?«

»Es ist nicht so einfach. Mein Onkel hatte das Geschäft doch schon in dritter Generation. Das ist eine Institution auf der Insel.«

Bille verdrehte die Augen. »Schön, dann gehört die Institution eben bald einem anderen glücklichen Insulaner. Der ist doch froh, wenn er gleich Geld damit verdienen kann.«

Falk hatte gespürt, wie sich der Widerstand in ihm regte.

»Ich will mir das in Ruhe angucken. Das geht nicht so schnell. Ich muss erst mal Erbschaftssteuer zahlen … Und überhaupt, erst mal gucken.«

Bille hatte die Hände in die Hüften gestemmt, ihre schönen Augen zusammengekniffen und ihn scharf angesehen.

Falk begann zu schwitzen, aber er hielt Billes Blick stand und guckte ebenso scharf zurück. Bille hatte genickt, ein paar Mal, dabei tief eingeatmet und schließlich die Luft ausgepustet.

»Weißt du was, Falk? Ich finde, dreizehn Semester Soziologie ohne Abschluss in Sicht sind die perfekte Ausbildung fürs Strandkorbvermieten.«

»Bille …«

»Nein, ganz ehrlich. Und ich finde, Strandkorbvermieten ist die optimale Beschäftigung für dich und bietet dir doch die besten Voraussetzungen, um nachzudenken. Wenn du da so sitzt und deine Körbe anguckst.«

Falk hatte sie angestarrt und Bille zurückgestarrt. Dann war sie mit einem »Ts!« abgegangen und für die nächsten Tage bei ihrer besten Freundin eingezogen.

Falk trank den letzten Schluck Kaffee, in knapp zehn Minuten würde die »Aurora« in Heisterhoog festmachen. Er stand auf, schulterte den Rucksack und machte sich auf den Weg nach unten, um den Becher zurückzubringen.

Das Schlimmste war eigentlich gewesen, dass er Bille über seine wahren Beweggründe und Gefühle belogen hatte, dass er sich ihr nicht anvertrauen wollte.

Der Tod seines Onkels hatte ihm wirklich wehgetan. Ein Stück seiner Kindheit war gestorben, und zwar eines der schönsten. Als Jugendlicher war ihm der jährliche Urlaub auf Heisterhoog auf den Senkel gegangen, aber als Kind war es auf der Insel traumhaft gewesen. Vor allem wegen dieses knorrigen alten Onkels und seiner verschrobenen Kate voller herrlichem Krimskrams, der Werkstatt und der gemeinsamen Stunden am Strand. Falk war tief gerührt, dass er das Geschäft geerbt hatte, und er hätte es nicht über sich gebracht, alles einfach zu verscherbeln.

Aber andererseits hatte er auch nicht die kleinste Ahnung, was er bitte schön mit einer Strandkorbvermietung auf Heisterhoog machen sollte, wenn die Saison vorbei war. Er konnte doch nicht auf diesem hübschen, aber spießigen und toten Sandhaufen sein Leben verbringen?

Falk stellte die leere Tasse auf dem Tresen ab und durchquerte das Bordrestaurant. Im Lautsprecher kam schon die Verabschiedungsdurchsage, als er den Salon der Fähre in Richtung Treppe verließ. In der Tür kam ihm eine junge Frau entgegen, der Falk den Vortritt lassen wollte. Doch kaum war er ein kleines Stück zurückgewichen, blieb die blonde Frau mit ihren atemberaubend hochhackigen Pumps an der Schwelle hängen, verlor das Gleichgewicht und fiel vornüber. Dabei schwappte die braune Kaffeebrühe aus dem Pappbecher, den sie in der rechten Hand hielt, und traf mit voller Wucht auf Falk. Dieser ließ seinen Rucksack fallen und schnappte nach Luft, als die heiße Flüssigkeit ihn traf und T-Shirt, Shorts und Haare durchnässte. Die Blonde hatte sich gefangen und warf einen verächtlichen Blick auf Falk.

»Kannst du nicht aufpassen, Mensch?!« Ihre goldenen Kreolen klimperten empört, und Falk war zu perplex, um ihr Paroli zu bieten. Wer war denn hier der begossene Pudel?

Hinter der Zicke kam noch eine zweite, wesentlich ältere, dem Zwillingslook nach zu urteilen, ihre Mutter. Besorgt beugte sich diese über die Blonde, und gemeinsam begutachteten sie den gut 15 Zentimeter hohen spitzen Absatz des Schuhs.

17

»Nancy, mein Schatz, ist dir etwas passiert?«

»Mein Manolo«, jammerte Nancy.

»Dem ist nichts passiert. Hauptsache, du hast dir nicht den Hals gebrochen. Und wenn doch was ist, Papa bestellt dir neue Manolos. Komm, Schatzilein, wir müssen.«

Die Grazien zogen ab, ohne den tropfenden Falk weiter zu beachten. Fassungslos starrte er den Frauen hinterher. Beide trugen sie enge weiße Jeans, die der Tochter allerdings wesentlich besser standen als der Mutter. Sie stolzierten auf Schuhwerk von dannen, das Falk niemals so bezeichnet hätte, Schuhgerippe traf es schon eher. Die Tochter hatte hellblonde Haare, die ihr bis auf den kleinen Jeanshintern fielen und sich in den goldenen Nieten ihrer knapp geschnittenen weißen Lederjacke verfingen. Goldene Armreifen, die das Mutter-Tochter-Pärchen im Großpack erstanden haben musste, mit glitzernden Steinchen besetzte Uhren und gesteppte Lack-ledertaschen rundeten das Bild ab. Dieser Sorte protzigsten Neureichtums konnte man in Blankenese auch begegnen, aber Falk machte um diese Ecke Hamburgs stets einen großen Bogen. Jetzt wusste er auch, warum. Falk sah an sich herab. Er hatte die volle Ladung Kaffee abbekommen und Shorts und T-Shirt waren erst mal nicht zu gebrauchen.

Und die Blondine hatte ihm doch glatt die Schuld gegeben! Kein Wort des Bedauerns oder der Entschuldigung. Falk trot-tete, die Windjacke notdürftig vor dem braunbefleckten T-Shirt zusammengezogen, übers Achterschiff. Seine Ankunft in Heisterhoog hatte er sich anders vorgestellt, jetzt war ihm die Laune ordentlich verhagelt.

Kaum hatte er den ersten Fuß auf die Heisterhooger Lan-dungsbrücke gestellt, brauste ein Mini Cooper Cabrio hupend an ihm vorbei. Am Steuer die aufgebrezelte Mutter, neben ihr die Horrortochter. Die beiden winkten, und Falk dachte zunächst, das gelte ihm, bis er ein Stück weiter weg auf dem Parkplatz des Fähranlegers einen Mann bemerkte, auf den der

Mini zuhielt. Er stand neben einem großen weißen Geländewagen mit funkelnden messingfarbenen Felgen und sah aus
wie J R Ewing aus »Dallas« als Friese verkleidet. Er war ebenso
breit wie lang, das feiste Gesicht bluthochdruckrot, auf dem
Kopf einen überdimensionierten Stetson und an den Füßen
weiße Cowboystiefel mit Schlangenlederapplikationen. Von
der Westernverkleidung abgesehen, war er ganz Friese: blau-
weiß gestreiftes Fischerhemd mit passendem Halstuch und
dunkelblaue Baumwollhose. Der Mini bremste scharf am Geländewagen, die beiden Tussis des Grauens sprangen heraus
und umarmten den Friesencowboy. Falk überlegte angesichts
des Trios, ob Bille nicht doch recht gehabt hatte. Vielleicht
entspräche das touristische Personal auf Goa eher seinem Stil.
Hier auf Heisterhoog schien sich die Urlauberklientel ganz
schön gewandelt zu haben. Er hatte an Heisterhoog immer
geschätzt, dass die Urlauber meist recht entspannt und eher
alternativ als überkandidelt waren – Omis und Opis mit ihren Enkeln, Familien mit kleinen Kindern, Genussreisende.
Auf Heisterhoog fuhr man Fahrrad, wanderte, lümmelte am
Strand und suchte Pilze. Wer Party wollte oder Golf spielen,
der fuhr auf die Nachbarinsel. Aber als er sich die drei da
drüben ansah, schwante Falk, dass sich hier möglicherweise
einiges geändert hatte.

Leicht angeschlagen nahm er den Bus vom Fähranleger und
wurde bei der Fahrt über die einzige schnelle Straße der Insel
wieder mit seinem Entschluss versöhnt. Zunächst hielt der
Bus noch dreimal im Hauptort der Insel, Norderende, und
sammelte in der Einkaufsstraße, dem Thalassozentrum und
dem Campingplatz die Fahrgäste auf. Der Campingplatz lag
schon am Ortsausgang in den Dünen, und nun wand sich die
Straße zwischen Sandhügeln auf der einen und mit Heide-
kraut überwucherten Grasflächen auf der anderen Seite bis
zum nächsten Ortsteil. Schafe grasten friedlich zwischen

Gallowayrindern auf den Salzwiesen in Deichnähe. Auf der Hälfte der Strecke lag der hundertvierzig Jahre alte Leuchtturm, der sich majestätisch rot-weiß geringelt über die kleine Insel erhob. Ein findiger Marketingmensch hatte den Leuchtturm vor einiger Zeit zum Markenzeichen der Insel erklärt, und seitdem zierte er Souvenirs aller Art, die reißenden Absatz fanden. Falk liebte den Leuchtturm von klein auf. Wenn er mit seiner Mutter zu Gast auf der Insel war und er in Stens Bett in der kleinen Strandkate schlafen durfte, hatte der Lichtfinger, der in regelmäßigen Abständen über die Decke streifte, ihm ein beruhigendes Gefühl gegeben. Er hatte die Lichtstreifen wie Schafe gezählt, bis er in einen sanften Schlaf gefallen war.

Falk drückte den roten Stoppknopf, und der Bus bremste an der nächsten Haltestelle: Tüdersen, Ortsteil von Norderende. Mit einem Zischen öffneten sich die Bustüren, und Falk trat hinaus an den kleinen Kiosk, der gleichzeitig Bushaltestelle und Stehcafé war. Er versorgte sich bei der Frau hinter dem Tresen mit dem Nötigsten. Butter, Toast, Käse, Flensburger und ein *Inselkurier*. Die junge Frau brauchte eine halbe Ewigkeit, um die fünf Posten zusammenzurechnen, und Falk mutmaßte, dass es sich um eine der zahlreichen studentischen Aushilfskräfte handelte, die zur Saison auf die Insel strömten, um für einen geringen Lohn den Einheimischen beim Umsorgen der Touristen zur Hand zu gehen.

Jetzt bin ich auch einer von ihnen, dachte Falk bei sich und hoffte insgeheim, dass er von den Insulanern wenigstens einen kleinen Einheimischenbonus bekommen würde, schließlich war er der Neffe des alten Sten.

Mit dem Rucksack auf der Schulter und der Tüte mit den Einkäufen in der Hand, machte Falk sich auf zur Strandkate. Zunächst führte sein Weg an den roten Backsteinhäusern vorbei, die laut Bauverordnung der Insel allesamt mit Reet gedeckt waren. In den Gärten hoppelten wilde Kaninchen, und in fast jedem der mit niedrigen Steinmauern eingefassten Grundstücke stand ein Strandkorb, in dem sonnenhungrige Touristen ihre Gesichter in die Junisonne streckten. Die kleine Straße, die vom Kiosk zum Strand führte, endete in einem Wendehammer, danach musste man über den Bohlenweg zum Strand und zur Kate von Sten laufen. Die hölzernen Planken, die man wegen der Splittergefahr niemals barfuß betreten sollte, führten treppauf, treppab durch den Kiefernwald, der mit seinem intensiven Nadelgeruch an die Pinienwälder Südfrankreichs erinnerte. Zwischen den Kaninchenkötteln fanden sich Federn von Fasanen, die ebenfalls frei auf der Insel umherliefen. Der Wald lichtete sich und gab Falk freien Blick auf das gigantische Panorama der langgezogenen Dünenkette. In ihrer Mitte stand ein Fahnenmast mit der Flagge Nordfrieslands und Heisterhoogs, der den Einschnitt des Strandwegs markierte. Gleich rechts neben dem Mast führte ein Trampelpfad durch das Heideland, und Falk erkannte das graue Reetdach der Strandkate, die sich tief zwischen die Dünen duckte. Der vertraute Anblick schnürte ihm für einen Moment die Kehle zu, und die Erinnerungen an die schönsten Urlaubstage seiner Kindheit jagten Falk einen freudigen Schauer über den Rücken. Das hier würde sein neues Zuhause sein. Zumindest für die kommenden drei Monate.

Falk fingerte den Schlüssel aus dem kleinen Loch über dem Türrahmen. Dort hatte der Schlüssel immer schon gelegen, vermutlich wusste jeder Einwohner von Heisterhoog davon. Aber Sten hatte keine Angst vor Einbrechern gehabt, was gab es bei ihm schon zu holen? Er schloss nur ab, damit kein steifer Wind die Tür aufdrücken konnte. Das Schloss war so gut geölt wie auch die seiner Strandkörbe, darauf hatte Sten immer Wert gelegt. Falk schlug ein vertrauter Geruch entgegen: Der würzige Duft von getrockneten Fundstücken aus dem Meer – Muscheln, Seesterne, Strandgut – mischte sich mit dem von Teer, Farbe und Ölzeug. Ein bisschen Rum und ein wenig mehr Tabak hingen in der Luft. Falk drehte sich gerührt um die eigene Achse. Picobello aufgeräumt war Stens Häuschen, obwohl er durch seinen Herzinfarkt mitten aus dem Leben gerissen worden war. Nicht ein Kleidungsstück lag herum, geschweige denn schmutziges Geschirr.

Falk schmiss seinen Rucksack in die Ecke und trug seine Einkäufe in die kleine Küche. Auch hier war alles blitzsauber, die weißen Kacheln mit den blauen Windjammermotiven darauf strahlten friesische Gemütlichkeit aus, und die Anordnung der Küchenmöbel und Kochgerätschaften in der winzigen Koje ließen Falk glauben, er befinde sich auf einem Schiff. Behutsam drückte er das Fenster auf und warf einen Blick auf die Dünenlandschaft. Der Wind kam von der See, und Falk roch die salzige feuchte Meeresluft. Er hörte sogar das Rauschen der Wellen, was bedeutete, dass gerade Hochwasser war. Er beschloss, dem Meer seinen Antrittsbesuch abzustatten, und kramte aus seinem Rucksack Handtuch und Badeshorts hervor. Die Turnschuhe zog er aus, knallte die Tür hinter sich zu und lief barfuß zum Strandweg. Der feine weiße Sand massierte seine Fußsohlen und kitzelte zwischen den Zehen, und Falk hatte das Gefühl, dass er über all die Jahre ganz vergessen hatte, wie köstlich es war, auf Heisterhoog ohne Schuhe über den Sand zu laufen.

Der Strandweg führte zwischen den Dünen leicht bergauf; als Falk die Kuppe erreicht hatte, bot sich ihm ein immer wieder aufs Neue überwältigender Anblick: Der flache, gut einen Kilometer breite Sandstrand, Kniep genannt, zog sich links und rechts wie ein goldenes Band bis zum Horizont, und dahinter – das Meer. Endlose Weite. *Bis nach Amerika*, hatte Falk als kleiner Junge gedacht. Und wenn er ehrlich war, dachte er das noch heute.

Am Strand von Tüdersen standen einsam die Bude von »Thomsens Strandkörbe« und das Häuschen der DLRG. Letzteres war eine roh gezimmerte Blockhütte, aus deren Dach ein Fahnenmast wuchs. Dort war ein schwarzer Ball hochgezogen, zum Zeichen, dass die Bademeister anwesend waren, darüber ein roter Ball: eingeschränktes Badeverbot. Ganz an der Spitze flatterte eine dunkelblaue Flagge mit gekreuzten Säbeln. Die Flut war auf ihrem höchsten Stand, und die Wellen türmten sich ehrfurchtgebietend zu einer Höhe von gut zwei Metern auf, bevor sie sich in sprudelnd weißer Gischt brachen und in langen Zungen auf den Strand leckten.

Falk joggte locker nach vorne zur Wasserlinie, er ließ sowohl das DLRG-Häuschen als auch die kleine Bretterbude seines verstorbenen Onkels links liegen, denn er hatte jetzt kein anderes Ziel, als sich in die Brecher zu werfen. Er tauschte seine Leinenshorts gegen die Badehose, ließ seine Klamotten in einem kleinen Haufen am Strand zurück und rannte auf das Wasser zu. Kaum hatten seine Zehen die See berührt, zuckte er zusammen: Das Wasser war eiskalt. *War eigentlich nicht anders zu erwarten*, ärgerte sich Falk über sich selbst, es war schließlich erst Anfang Juni, da hatte die Nordsee selten mehr als fünfzehn, sechzehn Grad. *Egal*, überwand er sich, *was mich nicht umbringt* ... Und er tauchte mit einem Kopfsprung in die Fluten. Die Kälte raubte ihm den Atem, und er glaubte schier, dass sein Herz kurzfristig aussetzte, doch gleichzeitig spürte er das belebende Prickeln der aufgewühlten See. Er kam wieder hoch und schmiss sich gleich darauf erneut in die Gischt einer anrollenden Welle. Immer wieder und wieder trieb er das Spiel, tauchte in die Brecher, ließ sich von ihnen an den Strand spülen, stemmte sich gegen die Brandung. Schnell war ihm warm, und Falk fühlte sich glücklich und unbeschwert. So hatte er als Kind schon in der Nordsee getobt und kein Ende gekannt. Bis seine Lippen blau gefroren waren und ihn seine Mutter gewaltsam aus dem Wasser gezogen und in den Frotteebademantel gehüllt hatte. Sie hatte ihn trocken gerubbelt und seine Haut hatte angenehm geprickelt. Dann war er in den Strandkorb gesetzt worden, windgeschützt, und hatte ein Mettwurstbrötchen bekommen. Es war immer das beste Mettwurstbrötchen seines Lebens gewesen.

Falk hatte genug getobt und beschloss gerade, das Wasser zu verlassen, als er sie kommen sah. Sie trug einen gänzlich unspektakulären blauen Sportbadeanzug, aber die Art, wie sie sich darin über den Strand bewegte, ließ sie wie eine überirdische Erscheinung wirken. Sie schwebte förmlich über dem Boden. Ihr eleganter Hüftschwung hypnotisierte Falk durch die sanfte gleichmäßige Hin- und Herbewegung. Noch im Laufen griff sie in ihre Haare und zog sich mit einem Ruck das Gummiband heraus, so dass ihr honigblondes gelocktes Haar in Kaskaden über die Schulter fiel. Sie war wunderschön, und Falk hatte auf der Stelle sein Herz verloren.

4.

Ohne Falk eines Blickes zu würdigen, warf sich die unbe-
kannte Schöne mit einem stolzen Kopfsprung in die Fluten.
Sie tauchte weit hinter Falk wieder auf und kraulte, von den
Brechern unbeeindruckt, energisch aufs offene Meer hinaus.

Falk kam sich lächerlich vor angesichts seiner Hopserei
in den Wellen und hoffte, dass die sportliche Schwimmerin
ihn nicht dabei beobachtet hatte. In sagenhafter Geschwindigkeit entfernte sich die junge Frau von ihm, und Falk, der
gerade noch das Wasser verlassen wollte, zögerte nicht, ihr
hinterherzuschwimmen. Er war ein guter und ausdauernder
Schwimmer, aber er spürte schnell, wie mühselig es war, gegen die aufgewühlte See anzukommen, zumal er sich schon
bei der Toberei in den Wellen ausgepowert hatte. Der Abstand zur Schwimmerin vor ihm vergrößerte sich rapide, was
Falk noch mehr anspornte. Er pflügte durch die Wellen, doch
während die Frau vor ihm sich ihren Weg scheinbar mühelos
durchs Wasser bahnte, kostete Falk jeder Schwimmzug große
Anstrengung. In seiner Brust spürte er ein Stechen, und es
schien ihm, als wären seine Arme bleischwer. Er warf einen
Blick zurück an den Strand und sah, dass aus dem balkonarti-
gen Vorbau des DLRG-Häuschens ein Mann gekommen war,
der ihm durch ein Megaphon irgendetwas zurief. Falk wandte
den Kopf ab und kraulte weiter. Aber sein Tempo ließ schon
nach, und er fragte sich, ob die schöne Schwimmerin denn
niemals umkehren wollte. Was hatte er sich dabei gedacht,

ihr hinterherzuschwimmen? Er hatte geglaubt, er könne sie beeindrucken, aber jetzt fühlte er sich einfach nur schlapp und müde. Falk wollte Luft holen und bekam einen Schwall Salzwasser zuerst in den Mund und dann in die Lunge. Er schluckte und röchelte, unterbrach seine Schwimmzüge und versuchte vergeblich, ruhig einzuatmen. Aber seine Luftröhre war wie zugeschnürt, er würgte und hustete, wobei er noch mehr Wasser schluckte. Zu allem Überfluss spürte Falk nun, da er nicht mehr schwamm, wie stark ihn die Unterströmung unweigerlich aufs Meer hinauszog. Er warf einen verzweifelten Blick zur Schwimmerin vor ihm und versuchte, seiner Kehle einen Hilferuf zu entlocken, aber es kam nur ein jämmerliches Krächzen heraus. Falk strampelte mit den Beinen, um sich über Wasser zu halten, aber er bekam noch immer keine Luft, und der Kopf drohte ihm fast zu platzen. In höchster Verzweiflung warf er beide Arme in die Höhe, um den Mann am Strand auf sich aufmerksam zu machen, dann wurde ihm schwarz vor den Augen.

Weiche warme Lippen legten sich auf die seinen. Voller Verlangen erwiderte Falk den wunderbaren und süßen Kuss und öffnete leicht seinen Mund. Er stellte sich vor, dass die Schöne mit dem blauen Badeanzug neben ihm am Strand lag und ihn leidenschaftlich küsste. Falk lächelte mit geschlossenen Lidern, und vor seinem geistigen Auge erschien das Trugbild der schönen Schwimmerin.

»Der Idiot ist wieder da«, hörte er eine barsche Stimme, die so gar nicht zu der Frau seiner Träume passen wollte. Falk öffnete die Augen und sah in das braungebrannte Gesicht eines Mannes mit blonden Stoppelhaaren, der dicht über ihn gebeugt war. Schnell schloss Falk die Augen wieder und überlegte, wie er in diesen falschen Film geraten war. Warum hatte ihn dieser Typ geküsst? War er tot und hatte auf dem Weg ins Paradies die falsche Abzweigung genommen? Jetzt spürte er, dass sich sein Brustkorb anfühlte, als würde er platzen. Beine und Arme zitterten unkontrolliert, und die Erinnerung kam zurück. Er war untergegangen, weitab vom Strand. Aber wer ...?

»Hey, jetzt klapp nicht wieder weg.« Der Stoppelhaartyp knuffte ihn unfreundlich in die Seite. Falk schlug die Augen wieder auf.

»Hast du den roten Ball nicht gesehen?! Eingeschränktes Badeverbot! Gefahr, Mann! Vor allem, wenn man so beschissen schwimmt wie du.« Der Kurzgeschorene war richtig sauer. Falk wollte etwas entgegnen, aber seine malträtierte Luftröhre ließ nur unverständliches Krächzen zu.

In den Blick des Typen mischte sich jetzt doch leichte Besorgnis. »Geht's?«, fragte er.

Falk versuchte zu nicken und winkte matt mit der Hand.

Stoppelkopf kniff die Augen zusammen.

»Hast verdammtes Schwein gehabt, dass die Frau dich da rausgeholt hat.«

Die Frau?! Falk drohte erneut der Herzstillstand. Das hieß, anstatt von seinem delphingleichen Schwimmstil beeindruckt zu sein, hatte ihn das athletische Traumgirl kurz vor dem Absaufen am Schlafittchen aus der Nordsee gezogen. Ein schlapper Typ, der zwanzig Meter vom Strand erbärmlich unterging, weil er unbedingt auf dicke Hose machen musste. Mühsam stützte Falk die Arme auf und wuchtete seinen Oberkörper hoch. Verstohlen blickte er sich um. Ob die Lebensretterin noch da war? Er hätte sich am liebsten auf der Stelle in einen Wattwurm verwandelt und wäre im Sandboden verschwunden. Aber von der Frau mit der blonden Lockenpracht und dem blauen Badeanzug war weit und breit nichts zu entdecken. Falk atmete auf. Er wollte jetzt nur noch weg vom Ort seiner Blamage. Stoppelkopf stand auf und klopfte sich den Sand von den behaarten Beinen.

»Und in Zukunft ...«, seine Stimme hatte einen drohenden

Unterton, und Falk sah zu ihm hoch. Der Rettungsschwimmer deutete mit V-förmig ausgestreckten Zeige- und Mittelfinger zuerst auf seine Augen und dann auf die von Falk. Die Botschaft war klar. Er stand unter Beobachtung. Falk nickte gehorsam. Dabei fiel sein Blick auf das DLRG-Häuschen hinter Stoppelkopf. Es sah irgendwie anders aus, als Falk es in Erinnerung hatte.

Früher war es eine weißlackierte Bude aus Nut- und Federbrettern mit roter Aufschrift »DLRG«. Jetzt stand da ein veritables Blockhaus mit überdachter Veranda. Diese war begrenzt durch ein grobes Holzgeländer, bei dem man sich nicht über ein angebundenes Pferd gewundert hätte. Den Eindruck verstärkte ein Schaukelstuhl, der in der Ecke stand.

Jetzt erkannte Falk auch, dass die Säbel auf der Flagge nicht an Piraten erinnern sollten, sondern von der Schrift »20th U.S. Cavalry« eingerahmt wurden. Ein Westernfort.

Im Schatten der geöffneten Tür sah Falk ein Streichholz aufglimmen, und kurz danach stieg Rauch in die klare Seeluft. Da stand jemand, keine Frage. Und dieser Jemand wollte nicht gesehen werden.

Falk zog die dicke Fleecejacke enger um sich und starrte weiter in die Nacht hinaus. Er saß auf der kleinen Holzbank an Stens kleiner Strandkate, den Rücken an die Backsteinmauer gelehnt. Falk wusste, wie kalt die ersten Sommerabende hier an der See waren, und hatte sich dafür richtig ausgerüstet. *Wenigstens das*, dachte er. *Wenn ich mich auch sonst wie ein Idiot benommen habe. Wie eine richtige Landratte.* Er nahm noch einen Schluck heißen Ostfriesentee mit einem Schuss von Stens Rum, der ihn bis in die Zehen durchwärmte. Wenn er den Tag Revue passieren ließ, musste er sich eingestehen, dass nichts wirklich so gelaufen war wie geplant. Er hatte sich die Ankunft auf Heisterhoog irgendwie besser, großartiger vorgestellt und gedacht, dass er mit offenen Armen empfangen werden würde und vielleicht jemand von der Kurverwaltung käme und ihm seinen Dank dafür ausspräche, dass er die Strandkorbvermietung von Sten Thomsen übernahm. Stattdessen war er mit Kaffee bekleckert und gedemütigt an Land getrottet, hatte sich danach zum Affen gemacht und musste dann zu allem Überfluss auch noch von der schönsten Frau, die ihm jemals begegnet war, wie ein Waschlappen vor dem Ertrinken gerettet werden. Bille hatte recht. Was konnte man von einem, der im dreizehnten Semester Soziologie studierte, schon anderes erwarten. Ach, Bille. Er könnte jetzt *relaxed* auf Goa liegen und sich von Bille den Rücken massieren lassen.

Na ja. Das war natürlich gelogen. Er könnte eben *nicht* auf Goa liegen, denn *er* konnte sich das überhaupt nicht leisten. Dafür hätte er die Strandkate mit dem kleinen Grundstück sowie die Lagerhalle, in der die Strandkörbe überwinterten, verkaufen müssen. Moment mal, schoss es Falk in den Kopf. Die Strandkörbe! Morgen begannen die Ferien in den ersten drei Bundesländern und damit die Hauptsaison. Er würde Strandkörbe vermieten müssen, aber dafür müssten diese erst mal wo sein? Richtig, am Strand! Falk schoss der Panikschweiß auf die Stirn. Wie sollte er die Körbe zum Strand schaffen? Die Lagerhalle lag im Kiefernwäldchen, unweit des Wendehammers, an dem der Bohlenweg begann. Er erinnerte sich, dass Sten immer mit einem alten Trecker über den Strand gerumpelt war. Aber Falk konnte gar nicht Trecker fahren. Geschweige denn, dass er wusste, wo dieser Trecker war! Falk nahm einen Schluck von dem Rum, dieses Mal ohne Tee, und schüttelte sich. Er war wie selbstverständlich davon ausgegangen, dass die Strandkörbe da standen, wo sie hingehörten. Er war denkbar schlecht vorbereitet und eigentlich schon gescheitert, bevor er angefangen hatte. Ob er verkaufen sollte? Gleich morgen zur Kurverwaltung gehen und sagen: Ich kann's nicht, das soll ein anderer machen?! Falk dachte an Bille und ihr spöttisches Gesicht. Er dachte an den alten Sten, den er zehn Jahre nicht gesehen hatte und der ihm dennoch dieses Fleckchen Erde und diese Aufgabe vermacht hatte. Der alte Mann hatte sich doch etwas dabei gedacht. Sten hätte sicher auch eine andere Lösung gefunden für die Strandkorb-vermietung, wenn er gewollt hätte. Aber sein Onkel hatte *ihn* ausgesucht, Falk Thomsen. Und verdammt noch mal, er hatte das Erbe angenommen, also würde er jetzt auch nicht den Kopf in den Sand stecken. Energisch stand Falk auf und woll-te seinem heroischen Entschluss mit einer Mütze voll Schlaf das nötige Durchhaltevermögen verschaffen, als ihn plötzlich zwei Augen aus der Dunkelheit anstarrten. Falk schreckte zu-rück, aber dann trat das zu den Augen gehörende Wesen aus der Dunkelheit in den Schein der kleinen Lampe, die über der Tür der Kate angebracht war. Ein verbeulter blauer Elbsegler auf dem fast haarlosen Kopf, ein breites zahnloses Grinsen, Latzhose und gelbe Gummistiefel – das konnte nur einer sein: Nille, der Klabautermann!

Falk hatte Nille schon vergessen gehabt, aber als er jetzt vor ihm stand, freundlich grinsend, wusste er, dass Nille, das Inselfaktotum und Stens Gehilfe, seine letzte Rettung war.

5.

Zehn vor acht am frühen Morgen lag über dem Meer noch dunstig die Kälte der Nacht. Falk klammerte sich an den rechten Außenspiegel des Traktors und versuchte krampfhaft, nicht von dem schmalen Trittbrett abzurutschen, auf dem er stand. Nille heizte wie ein Irrer durch die Heidelandschaft in Richtung Dünen, so dass es ein Wunder war, dass die drei auf der an den Traktor geschweißten Ladefläche gestapelten Strandkörbe nicht schon längst hinuntergepurzelt waren. Ebenso wie die Strandkörbe hüpfte auch Falks Gehirn bei jeder Unebenheit des Bodens nach oben und prallte an die Hirnschale, wo es sich arge Beulen zuzog. Glaubte jedenfalls Falk, der sich vor Müdigkeit kaum auf den Beinen halten konnte. Um sieben hatte Nille ihn schon zu Hause abgeholt, frisch und unternehmungslustig. Falk war halbtot aus dem Bett gekrochen und ohne Kaffee – die Zeit hatte Nille ihm nicht zugestanden – auf den Traktor geklettert. Sechs Stunden Schlaf und vor neun Uhr aufstehen, das war nicht das, was Falk gewohnt war, und es war vor allem nicht das, was Falk sich unter dem Job eines Strandkorbvermieters vorgestellt hatte. Am Abend hatte er noch lange mit dem Klabautermann zusammengesessen, das gesamte Sixpack Flensburger geleert und sich unterhalten. Also, Falk hatte sich unterhalten. Nille, der Klabautermann, sprach nicht viel, und das wenige, was er sagte, war nur schwer verständlich. Aber er hatte immer fröhlich gelacht, Falk anerkennend auf die Schulter gehauen und ihm zugeprostet. Was dazu geführt hatte, dass Falk Nille sein ganzes Leben erzählt und anschließend große Pläne für die Strandkorbvermietung geschmiedet hatte. Falk hatte euphorisch geglaubt, dass er mit Nilles Hilfe, der schon dem alten Sten nicht von der Seite gewichen war, das Ding schaukeln werde.

Jetzt, wenige Stunden später, war die Euphorie deutlich gedämpft, und Falk fröstelte angesichts der Vorstellung, dass er den ganzen Tag am Strand sitzen und auf Kunden warten würde. Ihm war kalt, er brauchte dringend einen Kaffee und noch ein paar Stunden Schlaf. Der Traktor rumpelte über die Dünenkuppe des Strandwegs und Falk sah, dass sich auf dem ganzen weiten Kniepsand noch keine Menschenseele befand. Nein, halt. Vor der Bretterbude von »Thomsens Strandkörbe« standen zwei Menschen. Auch Nille hatte sie gesehen und deutete freudig mit ausgestrecktem Finger auf die beiden Schemen. »Da!«, rief er, »Da!« Dazu gab er noch ein bisschen mehr Gas, der Traktor hustete dunkelgrauen Rauch aus seinem seitlichen Abgasrohr in die frische Seeluft und Falks Kopf drohte zu platzen aufgrund der erhöhten Buckelfrequenz. Sie erreichten rasch ihr Ziel, und Falk sprang vom Trecker, sobald Nille den Fuß vom Gas genommen hatte. Die beiden Wartenden sahen ihn mit hochgezogenen Augenbrauen an. Es waren Rentner, im üblichen Partnerlook. Beide trugen beige Windjacken, helle Baumwollhosen, bis zu den Waden hochgekrempelt, kleine Rucksäcke und ihre ebenfalls beigefarbenen Gesundheitsschuhe in der linken Hand. Die Frau kniff empört die Augen zusammen und schnauzte Falk grußlos an: »Wo ist Herr Thomsen?«

Falk wechselte einen betretenen Blick mit Nille. »Ich bin Herr Thomsen.«

Die Frau lachte höhnisch auf. »Wir kommen seit über vierzig Jahren hierher. Wir kennen Herrn Thomsen.«

Der Mann zuckte beim schrillen Ton seiner Frau zusammen und warf Falk einen entschuldigenden Blick zu.

Falk war so verärgert, dass er zum Frontalangriff überging. »Ja, aber der Herr Thomsen, den Sie kennen, der ist leider tot. Wenn Sie einen Strandkorb möchten, werden Sie mit mir vorliebnehmen müssen.«

Die Frau starrte ihn schockiert mit offenem Mund an, erholte sich aber rasch.

»Seit sieben Uhr warten wir schon! Wir kneippen immer nach dem Frühstück. Wegen Ihnen sind wir in Verzug.«

»Tja«, gab Falk schnippisch zurück, »ich bin sicher, dass es Herrn Thomsen furchtbar leidtut, aber so ein tödlicher Herzinfarkt kommt eben nicht immer dann, wenn es gerade gut passt.«

Die Frau schnappte nach Luft, sparte sich aber eine Entgegnung, während ihr Mann zu Boden starrte, um sein Grinsen zu verbergen.

In der Zwischenzeit hatte Falk die Bretterbude geöffnet und aus der Blechkiste, die mitten auf dem Tisch stand, alle Strandkorbschlüssel ausgeschüttet. Die Kiste kannte er gut, die hatte sein Onkel von jeher gehabt und von jeher hatte sie genau an dieser Stelle gestanden. Jetzt wühlte er nach der Nummer 78, das war der Korb, den Nille noch auf der Ladefläche hatte. Die beiden anderen hatte er heruntergezerrt und wartete nun mit laufendem Treckermotor darauf, den Strandkorb an die Stelle zu bringen, die sich das Rentnerehepaar aussuchen würde.

Da auch in der winzigen Bretterbude, die der alte Sten als Büro genutzt hatte, penible Ordnung herrschte, fand Falk auf Anhieb Stift und Quittungsblock. Er setzte den Namen und die Länge des Aufenthaltes ein (»Vier Wochen, wie immer!«), dann stockte er. Der Preis! Was kostete eigentlich so ein Strandkorb pro Tag? Hilfesuchend sah er sich nach einer Preistabelle um, doch er konnte keine entdecken. Der Mann des Rentnerpaares schien sein Zögern zu bemerken und hielt hinter dem Rücken seiner Frau alle fünf Finger in die Höhe.

»Fünf Euro pro Tag?«, sagte Falk zaghaft. Der Mann nickte, aber seine Frau witterte die Chance auf ein Schnäppchen. »Wir haben immer Stammgastrabatt bekommen.«

Falk warf einen verstohlenen Blick zu ihrem Gatten, doch der schüttelte den Kopf.

Falk entschied sich trotzdem, das Spiel mitzumachen, des freundlichen Mannes wegen. »Achtundzwanzig Tage à fünf Euro, macht hundertvierzig, abzüglich zwanzig Euro Stammgastrabatt.«

Zum ersten Mal lächelte die Frau, nahm Schlüssel und Quittung entgegen und verließ hoch erhobenen Hauptes die Bude. Ihr Gatte zwinkerte Falk zu, Falk zwinkerte zurück, und dann folgten der Mann und Nille auf dem Traktor dem ausgestreckten Finger der Frau. »Wie jedes Jahr dahinten an der Düne.«

Falk ließ sich erschöpft auf den kleinen Stuhl in der Bretterbude fallen und sah sich um. In der Bude gab es nur das Nötigste, aber es fehlte auch an nichts. Neben Werkzeug, einem kleinen Ölkännchen, einem Putzeimer mit Lappen, Spülmittel und Teerentferner waren da noch Dinge, die Sten offenbar an die Leute am Strand verkauft hatte: Pflaster, Sonnenmilch, aufblasbare Bälle. In der Ecke stand die Eistruhe aus den Fünfzigern, die Sten nur in der Hochsaison in Betrieb genommen hatte. Und, jetzt hüpfte Falks Herz: Er fand außerdem einen kleinen Gaskocher, eine Kaffeekanne mit dazugehörigem Porzellanfilter und Kaffeepulver. Falk öffnete die Dose und schnupperte daran. Der Kaffee war definitiv frisch, nicht von letztem Jahr. Falk schickte einen tief empfundenen Dank an seinen verstorbenen Onkel im Himmel und schaufelte Kaffeepulver ins Filterpapier.

Vier Stunden und viele Kaffeebecher später hatte Falk mit Nille und dem Traktor über fünfzig Strandkörbe aus der Lagerhalle an den Strand geschafft. Nille war unermüdlich, er freute sich wie ein Kleinkind, dass die Saison losging und er endlich wieder eine Aufgabe hatte. Falk dagegen sehnte sich nach seinem Bett, er konnte Arme und Beine vor Anstrengung kaum mehr spüren. Es lief immer gleich ab: Sie zerrten in der Lagerhalle jeweils drei Körbe auf die Ladefläche, fuhren zurück an den Strand und verteilten sie gleichmäßig und weitläufig um das DLRG-Häuschen herum. Ein paar Körbe kamen an den Hundestrand, eine Handvoll zu den Nacktbadern. Zwischendurch waren vier Kunden gekommen, zwei Familien mit kleinen Kindern, eine alleinstehende ältere Frau und ein Ehepaar. Sonderwünsche hatte es keine gegeben, und Falk war mit seiner Aufgabe versöhnt. Er hatte sich bei Nille eine Pause ausgebeten, stellte den Stuhl vor die Hütte und genoss den wärmer werdenden Sonnentag. Noch herrschte Ruhe am Strand, und Falk gab sich der Illusion hin, der Tag würde in dem gemächlichen Tempo weiter verlaufen. Hätte er einen Blick auf den Bohlenweg und die Fahrradständer an dessen Beginn werfen können, hätte er gewusst, dass das, was er erlebte, nur die Ruhe vor dem ganz großen Sturm war.

Die Ersten aus dem großen Pulk der neuen Feriengäste, die den Strand erreichten, waren die Sengers aus Iserlohn. Der Vater zog einen Bollerwagen hinter sich her, voll bepackt mit Strandutensilien, die mit Spanngurten festgeschnallt waren. Er sah übernächtigt aus, der Schweiß stand ihm auf der Stirn, und Falk drückte ihm rasch den erstbesten Schlüssel in die Hand. Vater Senger bedankte sich schnaufend und versprach, später, wenn sie alles eingerichtet hätten, zur Bezahlung wiederzukommen. Dann zog er den schweren Bollerwagen durch den Sand, wo dieser tiefe Spuren hinterließ. Mutter Senger bildete mit den vier Kindern die lärmende Nachhut: Sie trug ein Baby auf dem Arm, führte einen schmollenden Siebenjährigen mit einer Portion Schlumpfeis auf dem T-Shirt an der Hand und stand in lautstarkem Kontakt zu einem vierjährigen Zwillingspärchen, das sich gegenseitig Sand in die Augen warf.

Der ersten Familie folgten weitere mit mehr oder weniger Gepäck und Kindern; allen aber war gemein, dass sie extrem unausgeschlafen und angestrengt wirkten. Und alle waren mit so viel Gepäck unterwegs, als hätten sie eine mehrwöchige Saharaexpedition vor sich.

Gegen Mittag, als der Strom der Familien versiegte, man das Kreischen der Kinder am Strand hörte und die Väter im Schweiße der mittäglichen Sonnenglut die Wassergräben ihrer Strandburgen aushoben, trotteten die ausgeschlafenen Kinderlosen an den Strand. Es waren bedeutend weniger als die Urlauber mit Kindern – denn wer fährt schon in den Schulferien in Urlaub, wenn er es sich anders einrichten kann?!

Falks Müdigkeit hatte sich mit Hilfe mehrerer Tassen Kaffee mittlerweile gelegt, außerdem bekam er angesichts der mit Scheinen gefüllten Kasse richtig gute Laune. Mehrmals notierte er auf Zetteln den möglichen Umsatz in den Ferienmonaten Juni, Juli und August und wähnte sich am Ende der Saison um satte 100 000 Euro reicher. Und was hatte er schon zu tun? Von morgens bis abends in dem Liegestuhl vor seiner kleinen Bretterbude sitzen und kassieren. Falk grinste.

Hubert Löhns aus Detmold holte ihn aus seinen süßen Träumen. Löhns war ein durchtrainierter Dreißigjähriger in Khakihose, Adiletten und einem um die Schultern geworfenen »FC Bayern München«-Handtuch. Er war in Begleitung einer Blondine mit Strandtasche und breitkrempigem Sonnenhut, die aber weniger auffällig war als die riesige Golftasche, die Löhns mit sich schleppte.

»He, wollen Sie Geld verdienen oder Löcher in die Luft starren?«, nörgelte Löhns. Falk schreckte hoch und wühlte hastig in seiner Schlüsselschatulle.

»Ich brauche einen Strandkorb schön weit weg von dem ganzen Familiengesummse hier«, schickte Löhns hinterher. »Für meinen Abschlag, klar? Ich muss nach dem Urlaub runter auf sechs, Handicap natürlich, klar?«

Falk nickte gehorsam und hielt Löhns einen Schlüssel hin, den dieser aber nicht entgegennahm. Stattdessen musterte er kritisch erst den Schlüssel, dann Falk.

»Und der steht weit weg? Ich will dahinten hin.« Löhns zeigte in Richtung Süderende, dem Ort, der sich entgegengesetzt von Norderende befand und dessen Strand über den Kniep ungefähr fünf Kilometer weit weg war.

Jetzt erst fiel Falk auf, dass er keine Ahnung hatte, wo die Körbe standen, für die er die Schlüssel herausgab. Um sich vor Löhns keine Blöße zu geben, suchte er den Schlüssel mit der Nummer 118, ein Korb, der unmittelbar vor seiner Nase stand und noch nicht vermietet war.

»Mein Assistent fährt Ihnen den Korb an Ihre Wunschstelle, gar kein Problem.« Falk nickte zu Nille hinüber, der sich soeben die Beine von den Zwillingen der Familie Senger eingraben ließ.

»Wenn das mal gut geht«, murmelte Löhns, bezahlte aber anstandslos für die optionierten drei Wochen. Hinter Löhns kam nun ein Pärchen Ende vierzig, beide in lässige schwarze Freizeitklamotten gekleidet und mit stylishen Sonnenbrillen auf der Nase. Die Frau führte zwei große afghanische Windhunde an der Leine, und Löhns ergriff angesichts der Tiere mit seiner Freundin die Flucht. Er schüttelte missmutig den Kopf und beschwerte sich noch im Abgang lautstark darüber, dass Hunde am Strand überhaupt zugelassen waren.

Das coole Pärchen ließ das kalt. Der Mann, der auch in der Dunkelheit von Falks Bretterbude die Sonnenbrille aufließ, lächelte Falk freundlich an. Er erkundigte sich nach dem alten Sten und war aufrichtig betroffen, als er hörte, dass dieser gestorben war. Falk kam mit den Leuten ins Gespräch, und es stellte sich heraus, dass es sich um einen Hamburger Filmproduzenten handelte, Peter Pitz, der auf der Insel ein Wochenendhaus besaß und mit seiner Frau Sandra und den beiden Hunden regelmäßig auf Heisterhoog ausspannte. Er verlangte einen Korb am Hundestrand, FKK-Bereich, und Falk warf einen Blick in seine Blechdose mit den Schlüsseln. Er hatte seit heute früh in wilder Hast die verlangten Strandkorbschlüssel herausgegeben, Geld kassiert und Quittungen geschrieben. Aber er hatte keinen Überblick darüber, welche Körbe wo standen. Er bat Pitz, wie auch schon Hubert Löhns vor ihm, sich einen entsprechenden Platz auszusuchen, er werde Nille dann mit einem Korb zu ihnen schicken.

Die beiden Hundebesitzer zogen zufrieden ab, und Falk beschlich der Gedanke, dass er irgendetwas beim Vermieten falsch gemacht haben könnte.

Der Ärger ließ nicht lange auf sich warten.

Falk war im Sonnenstuhl trotz der lärmenden Familien um ihn herum gerade eingenickt, als er davon wach wurde, dass ihn etwas an der Nase kitzelte. Es war Strandkorbschlüssel Nummer 78, der erste, den er am heutigen Tag ausgegeben hatte. Direkt dahinter blickte er in das gerötete und wutverzerrte Gesicht der beigefarbenen Rentnerin.

»War das Absicht?«, kreischte sie. »Oder sind Sie so dusselig?«

Falk schüttelte nichtsahnend den Kopf.

»Mitten bei den Nackten!«, fuhr die Frau erbost fort. »Nackte und Kinder! Was glauben Sie denn, sehen wir aus wie Nacktbader, mein Mann und ich?« Sie spuckte Falk das Wort »Nacktbader« förmlich ins Gesicht.

»Wenn Sie schon mal dabei sind …«, jetzt flog ein weiterer Strandkorbschlüssel vor Falks Füße in den Sand.

»Ich wollte FKK«, ließ sich die Dame vernehmen, es war die Alleinreisende, die heute Morgen direkt nach den Rentnern gekommen war, »und nun liege ich am Textilstrand!«

Die Rentnerin warf der alleinreisenden FKK-Dame einen despektierlichen Blick zu und rümpfte die Nase. »Na, wer sich's leisten kann«, ließ sie sich vernehmen und musterte dabei die Frau von Kopf bis Fuß.

Das hatte die Alleinreisende mitbekommen. »Jetzt hören Sie mal! Was wollen Sie denn damit andeuten?« Die beiden nahmen einander gegenüber Stellung ein, und Falk sah sich genötigt, dazwischenzugehen.

»Aber das passt doch ganz gut«, versuchte er zu schlichten. »Sie«, er deutete auf die Rentnerin, »möchten mit Ihrem Mann gerne an den Textilstrand und Sie«, er warf der Alleinreisenden ein gewinnendes Lächeln zu, »wollen lieber FKK. Dann tauschen Sie doch einfach die Strandkörbe.«

Die Damen lösten ihre Blicke voneinander und richteten ihre Aufmerksamkeit auf Falk.

»Sie ticken wohl nicht richtig!«, gab die Rentnerin erbost zurück. »Wir wollen einen neuen Korb, nicht einen schon benutzten. Von einer … Nacktbaderin.«

Die so Bezeichnete setzte gerade zu einer Retourkutsche an und Falk sah seine Felle als Schlichter davonschwimmen, als das nächste Problem hinter dem Strandhäuschen anrollte. Papa Senger näherte sich mit den Zwillingen an der Hand der Bretterbude. Und er machte nicht den Eindruck, als wolle er Falk einen Orden für die beste Strandkorbvermietung Nordfrieslands verleihen. Ganz im Gegenteil: Der Familienvater schob eine Wutwelle vor sich her, begleitet vom lauten Greinen seiner Zwillinge, dass sogar die beiden Kampfdamen die Luft anhielten.

»Direkt neben dem Mülleimer!«, schnaubte Herr Senger, »wir liegen direkt neben dem Mülleimer! Und sehen Sie das?« Er riss die Zwillinge an den Händen in Richtung Falk und präsentierte diesem ihre verheulten Gesichter. Und verbeulten, denn soweit Falk erkennen konnte, waren die Backen der Zwillinge nicht nur mit Rotz, Tränen und Eisresten überzogen, sondern auch auf seltsame Art aufgequollen. Falk sah Papa Senger ratlos an.

»Wespenstiche …«, gab dieser mit bebender Stimme die Erklärung für das sonderbare Aussehen seiner Kinder. Die

Rentnerin und die Alleinreisende vergruben auf der Stelle ihr Kriegsbeil und bekamen den mitleidig-weichen Gesichtsausdruck aller Frauen, die mit Kinderleid konfrontiert sind.

»Oh, die süßen Kleinen«, flöteten sie unisono, und Papa Senger drückte sofort auf die Mitleidstaste.

»Sie wollten in aller Ruhe ihr Eis essen, die Kleinen, da kam wie aus dem Nichts die Wespenattacke aus dem Mülleimer! Hunderte von Wespen! Wir konnten gar nicht so schnell reagieren, meine Frau und ich.« Verständnisheischend sah er die Damen an. Falk wusste, dass er aus dieser Nummer nicht mehr herauskam, obwohl er fest davon überzeugt war, dass die Sengerschen Zwillinge im Mülleimer herumgewühlt und dabei die Wespen aufgestört hatten.

»Sie Unmensch«, schnaubte die Rentnerin in Richtung Falk, auf den sich nun auch die Blicke der anderen richteten. Und zwar aller anderen, die in Sicht- und Hörweite waren. Die heulenden Zwillinge taten das ihre, um die Aufmerksamkeit der gesamten Badegäste auf Falks kleine Strandbude zu lenken. Vater Senger wurde nicht müde, sein schweres Schicksal den Umstehenden mitzuteilen, ebenso wie die Alleinreisende und die Rentnerin. Schnell bildete sich eine Traube Empörter rund um Falk. Dieser wusste sich kaum zu helfen und blickte ratsuchend umher. Wo war Nille? Konnte der ihn nicht irgendwie aus der Sache hier raushauen? Tatsächlich sah er den Trecker aus großer Entfernung auf sich zurasen, aber Falks Erleichterung wich schnell der Gewissheit, dass Nille ihn nicht retten, sondern neue Probleme mitbringen würde. Denn auf dem Trittbrett des Traktors stand Hubert Löhns und fuchtelte wild mit seinem Golfschläger. Kaum bei der Strandkorbvermietung angekommen, hüpfte Löhns vom Traktor und baute sich wichtigtuerisch vor Falk auf.

»Ich liege am Hundestrand!«, schleuderte er Falk ins Gesicht.

»Aber Sie haben Ihren Platz doch selbst …«, setzte Falk an, aber Löhns ließ ihn nicht ausreden.

»Ich bin mitten beim Abschlag, da laufen diese zwei Tölen auf mich zu! Konnte mich gerade noch in den Strandkorb retten! Also so geht das aber nicht, klar?«

Der Rest von Löhns Tirade ging in Stimmengewirr unter, denn nun begann wieder jeder der Umstehenden, sein schweres Schicksal vor den anderen auszubreiten: Einer lag zu nah am Mülleimer, eine bei den FKKlern, die andere versehentlich am Textilstrand. Neben der Ruhe suchenden Schriftstellerin lag ein junges Pärchen, das zu laut Musik hörte, und zwei Familien bekriegten sich wegen der Größe der Sandwälle, die beide um ihr Gebiet gezogen hatten und mit denen sie angeblich in das Territorium der jeweils anderen geraten waren. Ein Sonnenanbeter fühlte sich vom schattenspendenden Sonnensegel seines Nachbarn gestört, und wieder andere konnten wegen des Lärms, den die Drachen der Kinder in der Luft machten, nicht schlafen.

Falk glaubte sich einer Ohnmacht nahe. Der Schlafmangel, zu viel Kaffee, die Hitze und der Stress setzten ihm so zu, dass ihm beinahe schwarz vor den Augen geworden wäre. Nur die Fata Morgana, die ihn in diesem Moment heimsuchte, rettete ihn davor, aus den Latschen zu kippen. Die Fata Morgana trug einen blauen Schwimmanzug, das honigblonde Lockenhaar fiel ihr üppig den Rücken hinab, und sie ging, ohne den Menschenauflauf vor Falks Hütte auch nur eines Blickes zu würdigen, zielstrebig zum Meer. Falk bekam einen Tunnelblick, blendete alles um sich herum aus und sah der Schönen sehnsüchtig hinterher. Wer war die Unbekannte, die ihm sein Herz geraubt hatte?

Unsanft wurde er aus seiner Schwärmerei gerissen, als ein durchdringender Hupton erscholl. Augenblicklich wurde es still, und alle Augen wanderten in die Richtung, aus welcher der Hupton gekommen war. Auf dem Dünenweg zum Strand, oben auf der Kuppe des Hügels, stand der weiße Geländewagen, den Falk bereits an der Fähre gesehen hatte. Der Fahrer drückte auf die Hupe, immer und immer wieder, bis auch der letzte Mensch am Strand zu ihm hinsah. Dann öffnete sich die Fahrertür, und heraus kam der Friesencowboy. In der gleichen Aufmachung wie am Fähranleger: Stetson, Cowboystiefel, Fischerhemd. Er ließ seinen Blick über den Strand wandern und sah imposant aus, jedenfalls von unten betrachtet, von dort, wo Falk und die Badegäste standen.

Die Erste, die das Schweigen brach, war die Rentnerin. »Herr von Boistern«, flüsterte sie respektvoll. In diesem Moment breitete der Friesencowboy generös seine Arme aus, zauberte ein breites Lächeln auf sein feistes Gesicht und trat so auf die Gruppe vor der Bretterbude zu. Wie ein Erlöser, der zu seinen Jüngern kommt. Aus der Menge kam jetzt die Rentnerin hervor. Sie ging dem Mann ein paar Schritte entgegen und wollte mit ihrer Beschwerdesuada fortfahren, aber der Cowboy tätschelte ihr nur beruhigend den Arm und ließ seinen Blick über die Versammelten schweifen, bis er bei Falk hängen blieb. Sein Lächeln wurde noch breiter; er ging direkt auf Falk zu, wobei die Menge ihm wie auf ein geheimes Zeichen hin Platz machte, und nahm ihn in seine fetten Arme. Er drückte ihn, klopfte ihm auf die Schulter und sagte inbrünstig: »Mein lieber Herr Thomsen! Wie gut, dass Sie da sind. Herzlich willkommen auf Heisterhoog!«

Obwohl Falk den Auftritt des Cowboys mehr als befremdlich fand und er wusste, dass der Typ mit den zwei seltsamen Tussis von der Fähre zusammengehörte, fühlte er sich in der festen Umarmung geborgen. Er war dankbar für die Sympathie und offenkundige Unterstützung, die er jetzt gut gebrauchen konnte. Der Cowboy löste sich von Falk, nahm seine Hand und drückte sie. »Hubert von Boistern, Unternehmer und Sprecher der Gewerbetreibenden von Heisterhoog«, stellte er sich vor.

»Falk Thomsen.« Falk erwiderte den festen Händedruck. »Ich habe die Strandkorbvermietung übernommen.«

»Seit heute, ich weiß, ich weiß«, gab von Boistern zurück und zwinkerte Falk verschwörerisch zu. Dann drehte er sich zu der Menge der Badegäste um.

»Meine lieben Gäste und Fans von Heisterhoog«, hob er an, und obwohl er noch kaum etwas gesagt hatte, hingen die Leute bereits an seinen Lippen und nickten zustimmend mit den Köpfen. Von Boistern hielt eine lange, launige und salbungsvolle Rede, in der er darauf hinwies, dass Falk ein blutiger Anfänger in Sachen Strandkorbvermietung sei und seinem leider verschiedenen Onkel Sten Thomsen, der doch allen Stammgästen ein Begriff sei, nicht das Wasser reichen könne. Aber, wandte von Boistern geschickt ein, habe nicht jeder einmal klein angefangen? Und wer sei man denn, hier auf Heisterhoog, wenn man nicht jedem eine Chance gäbe? Das sei doch der Heisterhooger *way of life*! Schließlich sei man hier im Urlaub, weil man Frieden und Entspannung suche und keineswegs den Streit. Heftiges Nicken unter den Zuhörern. Und deshalb, so schloss von Boistern seine wirkungsvolle Ansprache, dürfe jeder einen kleinen Zettel schreiben, mit der aktuellen Strandkorbnummer und seinen Wünschen, und am Ende des Tages bei Falk abgeben. Dieser würde dafür sorgen, dass morgen früh jeder da liege, wo er liegen wolle. Nur so könne der junge Mann sein Metier erlernen. Schlussendlich wünschte von Boistern allen Badegästen noch wundervolle Ferien, versprach jedem Einzelnen eine Gratiskugel in seiner Eisdiele in Süderende und ließ sich dafür von den besänftigten Urlaubern heftig beklatschen.

Hubert von Boistern wendete sich zufrieden Falk zu, und die Leute kehrten zu ihren Strandkörben zurück.

»Vielen Dank, ich hätte nicht gewusst …«, stammelte Falk.

»Das ist doch keine große Sache, mein Junge. Wir müssen doch zusammenhalten«, gab der Cowboy zurück.

Falk wollte seinem Retter gerade einen Kaffee anbieten, als sich plötzlich die Tür des DLRG-Häuschens quietschend öffnete. Falk sah verwundert hinüber, denn aus der Hütte war seit heute Morgen kein Lebenszeichen gedrungen, und Falk hatte nicht beobachtet, dass irgendjemand die Hütte betreten hätte. Von Boisterns Mundwinkel zuckten, und Nille versteckte sich sofort hinter seinem Trecker. Wieder war die Tür nur einen Spalt breit geöffnet, und wieder konnte Falk niemanden erkennen, lediglich ein dünner Faden Zigarettenrauch drang aus dem Häuschen.

»Du hast hier nichts verloren, Frekksen«, knarrte eine Stimme, die klang, als ziehe man eine rostige Säge über eisenhartes Hickoryholz. »Hier ist mein Strandabschnitt, da ziehst du besser mal Leine.«

Frekksen? Falk war nun vollends verwirrt. Aber auf Hubert von Boistern verfehlte die Drohung nicht ihre Wirkung. Er hatte alles Großspurige und Siegerhafte verloren, die Schultern waren ebenso wie die Mundwinkel nach unten gesackt. Nur die Augen waren zu bösen kleinen Schlitzen zusammengekniffen und die Fäuste geballt.

»Nimm dich bloß nicht so wichtig, Thies. Wirst schon sehen, was du davon hast. Deine Zeit ist abgelaufen!« Von Boistern bebte am ganzen Körper vor Zorn.

Aus der Hütte drang als Antwort nur heiseres höhnisches Lachen.

Von Boistern bewegte sich immer noch nicht, und zu Falks großem Entsetzen schob sich ein Gewehrlauf aus der Tür des DLRG-Häuschens.

»Soll ich dir erst Beine machen?«, fragte die Reibeisenstimme, und nun drehte sich von Boistern widerwillig und mechanisch wie ein Roboter in Richtung seines Geländewagens. Bevor er den Strand verließ, zischte der Friesencowboy Falk noch zu, dass er ihn um acht Uhr abends in der »Auster« erwarte, zum Essen.

Der Gewehrlauf folgte jeder Bewegung von Boisterns, bis dieser seinen dicken Wagen gestartet hatte und von der Dünenkuppe verschwunden war. Dann schloss sich die Tür des zum Fort umgestalteten Häuschens wieder wie von Zauberhand.

Falk zitterten die Beine, und er musste sich in seinen Liegestuhl setzen. Aus diesem stand er bis zum frühen Abend, als er seine Strandkorbvermietung schloss, auch nicht mehr auf. Es passierte gottlob nicht mehr viel, außer dass drei Viertel der Gäste ihre Wunschzettel abgaben, und Falk war dafür auch überaus dankbar. Die Aufregungen des Vormittags hatten ihm vollauf gereicht.

6.

Die »Auster« lag versteckt in einer kleinen Seitengasse von Süderende, dem zweiten größeren Dorf auf der Insel. Auf Heisterhoog gab es nur drei Ortschaften: Norderende, Süderende und mittendrin das kleine Tüdersen. Norderende war im neunzehnten Jahrhundert ein beliebtes Kurbad gewesen und immer schon das Zentrum der Insel. Hier hatten sich die Kapitäne angesiedelt, war der Leuchtturm erbaut worden und große Hotels entstanden. Später, im zwanzigsten Jahrhundert, wurde der beschauliche kleine Hafen zu einem Fähranleger umgestaltet. In den Nachkriegsjahren floss durch den Tourismus zu schnell zu viel Geld auf die Insel, und das einstmals so stilvolle Seebad mit seinen hölzernen Villen und mondänen Kurhotels fiel der Abrissbirne zum Opfer. Man wollte modern sein und baute eine betonierte Fußgängerzone, dazu Appartementblocks. Doch wer nach Heisterhoog kam, um Urlaub zu machen, schätzte das Ursprüngliche, Friesische, Unverbaute. Bei den Touristen, die es sich leisten konnten, war Norderende nicht beliebt, nur zum Einkaufsbummel frequentierte man die Fußgängerzone. In Norderende blieben nur noch die Landverschickten, Mutter-Kind-Kurgäste und wenige Pauschaltouristen.

Tüdersen war der Geheimtipp der Insel, ein winziges verschlafenes Nest mit dem schönsten Strand und wenig Bebauung. Hier fanden sich die ältesten Friesenhäuser inmitten von Schafweiden, Heideland und dornigen Wildfruchthecken, welche die Häuser vor den Nordseestürmen schützten. Malerisch war das Dorf, aber auch unspektakulär, denn außer dem Kiosk an der Bushaltestelle gab es hier nichts. Nicht ein Geschäft, keinen Arzt, kein Restaurant.

Diese wiederum, zumindest die guten, hatten sich in Süderende angesiedelt. Dieses Dorf wurde von Individualtouristen mit gut gefülltem Geldbeutel bevorzugt. Süderende war weniger verbaut als sein nördliches Pendant, aber dennoch behutsam modernisiert worden. Keine mächtigen Hotelbauten oder Appartementhäuser, sondern neue große Friesenhäuser mit Whirlpool, Carport und Kinderspielplatz lockten eine entsprechende Klientel an, welcher der Urlaub in Italien oder gar Spanien zu banal war. Es gab dezente kleine Boutiquen, die sich entlang der Einkaufsstraße auffädelten, in denen man allerhand Brauchbares – Wetterkleidung, Kinderspielzeug, Feinkost – und Überflüssiges – Bernsteinschmuck, Wolle und maritime Dekorationsartikel – erstehen konnte. Außerdem lockte Süderende mit einer Unmenge von Bars und Esslokalen verschiedenster Couleur: Fischbratereien, Eisdielen, friesische Teestuben und natürlich Restaurants von einfacher bis gehobener Küche. Die »Auster« gehörte offensichtlich zu letzterer Kategorie, jedenfalls entnahm Falk das der am Eingang angehängten Speisekarte. Diese war schwungvoll mit der Hand geschrieben und annoncierte das jeweilige Tagesangebot – heute Seezunge –, ohne allerdings Preise zu nennen. Von außen nahm sich das Restaurant klein und gemütlich aus, nicht mondän. Warmes gelbes Licht drang durch die gewölbten Scheiben, und vor dem Laden hatte sich eine kleine Schlange von Menschen gebildet, die geduldig auf einen Platz warteten. Voller Scham ging Falk an ihnen vorbei, weil er sicher war, dass Hubert von Boistern reserviert hatte. Dieser stand zwar nicht in der Warteschlange, aber sein Geländewagen parkte unübersehbar in der Feuerwehreinfahrt.

Kaum hatte Falk das Lokal betreten, erblickte er von

Boistern auch schon in einer der hintersten Ecken an einem kleinen Tisch in der Nähe der Bar. Er hob grüßend die Hand und winkte Falk zu sich. Die »Auster« wirkte im Inneren eher wie ein Trödelladen für Seemannskitsch. Überall hingen und standen Buddelschiffe, Modelle von großen Windjammern, Steuerräder, maritime Messgeräte und Fischernetze. Sogar eine hölzerne Galionsfigur prangte an einer Wand. Bille hätte jetzt auf dem Absatz kehrtgemacht und den Laden als »Touri-Falle« beschimpft, aber Falk fühlte sich auf Anhieb wohl. Die »Auster« wirkte behaglich und authentisch. Aus jedem der vielen Andenken und der liebevollen Ausgestaltung des Restaurants sprach der Stolz darauf, ein Volk von Seefahrern gewesen zu sein. Die Heisterhooger hatte über Jahrhunderte hinweg vom Walfang gelebt – und von Strandräuberei. Viele von ihnen waren im siebzehnten und achtzehnten Jahrhundert in südliche Länder gesegelt, auf ihren Grabsteinen auf dem Friedhof in Süderende waren ihre Abenteuer und Heldentaten verewigt.

Hubert von Boistern hatte seinen Stetson abgelegt. Ohne diese imposante Kopfbedeckung, mit seinem freundlichen blauen Fischerhemd, den wenigen blonden Haaren auf dem fast kahlen Schädel und dem frisch gezapften friesischen Pils in der Hand sah er aus wie einer, mit dem man gerne einen feucht-fröhlichen Abend verbringen wollte.

»Setz dich, mein Junge«, bat von Boistern mit einladender Geste, und Falk kam dem gerne nach.

Sein Gastgeber bestellte unaufgefordert auch für Falk ein kühles Blondes und bot umstandslos das Du an. »Jetzt, wo du doch einer von uns bist«, gab ihm sein neuer Freund Hubert zu verstehen. Falk war dankbar für das Bier und dankbar auch dafür, dass erst einmal von Boistern redete. Er selbst war zu erschöpft. Der Tag am Strand hatte ihn Kraft und Nerven gekostet, und nachdem Nille, der Klabautermann, ihn an seiner Kate abgeliefert hatte, war er erst einmal in tiefen Schlaf ge-

fallen. Danach hatte er sich die Zettel angesehen, siebenundfünfzig Stück. Siebenundfünfzig Wünsche. Falk war stark versucht gewesen, die Zettel allesamt im Klo hinunterzuspülen.
Wie sollte er es nur schaffen, alle Wünsche zu berücksichti-
gen? Bis morgen früh? Aber für Grübeleien war keine Zeit
gewesen. Er hatte geduscht, sich umgezogen und auf Stens
alten Drahtesel geschwungen, um zu seiner Verabredung zu
fahren. Und hier war er nun, geborgen in der Gemütlichkeit der »Auster« und aufgefangen von Hubert von Boisterns
freundlicher Anteilnahme.

Dieser redet ohne Unterlass und bestellte für Falk und sich
die Speisekarte rauf und runter. Falk hörte nur mit halbem
Ohr zu, als von Boistern über seine Geschäfte auf Heisterhoog
sprach. Er bekam lediglich mit, dass sein Gegenüber einige
Läden besaß, darunter die »Schmuckschatulle«, die seine
Frau führte. Seine Tochter – also die blonde Zicke, die ihm
den Kaffee übergeschüttet hatte, dachte Falk – war als »Wohn-
beraterin« tätig. Sie stattete die Häuser aus, die Hubert – »Sag
Hubsi zu mir« – gehörten und die er für teuer Geld das ganze
Jahr über vermietete.

Falk hörte Hubsis Ausführungen nur mit halbem Ohr zu
und nickte dann und wann mit vollem Mund, wenn er es für
angebracht hielt. Das Essen war großartig. Vorneweg gab es
friesische Tapas, und Falk war hingerissen von den verschiedenen kleinen gerollten, gebratenen, gestapelten Köstlichkei-
ten aus dem Meer. Er hatte riesigen Kohldampf und musste
sich sehr zusammennehmen, um das liebevoll angerichtete
Essen nicht allzu gierig hinunterzuschlingen. Dazu floss das
kalte Pils durch seine Kehle, und Falk fühlte, wie er sich woh-
lig entspannte.

Hubsi schien es nichts auszumachen, dass sein Gast nur
wenig zur Unterhaltung beitrug. Zum einen, weil er sich
offensichtlich freute, dass er mit der Essenseinladung Falks
Geschmack getroffen hatte, zum anderen, weil er sich selbst

49

gerne reden hörte. Es ging vornehmlich um den Erhalt und Ausbau des Tourismus und natürlich um ihn, den Wohltäter und Förderer der Insel – so viel bekam Falk schließlich mit. Der Hauptgang, die gebratene Kutterscholle, nahm seine ganze Aufmerksamkeit in Anspruch, und Falk, bereits etwas benebelt vom Bier, konnte Hubsi nur zustimmen, dass Heisterhoog ein ganz einmaliges Urlaubsjuwel war, mit dem es in seiner Besonderheit keine andere friesische Insel aufnehmen konnte. Schon gar keine dänische! Und von Boistern hatte offensichtlich überall seine Finger im Spiel, um zu gewährleisten, dass das auch so blieb. Toller Typ, fand Falk, als er sich den Mund mit der Serviette abwischte, die Beine lang unter dem Tisch ausstreckte und dezent den obersten Knopf seiner Jeans öffnete, die plötzlich etwas spannte. Er gestand sich ein, dass er Hubsi, dem ersten Eindruck nach, offenbar unterschätzt hatte.

Die Kellnerin räumte die leergegessenen Teller ab und sah Hubsi fragend an. Der warf einen kurzen Blick auf Falk, grinste und bestellte »Zwei Linie!«.

Falk hatte keine Ahnung, was eine »Linie« war, aber es konnte hier nichts Schlechtes sein. In der »Auster« hätte er alles gegessen. Oder getrunken. Kurz darauf kam die Kellnerin mit zwei hohen Gläsern zurück, die eisbereift waren und in denen eine gelbliche Flüssigkeit träge schwappte wie Öl.

»Linie-Aquavit, ist mehrmals über den Äquator gereist«, erklärte Hubsi, hob sein Glas und sah Falk plötzlich ernst in die Augen.

»Auf deinen Onkel«, toastete er.

Falk prostete von Boistern zu, dachte an Sten und daran, dass er ihn viel zu selten besucht hatte in den letzten Jahren. Dabei war es von Hamburg aus nur ein Katzensprung. Dann trank er, in Gedanken noch immer bei Sten, und genoss den würzigen Kümmelgeschmack des Schnapses.

»Schon tragisch«, begann Hubsi, »so kurz vor dem großen

Geschäft … Na ja, kann man nichts machen, wenn der Herrgott ruft, dann ruft er.«

Falk wusste nicht, wovon Hubsi da redete. Offensichtlich hatte er was verpasst.

»Großes Geschäft?«, fragte er nach.

Sein Gegenüber sah ihn überrascht an. »Weißt du denn nichts davon?«

Falk schüttelte ahnungslos den Kopf. Von Boistern zog die Stirn in Falten und legte seine fette Pranke auf Falks Hand.

»Das sollte doch Stens letzter Sommer sein. Er wollte noch diese Saison machen und sich dann zurückziehen.«

»Ach?!« Falk kam sich dämlich vor. Nichts hatte er gewusst. Sein Vater oder seine Mutter offenbar auch nicht. Niemand hatte so richtig Kontakt mit seinem Onkel gehalten.

»Er war ja nicht mehr jung. Und den ganzen Tag am feuchten Strand sitzen, das ging ihm in die Knochen. Dein Onkel wollte sich einen schönen Lebensabend machen, ohne die Maloche. Und das wäre ihm mit dem Haufen Geld ja ohne weiteres gelungen.«

Falk verstand immer noch nur Bahnhof. »Was für Geld?«

Hubsi trank den Rest von seinem Schnaps und machte eine wegwerfende Geste. »Ich habe deinem Onkel angeboten, ihm den Laden und die Kate abzukaufen. Ich hätte zwar nicht gewusst, was ich damit anfangen sollte, aber ich wollte Sten auch nichts abschlagen. Wir Insulaner müssen schließlich zusammenhalten.«

Falk nickte und dachte an Sten. So alt konnte der noch gar nicht gewesen sein. Sein Vater war jetzt achtundfünfzig, Sten war höchstens zehn Jahre älter gewesen und fit wie ein Turnschuh. Sie hatten immer gedacht, dass Sten als uralter Mann irgendwann einmal in einem seiner Körbe einschlafen und dann von der Flut ins Meer gespült würde. Zumindest hatte sein Onkel das immer behauptet, als Falk ein kleiner Junge war. Komisch, dass er verkaufen wollte … Aber was wusste Falk schon.

»Nur mal so interessehalber«, erkundigte sich Falk, »was hätte er denn so bekommen für die Strandkorbvermietung?«

Hubert von Boistern blickte Falk prüfend an und überlegte. Doch schließlich zuckte er mit den Schultern.

»Was soll's. Jetzt, wo das Geschäft geplatzt ist, kann ich's ja sagen. Wir waren uns auch schon einig. Vierhunderttausend. *Cash*.«

Falk blieb der Mund offen stehen.

Es war unter den bestehenden Umständen nicht ganz leicht, nach Hause zu navigieren. Falk hatte sich, mit einigen Bieren und zwei »Linie« intus, dazu entschieden, nicht durch den Wald zurück nach Tüdersen zu fahren, sondern über den Mittelweg. Dieser verlief durch die Weiden und Pferdekoppeln der Insel, und war außer für Anlieger für den Autoverkehr gesperrt. Aber leider war auch der Mittelweg nicht beleuchtet, eine Tatsache, die Falk nun den Heimweg schwer machte. Er schlingerte mit Stens altem Fahrrad hin und her, ab und an erwischte die schwache Vorderlampe einen Zipfel Asphalt oder ein Grasbüschel, ansonsten aber fuhr Falk ohne Orientierung. Noch dazu war er in Gedanken ganz woanders. Vierhunderttausend Euro! Das war eine Menge Holz für einen wie ihn, der immer mittellos war und dankbar, dass die Mutter wenigstens die dreihundert Euro für das WG-Zimmer berappt hatte. Bis vor kurzem. Mit so einem Betrag, da hätte er ausgesorgt! Wenn er das Geld gut anlegte, konnte er die nächsten zehn Jahre davon leben. Er brauchte ja nicht viel. Oder er kaufte sich auf St. Pauli eine Wohnung und musste nie mehr Miete zahlen! Falk wusste nicht, was in seinem Kopf mehr Umdrehungen verursachte: die Info über den Wert seines Erbes oder der Alkohol. Er konnte an nichts anderes denken. Wenn er diese Saison noch mitnahm und über drei Monate alle dreihundertfünfzig Strandkörbe vermietete, dann waren das nach Abzug der Steuern vielleicht noch mal hunderttausend – eine Wahnsinnskohle. Er hatte Hubsi nicht gesagt, dass er eventuell an einem Verkauf interessiert wäre, und dieser hatte in der Richtung auch keine Anspielungen gemacht. Aber Falk spekulierte schon, ob er den Preis ein bisschen hochtreiben könnte. Auf fünfhundert vielleicht? Schließlich war die Summe, die Hubsi Sten gezahlt hätte, entstanden, weil sein Onkel gerne verkaufen wollte. Möglicherweise war aus der Kiste noch was rauszuholen. Falk kam sich gerissen vor, und als er mit seinem Fahrrad den Bohlenweg zur Strandkate hinunterratterte, war er richtiggehend euphorisch über die Aussicht, am Ende der Saison vielleicht um eine halbe Million Euro reicher zu sein.

Er stellte sein Rad an der Hauswand ab und kramte nach dem Schlüssel, als er den Geruch von Zigaretten in der Luft bemerkte. Falk schnupperte und sah einen dünnen Rauchfaden um die Hausecke ziehen, der ihm nur allzu bekannt vorkam. Ihm wurde heiß und kalt, seine Beine wurden weich wie Pudding und die Hände schweißig. Langsam ging Falk um die Ecke.

»Na, was hat er dir angeboten, der Frekksen?«

Es war die Reibeisenstimme, die aus dem DLRG-Häuschen. Die, zu der das Gewehr gehörte.

Auf seiner Bank saß ein Typ, der auf den ersten Blick aussah wie ein in die Jahre gekommener Lucky Luke. Lange dürre Beine, die in abgewetzten schwarzen Jeans steckten. Ein schwarzes Hemd, bis zum Bauchnabel aufgeknöpft, um den Hals ein speckiges rotes Tuch. Auch dieser Typ trug Cowboystiefel, aber im Gegensatz zu denen von Boisterns waren diese hier zehnmal so alt, völlig durchgelaufen und wurden von ihrem Besitzer sicherlich auch während des Schlafens getragen. Einen Cowboyhut trug der Typ nicht; er hatte volles, schwarzes, ebenfalls speckiges Haar, das er nach hinten zu kämmen versucht hatte. Die vordere Tolle fiel ihm in die Stirn und verdeckte seine Augen. Das Gesicht war lang und ähnelte sowohl dem von Lucky Luke als auch dem von Jolly Jumper: ein kantiges Kinn und ein starkes Gebiss mit großen Zähnen.

Dieses Gebiss grinste ihn breit an. Falk war verwirrt. Was tat dieser Typ hier, der offensichtlich »Thies« hieß, wie er heute am Strand mitbekommen hatte, und von welchem Frekksen sprach er? Und von was für einem Angebot?

Thies klopfte mit einer schwer beringten Hand auf den Platz neben sich auf der Bank. Falk setzte sich, achtete aber auf Abstand. Thies grinste noch breiter.

»Der hat dir doch ein Angebot gemacht, oder nicht? Würd mich wundern, wenn der Frekksen nicht gleich versuchen würde, reinzugrätschen.«

»Von wem sprechen Sie denn? Ich kenne keinen Frekksen.«

»Kennst du schon.« Lucky Luke nahm einen weiteren tiefen Zug von seiner dünnen Selbstgedrehten. »Bernd Frekksen, das Frettchen. So hieß er, bevor er von hier abgehauen ist. Als er zurückkam, nannte er sich Hubert von Boistern. Andere Verpackung, gleicher fauler Inhalt.«

Falk nickte gehorsam, aber verstanden hatte er nichts. Von Boistern war also nicht von Boistern. Seiner neuer Freund Hubsi hieß eigentlich Bernd. Warum hatte er ihm das nicht gesagt?

»Ich bin Thies. Und nicht Sie. Thies Hoop. Wir sind Nachbarn. Falls dir das nicht schon aufgefallen ist.«

Thies musterte Falk jetzt belustigt. Falk schrumpfte gleich um ein paar Zentimeter, er kam sich vor wie ein Wicht neben dem großen schwarzen Mann. Dieser drückte seine Kippe mit der Stiefelspitze aus und schob sich etwas Schwarzes in den Mund, auf dem er sofort heftig herumzukauen begann.

»Was für ein Angebot soll mir Herr Frekksen gemacht haben?« Falk gab sich ahnungslos, aber in seinem wattigen Kopf formte sich durchaus eine Ahnung, um was es sich handeln könnte. Die große Vierhunderttausend-Euro-Blase war scheinbar kurz davor zu platzen.

Thies klopfte mit dem Knöchel des Zeigefingers hart auf die Holzbank. »Das hier. Er will dir das abkaufen. Das, was Sten dir vererbt hat.«

»Die Strandkorbvermietung«, gab Falk zu. »Aber nicht mir. Er hat gesagt, mein Onkel wollte sie ihm verkaufen.«

Thies dunkle Augen wurden zu Schlitzen.

»Na klar. Und er wollte deinem Onkel nur einen Gefallen tun, was?« Thies lachte auf. »Gerissen ist er ja, der Frekksen, muss ich ihm lassen.«

»Das hat er jedenfalls gesagt, ja. Dass die Insulaner zusammenhalten müssen.« Falk kam sich bescheuert vor. Da lief irgendwas ganz Großes, und er wusste nicht was. Das war bereits heute Mittag am Strand zu spüren gewesen, als Thies Hubsi, nein Bernd, mit dem Gewehr vertrieben hatte.

Thies lachte nun noch lauter. Dann beugte er sich zu Falk, packte diesen grob an der Jacke und zog ihn zu sich herüber. Er schob sein Gesicht nah an das von Falk, und Falk stieg ein strenger Tabakgeruch in die Nase.

»Wie viel?«, fragte Thies drohend.

Falk wusste, er kam hier nicht mehr raus. Er hatte Angst zu schwindeln.

»Vierhunderttausend«, stammelte er.

Thies ließ ihn abrupt los, stand auf und brach erneut in lautes, höhnisches Lachen aus. Dann drehte er sich zu Falk und nahm ihn streng ins Visier.

»Der hält dich für bescheuert, weißt du das?«

Falk machte einen zaghaften Versuch zu widersprechen. »Das ist doch nicht schlecht für die Strandkorbvermietung.«

»Für die Strandkorbvermietung? Am Arsch! Die interessiert den nicht die Bohne!« Thies war jetzt richtiggehend aufgebracht. Er breitete die Arme aus und markierte damit einen großen Kreis, einmal um sich und die Strandkate herum.

»Das hier will er! Den Grund! Alles, was Sten gehört hat, das ganze Land vom Wald bis zu den Dünen. Und das ist viel mehr wert als das lächerliche Taschengeld, das er dir angeboten hat.«

Falk traute sich gar nicht zu fragen, er guckte nur.

»Eine Million«, sagte Thies ernst. »Wenn das mal reicht.«

7.

»Um halb sechs am Strand«, hatte Thies unmissverständlich angeordnet, und so hatte Falk eine weitere Nacht ohne nennenswerten Schlaf verbracht. Er hatte sich vier Stunden herumgewälzt, nachdem Thies Hoop ihn mit der beunruhigenden Geschichte um Stens Besitz zurückgelassen hatte. Laut Thies, dem offiziellen Strandwächter und Bademeister von Tüdersen, war Bernd Frekksen alias Hubert von Boistern seit einigen Jahren hinter Sten Thomsens Land her. Dieses umfasste ein paar Quadratkilometer Dünen- und Heideland sowie einen schmalen Streifen des Kiefernwäldchens. Genauer gesagt, das Land von der kleinen Kate bis zur Lagerhalle der Strandkörbe. Die Bude am Strand zählte nicht dazu, dafür zahlte Sten der Gemeinde lediglich eine kleine Pacht. Lange Jahre hatte sich niemand dafür interessiert, was das für Land war, das Sten gehörte. Aber eines Tages hatte das Gemeinderatsmitglied Silke Söderbaum, eine bekennende Grüne, eine Anfrage eingebracht, ob man den gesamten Dünenabschnitt von Süderende bis Norderende, samt Heideland und Wald, nicht als Naturschutzgebiet ausweisen solle. Erst da war allgemein aufgefallen, dass das Land in Tüdersen lediglich Landschaftsschutzgebiet war, was einer Bebauung nicht zwangsläufig im Weg stand, da man diese Ausweisung auch jederzeit per Beschluss aufheben konnte. Die Immobilienhaie der Insel, in vorderster Reihe Hubert von Boistern, hatten sich all die Jahre auf die touristische Erschließung der beiden größeren Dörfer konzentriert, und das verschlafene Nest Tüdersen war buchstäblich unter den Tisch gefallen. Nun aber witterte von Boistern seine große Chance. Er wollte der Erste sein, der Tüdersen »wachküsste«, in den Worten von Thies Hoop: »kaputtsanierte«. Er unternahm alles, damit dem Antrag von Silke Söderbaum nicht entsprochen wurde, bestach mutmaßlich die Gemeinderatsmitglieder, die darüber zu befinden hatte. Niemand wusste, was genau von Boistern plante, aber dass er etwas im Schilde führte, war allen klar. Er war einer, der den Hals nicht voll bekam, und sein neues Objekt der Begierde war das Land von Sten. Um dieses zu erhalten, ging er laut Thies über Leichen. Auf der anderen Seite war Falk immer wieder der Gedanke an das Geld durch den Kopf geschossen: Eine ganze Million sollte sein Besitz wert sein, mindestens!

Falk hatte kaum ein Auge zugemacht. In seinen wirren Träumen drehten sich goldfarbene Radkappen zwischen hohen Wellen, in denen er zu ertrinken drohte. Eine Meerjungfrau mit hellblonden Haaren und einer weißen Lederjacke schwamm auf ihn zu, aber als sie ihm die rettende Hand hinstreckte, lachte ihn ein Totenschädel an. Am Strand stand Hubsi und schmiss Geldscheine in die Luft, ganze Massen, immer und immer wieder. Falk versuchte, die im Wasser treibenden Scheine herauszufischen, aber von irgendwoher wurde auf ihn geschossen.

Schweißgebadet schreckte er schließlich hoch und sah auf seinen Wecker. Fünf Uhr. Draußen war es noch stockfinster. Falk stemmte sich mühsam hoch, stellte sich unter die heiße Dusche und kochte sich danach einen extrastarken Kaffee. Mühsam schleppte er sich an den Strand. Kaum war er zwei Meter vom DLRG-Häuschen entfernt, öffnete sich knarzend dessen Tür.

»Zehn Minuten zu spät«, schnarrte es aus dem Dunkeln. Falk seufzte tief und trat ein. Was ihn im Inneren des zum Fort umgestalteten Lebensretterhäuschens erwartete, ließ ihn schlagartig wach werden. Thies Hoop, in den gleichen Klamotten wie am Vorabend, die langen Beine auf den Tisch gelegt und im Mundwinkel eine Selbstgedrehte, hatte nicht nur ein großartiges Männerfrühstück – Eier auf Speck, dicke Bohnen und Würstchen – auf den kleinen wackeligen Tisch gestellt, er hatte auch eine Überraschung vorbereitet: An der Wand hing eine Pinnwand, vielleicht ein mal zwei Meter, auf der maßstabsgetreu der Strand von Tüdersen dargestellt war. Das DLRG-Fort, Stens Strandbude, das Toilettenhäuschen, der Küstenstreifen, die Dünen, aber auch die beiden Mülleimer, die Kinderwippe und das Volleyballnetz. Alles naturgetreu, aber klitzeklein. Und am Rand steckten winzige Strandkörbe. Jeder einzelne mit der originalbunten Bemalung bis hin zur Nummer auf dem Rücken. Geschnitzt und auf Nadeln gepikst. Falk starrte mit offenem Mund darauf.

»Das gehört Sten. Ich hab's nach seinem Tod gleich aus der Hütte geholt. Man kann ja nicht wissen. Jetzt ist es deins«, gab Thies zu.

Falk guckte genauer auf die Karte, und jetzt sah er, dass das gesamte Gebiet von feinen gestrichelten Linien durchzogen war. Am Rand der Linien standen Bezeichnungen: Kinder, Hunde, FKK. Das bezeichnete also die entsprechenden Strandabschnitte. Aber damit nicht genug. Es gab auch Abschnitte für Singles, Senioren, Youngster, Kultur und, überraschend: Spinner. Die Spinner lagen ganz weit weg. Eher in den Dünen als in Wassernähe. Total isoliert von allen anderen. Am nahesten waren sie noch den Senioren, denen ebenfalls ein Sicherheitsabstand zu den anderen Gruppen eingeräumt wurde.

Thies ließ Falk keine Zeit für weitere Gedanken über die Strandaufteilung. Er drückte ihn auf den Stuhl und goss ihm Kaffee in den Blechbecher.

»Erst mal was in den Magen, dann stecken wir die Claims ab«, gab er Falk unmissverständlich zu verstehen. Auf Nachfrage erklärte Thies, dass Sten dieses geniale System vor vielen Jahren entwickelt hatte, in den langen Herbst- und Wintertagen, in denen es lediglich galt, die Strandkörbe wieder auf Vordermann zu bringen. Dann hatte Sten das System immer weiter verfeinert. Früher beispielsweise hatte er den Strand nur unter Hunden, Kindern und FKK aufgeteilt. Aber das hatte nicht genügt, »man muss ja mit der Zeit gehen«, wie Thies sinnfällig einwarf. Als Letztes seien die Spinner hinzugekommen, deren Gruppe aber mit den Jahren beständig größer wurde, auch dies ein Zeitphänomen, wie Thies feststellte. Die Mini-Strandkörbe wurden von Nille dem Klabautermann in Handarbeit angefertigt, er schnitzte sie aus Strandgut. Die Platte mit der Strandnachbildung hatte also normalerweise in der Bretterbude gehangen, und wenn jemand gekommen war, der von Sten einen Strandkorb hatte mieten wollen, hatte dieser in Sekundenschnelle eine Einschätzung vorgenommen, welcher Gruppe der Interessent angehörte, und mit einem Blick auf die strategische Karte den entsprechenden Strandkorb mit dem besten Standort zugeteilt. Strandkörbe, die sich bereits in den entsprechenden Gebieten befanden, aber noch nicht vermietet waren, hatten auf dem Dach einen kleinen blauen Aufkleber. Darüber hinaus war es auch möglich, am Beginn oder Ende der Saison, wenn man bereits einen Teil der Körbe in die Lagerhalle geschafft hatte, die Körbe auf Wunsch an die Stellen zu fahren, die die Badegäste sich ausgesucht hatten. Auch hier war Einfühlungsvermögen gefragt, denn wenn sich beispielsweise ein Rentner ein schönes Plätzchen inmitten des Youngstergebietes ausgesucht hatte, galt es, ihm sein Plätzchen auszureden und ihm ein anderes, günstiger gelegenes anzudienen. »Reine Psychologie!«, wie Thies anmerkte. Richtig knifflig wurde es bei Schnittmengen. Familien mit Hunden. Nackte Senioren. Alleinstehende Youngster. Nur die Spinner, so lernte Falk, hatten keine Schnittmengen. Die waren immer Spinner, egal ob mit Hund, nackt badend, jung oder alt. Solche wie Hubert Löhns. Die waren absolut inkompatibel.

Nachdem die beiden Männer sich das herrlich stärkende Frühstück von Thies einverleibt hatten, widmeten sie sich den Wunschzetteln. Falk hatte diese in weiser Voraussicht bereits vorgeordnet. Der größte Teil der Wünsche schien erfüllbar und war in kurzen knappen Anordnungen gehalten: »Hundestrand« stand da, oder »Beim DLRG-Haus«, »Nicht bei den Toiletten«. Diesen Wünschen konnten Thies und Falk sofort entsprechende Strandkorbnummern zuteilen. Schwieriger waren die Spezialwünsche wie zum Beispiel »Auf keinen Fall in der Nähe von dem weißen Hund«, »Weit weg von der Familie mit den Zwillingen, aber ganz nah am Kinderspielplatz« oder »Neben der Blondine mit den prallen Möpsen«. Bei einem Drittel dieser Wünsche fanden Falk und Thies nach langen taktischen Planspielen auf der Strandnachbildung endlich ein Plätzchen. Ein weiteres Drittel der Wünsche war schlichtweg nicht erfüllbar, mit den Leuten würde Falk persönlich sprechen und auf ihr Verständnis und Entgegenkommen hoffen müssen. Das letzte Drittel wanderte kommentarlos in den Müll.

Um Punkt sieben klopfte es an der Tür, und ein ausgeschlafener und gut gelaunter Nille streckte seinen Kopf in die Hütte. Begeistert zeigte er auf die Platte und wiederholte in einem fort: »Nille und Sten, Nille und Sten.« So lange, bis Falk und Thies ihn beide überschwänglich gelobt hatten. Dann schleppten Falk und Nille die große Spanplatte in die Bretterbude und hängten sie auf ihren angestammten Platz an der Wand. Nille guckte noch einmal kritisch darauf und nahm dann zwei Strandkörbe, die noch nicht eingeteilt waren, fort. Falk sah ihn fragend an; Nille sagt etwas bedrückt »kaputt« und schob die beiden Miniköbre in seine ausgebeulte Hosentasche. Falk erblickte durch die geöffnete Tür bereits das Rentnerehepaar im Anmarsch – halb acht, pünktlich zum

Kneippen. Thies hatte seine Tür inzwischen geschlossen und öffnete sie den ganzen Tag nicht mehr. Nur sein Assistent, Stoppelkopf der Rettungsschwimmer, ließ sich später blicken.

»Ich bin gespannt, was Sie für uns vorbereitet haben«, ließ sich die Rentnerin schon von weitem vernehmen.

»Nur das Beste, Stammgastplatz erste Reihe«, gab Falk zur Antwort und gab Nille ein Zeichen. Dieser war bereits instruiert und dampfte jetzt in Richtung Seniorenstrand davon. Die Frau wanderte energisch hinterher, der Mann folgte ihr, drehte sich aber noch einmal zu Falk um und winkte. Falk erwiderte den Gruß. Thies hatte für das Rentnerehepaar ein besonders schönes Plätzchen ausgesucht, denn er kannte seine Pappenheimer, sprich Stammgäste, und wusste, wenn die Beigefarbene nicht zufrieden war, wäre sie im Stande, den ganzen Strand aufzuwiegeln. Auch das hatte er Falk eingebläut: die Redenschwinger als Erstes besänftigen, dann hatte man anschließend die Ruhe, sich mit den weniger fordernden Gästen zu befassen.

Der Strand füllte sich *peu à peu*, und Falk schaffte es, dass beinahe alle seine Kunden dankbar und gut gelaunt ihre neuen Domizile bezogen. Nur Hubert Löhns mopperte. »Das ist ja nun viel zu weit draußen, da kann ich mich ja gleich an den Strand von Süderende legen!«, klagte er, als er erfuhr, dass Thies und Falk ihm einen Platz ganz, ganz weit weg, am äußersten »Spinnerrand«, zugedacht hatten. Aber Falk machte ihm den Platz schmackhaft, indem er Löhns mit dem Versprechen köderte, dort draußen fände er einen Golftrainingsplatz mit raffinierten Hindernissen vor, der keine Wünsche offen ließe. Löhns würde im Laufe der Ferien sein Handicap locker um zwei Punkte verbessert haben!

Gegen Mittag konnte sich Falk dann auch entspannt in seinen Sonnenstuhl legen und auf ein gelungenes Vormittagswerk zurückblicken. Er lauschte den Wellen, dem Kindergeschrei und dem gleichförmigen »plock, plock, plock«

der Beachballspiele und nickte ein. Als Nille ihn eine Stunde später aufweckte, waren Falks Stirn und Nase krebsrot, aber er fühlte sich immerhin ansatzweise ausgeruht. Er beschloss, am frühen Nachmittag seine Bude dichtzumachen und sich in Norderende mit Einkäufen vernünftig einzudecken, seine Mutter anzurufen und dann möglichst früh ins Bett zu gehen, um sich die Sache mit dem Verkauf seines Erbes durch den Kopf gehen zu lassen.

Aber es sollte anders kommen.

Nach einer ausgiebigen Dusche und der Versorgung seines Sonnenbrandes schwang Falk sich aufs Fahrrad und trat den Weg nach Norderende durch den Kiefernwald an. Es war ein freundlicher Pfad, der stark frequentiert wurde von Joggern, Familien mit Bollerwagen, Hundebesitzern, deren Leinen sich wie Fallstricke über den Weg spannten, Kaninchen und Fasanen. Die ganze Heisterhoog-Idylle, die Falk so liebte. Für Rennsportler war diese Strecke nicht geeignet, aber Falk hatte Zeit, bremste immer wieder mal ab, wenn ein Dreirad seinen Weg kreuzte, oder schob sogar ein Stück. Der Weg führte am Leuchtturm vorbei ins Heideland. Dort duftete es würzig, und Falk nahm sich vor, unbedingt etwas von dem wunderbaren Inselhonig zu kaufen, den Imker Paulsen herstellte. Ein Löffel davon auf einem frischen Milchbrötchen – ein himmlischer Genuss! Schließlich erreichte Falk den Ortseingang von Tüdersen und stellte sein Rad vor der Buchhandlung ab. Er wollte sich mit Krimis eindecken, denn die Tage am Strand würden lang werden, und Thies war offensichtlich tagsüber nicht erpicht auf Kontakt. Er öffnete Tür und Fenster des DLRG-Häuschens nur, um seinen ausgekauten Priem nach draußen zu spucken, und Falk begriff jetzt, dass das, was er für Teerbrocken am Strand gehalten hatte, in Wirklichkeit aus Thies' Produktion stammte. Die Unterhaltungen mit Nille waren aufgrund von dessen eingeschränktem Sprachvermögen sehr dürftig. Nille nickte freudig zu allem, was Falk sagte, knuffte Falk in die Seite und rief: »Super, Falk, super! Nille super!« Manchmal variierte er seine Äußerungen zu »Toooll!«, und dann nickte der Klabautermann noch heftiger und lachte. Falk brauchte also etwas zu lesen. Er hatte sein Fahrrad gerade abgeschlossen und richtete sich wieder auf, als er sie sah. Und sie ihn auch. Die schöne Schwimmerin trat aus der Buchhandlung. Leider trug sie nicht ihren blauen Badeanzug, sondern ein sehr elegantes Kostüm mit heller Bluse darunter, die gerade so weit aufgeknöpft war, dass man den sonnengebräunten Brustansatz dezent erahnen konnte. Schicke hochhackige Sandalen und nach oben gesteckte Haare vervollkommneten das Bild. Sie sah auf keinen Fall wie eine Urlauberin aus, sondern wie eine Lady. Die Honigblonde lächelte Falk breit an, in ihren Augenwinkeln bildeten sich entzückende Lachfältchen. »Na, hast du es überlebt?« Wenigstens duzt sie mich, registrierte Falk erfreut, bevor er fieberhaft eine witzige und geistreiche Antwort suchte. Aber ihm fiel auf die Schnelle nichts ein, er war eher beschämt darüber, dass er auf Stirn und Nase einen knallroten Sonnenbrand hatte.

»Ja, äh, vielen Dank jedenfalls«, war alles, was er schließlich hervorbrachte, und das war weder witzig noch geistreich. Die Schöne sah ihn immer noch schmunzelnd an. Sie hatte dunkelblaue Augen, dichte schwarze Wimpern und für eine Frau zu dunkle, aber ausdrucksstarke Augenbrauen.

»Sicher, dass nichts zurückgeblieben ist?«, fragte sie sanft.

Falk öffnete den Mund, aber in dem Moment klingelte etwas bei der Unbekannten. Sie zwinkerte Falk zu und nahm dann ein BlackBerry aus ihrer Jackettasche. »Von Rolandseck«, konnte Falk noch verstehen, dann drehte seine Angebetete ihm den Rücken zu und entfernte sich. Falk blieb nichts anderes übrig, als auf ihren aufregenden Nacken zu starren, den stolzen Schwung ihrer Hüften zu bewundern und zu spüren, wie er sich in flüssige Butter auflöste. Aus dieser Trance erwachte er erst, als ein lautes Hupen durch die kleine Einkaufsstraße von Norderende dröhnte. Das Hupen hatte einen charakteristischen Klang, der Falk irgendwie bekannt vorkam. Und tatsächlich, es war die Hupe von Bernd-Frekksen-Hubsi-von-Boisterns protzigem Geländewagen. Dieser kam mit überhöhter Geschwindigkeit die Straße entlang, bremste mit quietschenden Reifen, und die Beifahrertür schwang auf. Aber nicht etwa neben Falk. Sondern neben der Honigblonden. Die nun in das Auto hineinlächelte und dann einstieg. Von Frekksen-Boistern drückte aufs Gas, und so schnell er erschienen war, so schnell verschwand der Spuk in Weiß-Gold auch wieder. Und mit ihm Falks Schwarm.

Einigermaßen verwirrt leistete sich Falk ein leckeres Bratfischbrötchen bei »Piet's«, Heisterhoogs bester Fischbraterei, und tätigte dann seine Einkäufe. Wieder zu Hause in der kleinen Kate angekommen, versuchte er zunächst, seine Mutter zu erreichen. Grit Fischer-Thomsen arbeitete als Krankenschwester im Schichtdienst, und Falk war nicht mit ihren Dienstplänen vertraut, so dass er wieder einmal nur ihre Mobilbox erreichte. Er hinterließ eine lange Nachricht, in der er kurz umriss, was ihm auf der Insel widerfahren war. Falk legte auf und dachte kurz daran, sich bei Bille zu melden. Aber dann verwarf er die Idee. Zu heftig war ihr Streit gewesen, außerdem hatte Bille ja nach Goa fahren wollen, und was sie sich vornahm, das zog sie in der Regel auch durch. Falk beschloss, dass es besser war, sich erst nach den Semesterferien, wenn er in Hamburg wieder sein Studium aufnahm, bei Bille zu melden. Bestimmt war dann ihr Ärger verraucht, und sie zog wieder in die gemeinsame Wohnung ein. Auch wenn er sich dagegen entschied, Bille anzurufen, hatte Falk doch das dringende Bedürfnis, mit irgendjemandem zu reden. Skypen oder Facebook konnte er vergessen, in Stens Bude gab es keinen Internetzugang. Falk starrte auf seine Einkäufe und fasste einen Entschluss. Er hatte zwar niemanden, der jetzt für einen kleinen Schnack zur Verfügung stand, aber das hieß noch lange nicht, dass ihm in der Hütte die Decke auf den Kopf fallen musste. Er schmierte sich zwei dicke Sandwiches, wickelte sie in Alufolie ein, nahm sich ein eisgekühltes Sixpack aus dem Kühlschrank und machte sich auf den Weg in die Dünen. Er würde sich den Sonnenuntergang über dem Meer ansehen, ein kühles Bier reinziehen und über das Dilemma mit seinem Erbe nachdenken.

Falk suchte sich eine große Düne aus, auf deren Spitze er sich einrichtete. Der weiße feine Sand war ganz warm von der Sonne, und er vergrub seine Zehen darin. Dann streckte er sich lang aus, legte sich auf den Bauch direkt in den Sand. Durch den Strandhafer hindurch sah er in Richtung Meer. Die Luft war ganz klar, der Himmel wolkenlos, und die Urlauber zogen in einer kleinen Karawane vom Wasser in Richtung Dünen. Sie waren müde von der Sonne und der frischen Seeluft, das sah man an ihrem Gehtempo und an der Art, wie mühselig die Väter die vollgepackten Bollerwagen hinter sich herzogen. Sogar die Hunde, die morgens bellend und ausgelassen getobt hatten, trotteten jetzt brav und erschöpft neben ihren Besitzern her. Aber es war eine glückliche und erfüllte Karawane, auch das konnte man sehen und hören: kein Kindergeschrei, keine lauten Schimpftiraden erfüllten die Luft, nur ab und an waren leise Gespräche oder ein Lachen zu vernehmen. Die Menschen, die von einem langen Strandtag in ihre Appartements, Hotelzimmer oder Campingzelte zurückkehrten, waren einfach nur: erholt. Falk hoffte, dass dieser Urlaubsfrieden ihn auch noch ereilen würde, die ersten zwei Tage auf Heisterhoog waren purer Stress für ihn gewesen.

Falk seufzte und öffnete zischend die erste Dose Bier. Er ließ die Hälfte ihres Inhalts durch seine Kehle rinnen und beschloss, an diesem Abend keine schweren Gedanken zu wälzen. Nicht über seine Verpflichtung Sten gegenüber nachzudenken oder darüber, dass er mit einem Verkauf an Hubert von Boistern Millionär werden könnte. Obwohl das hieße, dass er sich eine Wohnung auf St. Pauli kaufen könnte und von dem Rest zwanzig Jahre leben. Wahnsinn. Andererseits hatte ihm Thies ganz klargemacht, dass für den alten Sten ein Verkauf an von Boistern nie und nimmer in Frage gekommen wäre. Der Gedanke an diese Geschichte verursachte Falk schon Kopfschmerzen, und er beschloss, die Sache erst mal ruhen zu lassen, sich auf die Strandkorbvermietung zu konzentrieren und den Sommer am Strand zu genießen. Gewissermaßen war das Falks Lebensmotto: abwarten, die Dinge kommen lassen und bloß nicht hektisch werden. Nicht umsonst studierte er Soziologie im dreizehnten Semester. Falk nahm noch einen Schluck Bier und wickelte das erste Sandwich aus der Alufolie. Jetzt ging es ihm schon besser, wo er sich gedanklich den Stress weggeschafft hatte. Er musste sich ja gar nicht entscheiden. Nicht jetzt. Die anderen machten Stress, Hubsi und auch Thies auf seine Art. Aber deren Krieg war nicht seiner, und er war fest entschlossen, dass dies ein geiler Sommer für ihn werden sollte. Just in dem Moment, als er in sein Sandwich beißen wollte, sah er die blonde Lockenmähne. Im Gegenlicht der untergehenden Sonne, vor dem abendlich glitzernden Meer. Er sah nur die Silhouette der schönen Schwimmerin, aber mittlerweile hätte er sie überall und unter allen Umständen erkannt, ihr Gang und die Art, wie sie die lockigen Haare nach hinten warf, waren einmalig. Heute hatte sie ein Handtuch über die Schultern gelegt und kam vom Strand fast direkt auf seine Düne zu. Falk wusste, dass er handeln musste. Dass er jetzt aktiv werden musste, sonst würde es schwer werden. Er musste die Initiative ergreifen, um nicht dazustehen wie ein unfähiger Trottel. Hektisch knüddelte Falk die Alufolie wieder über sein Sandwich und stand auf. Er lief von der Düne herunter auf sie zu. Bergab nahm er etwas an Fahrt auf, weil man in dem tiefen Sand nicht einfach lässig schlendern konnte, aber kurz bevor er die Badeschönheit erreicht hatte, bremste er ab und ging betont cool. Es hätte schließlich nicht gut ausgesehen, wenn er ihr direkt in die Arme gerannt wäre. Als er endlich vor ihr stand, musterte sie ihn zunächst und lächelte ihn dann an. Falk bemühte sich, nicht auf die reizenden Lachfältchen um ihre Augen zu blicken oder auf die schönen weißen Zähne, die unten ein ganz klein wenig schief standen, was ihren Mund aber nur noch attraktiver machte.

Falk gab sich einen Ruck, doch sie kam ihm zuvor.

»Willst du auch ins Wasser? Aber pass auf, es ist keine Badezeit mehr. Und keiner da, der dich retten könnte.«

Dabei lächelte sie, und ihre Sommersprossen tanzten.

»Keine Angst. Ich hab mich aufs Trockenschwimmen verlegt.« Falk deutete mit einer vagen Handbewegung auf die Dünen.

Die Schöne lachte, und Falk wagte einen weiteren Vorstoß.

»Von da oben hat man einen fantastischen Blick auf den Sonnenuntergang. Bier und Sandwich inklusive. Wie sieht's aus?« Falk lächelte sie so gewinnend an wie möglich. Und hatte Erfolg. Sie hörte auf zu lachen, blickte kurz auf die Dünen, dann auf den Himmel und nickte.

»Klar. Warum nicht.«

Falk spürte augenblicklich, wie eine riesige Luftblase, die sich in seinem Inneren aufgepumpt hatte, durch den Brustkorb nach oben stieg, platzte und sich in tausend kleine Blubberbläschen auflöste, wodurch er sich plötzlich ganz leicht und beschwingt fühlte. Er lief durch die klare Seeluft, den warmen weichen Sand zwischen den Zehen, neben einer wunderschönen Frau, die sich jetzt ihr Badehandtuch um die Hüften wickelte und ihre lockigen Haare mit einem Gummiband nach oben zwirbelte. Sie hatte sich ihm als »Gina« vorgestellt, und Falk war im siebten Himmel, dass die phantastische Erscheinung nun einen Namen hatte.

Und auch sonst entpuppte sich Gina als Frau aus Fleisch und Blut und nicht als ätherisches Wunschbild. Sie freute sich aufrichtig, als Falk ihr eines seiner Sandwiches anbot, und biss herzhaft hinein. Sie aß mit Appetit, ein Anblick, der Falk zum Lächeln brachte, denn Bille hatte, wie die meisten seiner Freundinnen, für Essen nicht so wahnsinnig viel übrig. Sie zupfte ihr Brot immer in kleine Stücke und stocherte mit der Gabel auf dem Teller herum, wobei sie die Hälfte der Zutaten zur Seite schob. Gina dagegen hatte offensichtlich Freude am Essen und spülte jeden Bissen mit ein paar Schlucken Bier hinunter. Nachher leckte sie sich die Lippen wie eine Katze, und Falk war fest davon überzeugt, dass sie zufrieden geschnurrt hätte, wenn sie vertrauter miteinander gewesen wären.

Während sie aßen und tranken und dabei beobachteten, wie der Strand sich allmählich leerte, bis sie fast die Einzigen dort waren, erfuhr Falk fast nichts von seiner Angebeteten. Das lag nicht etwa daran, dass sie nichts von sich preisgeben wollte, sondern daran, dass sie ihrerseits Falk mit Fragen löcherte. Sie schien ein echtes Interesse an ihm zu haben, denn sie sah ihm aufmerksam ins Gesicht, hakte nach und kommentierte das, was er von sich erzählte, freundlich und humorvoll. Falk war davon so beflügelt, dass er Gina, während die Sonne langsam unterging, beinahe seine komplette Lebensgeschichte erzählte. Die so spannend eigentlich nicht war, wie Falk fand, aber Gina gab ihm das Gefühl, als ob nichts sie brennender interessierte. Irgendwann aber legte Gina unvermittelt den Zeigefinger auf ihren Mund und bedeutete Falk, dass er aufhören solle zu reden. Sie lenkte seinen Blick auf die Sonne, die als glühend roter Feuerball im Meer versank. Den Himmel überzogen Fetzen pinkfarbener Wolkenstreifen, auf dem nun schattigen Kniepsand tummelten sich die Strandläufer, und vor der malerischen Kulisse flogen hin und wieder Möwenschwärme auf. Direkt vor ihnen, im Schutz des Dünenhafers, hoppelten Kaninchen durch den Sand. Gina blickte gebannt zum Horizont, aber Falk konnte sich kein bisschen darauf konzentrieren, der Naturidylle seine Aufmerksamkeit zu schenken. Er musste Gina ansehen. Aus den Augenwinkeln musterte er sie. Ihre Arme und Beine waren langgliedrig, muskulös und von wunderhübscher Farbe – wie Sahnekaramell. Im Licht der untergehenden Sonne wirkten ihre Haarmähne und auch die blonden Härchen auf Armen und Beinen, als schimmerten sie golden. Wenn sie lächelte, hatte sie kleine Grübchen in den Mundwinkeln. Und sie lächelte oder lachte fast immer. Sie war ständig in Bewegung, aber nicht in einer fahrigen oder nervösen Art und Weise, sondern klar, konzentriert und kraftvoll. Zwei Stunden saßen sie hier schon beieinander, und Falk hatte noch fast nichts von ihr erfahren. Nur, dass sie zurzeit in Berlin lebte, für ein international renommiertes Architekturbüro arbeitete und aus beruflichen Gründen auf der Insel war. Was genau sie hier tat, wollte sie Falk nicht offenbaren, sie hatte geheimnisvoll gesagt: »Das wirst du noch früh genug erfahren.« Ebenso wenig wollte sie über ihre Bekanntschaft mit von Boistern reden. Stattdessen hatte sie Falk weiter gelöchert, von sich zu erzählen.

Falk sah, dass sich auf Ginas Armen Gänsehaut bildete, und tatsächlich schlang sie plötzlich die Arme um sich und runzelte die dichten Brauen.

»Ich glaube, ich muss dann mal los. Wird ganz schön kalt.«

Falk nickte. Er hatte einen Kloß im Hals, er wollte nicht, dass sie ging.

»Willst du meinen Pulli?« Er bot ihr seine Kapuzenjacke an, und Gina nahm sie dankbar.

»Ich muss trotzdem los, sorry.« Sie stand auf, zog seine schlabbrige Sweatshirtjacke an, die an Gina aussah, als wäre sie von einem coolen Modedesigner exklusiv für sie gemacht, und klopfte sich den Sand von den Beinen.

Falk stand ebenfalls auf. Sie waren gleich groß, so dass Falk gar nicht anders konnte, als ihr in die dunkelblauen Augen zu starren. Die Sonne war fast zur Gänze verschwunden, und es wurde hier am Strand, ohne künstliche Beleuchtung, so schummrig, dass Falk weder die Sommersprossen noch die Lachfältchen noch die Grübchen erkennen konnte. Nur den Blick dieser Augen.

»Soll ich dich mit dem Fahrrad bringen? Ich begleite dich gerne.«

»Quatsch. Das ist total lieb, aber ich jogge lieber. Dann wird mir wieder warm.«

Gina ging schon einen Schritt rückwärts, aber Falks Frage hielt sie auf.

»Können wir uns wieder treffen?«

»Natürlich, wir sehen uns.« Und dann beugte sie sich rasch nach vorne und hauchte Falk einen Kuss auf die Wange. So schnell, so flüchtig, dass ihm nichts anderes blieb, als ihrer davoneilenden Silhouette hinterherzustarren, bis Gina in der Dunkelheit verschwunden war.

Falk ließ sich vor Glück rückwärts in den Sand fallen und starrte in den Himmel, der mittlerweile von einem Netz klar zu sehender Sternbilder überzogen war. So blieb er liegen und wäre beinahe eingeschlafen, wenn ihm die Kälte nicht allmählich in die Knochen gekrochen wäre. Er packte seine Sachen, lief beschwingt in die kleine Kate und schlief tief und glücklich bis zum nächsten Strandtag.

8.

Die kommenden Tage verliefen so unspektakulär, dass nichts darauf hindeutete, welch gewaltige Gewitterwolke sich über Falk zusammenbraute. Nach dem Abend mit Gina und der ersten Nacht mit ausreichend Schlaf erholte sich Falk vollständig von den Strapazen nach der Ankunft auf Heisterhoog. Das Wochenende ging vorbei, unter der Woche kamen kaum neue Gäste, so dass das Strandkorbgeschäft stagnierte. Aber die nächsten Bundesländer starteten am kommenden Wochenende in die Ferien, und es würde nicht mehr lange dauern, bis Falk alle seine 350 Körbe an den Mann oder die Frau gebracht haben würde. Falk sah der Saison nun gelassen entgegen und schob eine ruhige Kugel unter strahlend blauem Nordseehimmel. Schon nach zwei Tagen hatte er am ganzen Körper eine gesunde Bräune; nicht mehr lange, und in seinem dunklen Lockenschopf würden sich die ersten ausgebleichten Strähnen zeigen.

Sonntag und Montag hatte Falk in seinem Sonnenstuhl vergammelt, Krimis gelesen und ab und an einen aufblasbaren Wasserball oder eine Tube Sonnencreme aus seiner Hütte verkauft. Das Spannendste an diesen Tagen war die strenge Beobachtung der vierjährigen Senger-Zwillinge, denn es stellte sich heraus, dass diese beiden Kleinkinder imstande waren, den gesamten Strand in Atem zu halten. Mal fütterten sie einen Hund mit dem stinkenden Kadaver einer Feuerqualle, mal zogen sie die schlecht sitzenden Heringe eines Sonnensegels heraus, das sich daraufhin mit einer Böe in Richtung Süderende verflüchtigte, und ein weiteres Mal kamen sie auf die glorreiche Idee, die Hängeschlösser einiger umstehender Strandkörbe miteinander zu vertauschen. Die betroffenen Besitzer merkten erst am Abend, als sie den Strand verlassen und ihre Körbe abschließen wollten, dass etwas mit den Schlüsseln nicht stimmte. Zumal die Familie Senger samt ihren Max-und-Moritz-Zwillingen den Strand längst verlassen hatte und nichts zur Aufklärung des bösen Streiches beitragen konnte. Falk musste mehrmals ausrücken und unter den verärgerten Urlaubern Ersatzschlösser austeilen. Diese hatte der alte Sten in weiser Voraussicht in rauen Mengen vorrätig. Auch deshalb, weil die Schlösser mit der Zeit versandeten und nicht mehr zu gebrauchen waren. Dass die Schlösser bzw. Schlüssel vertauscht worden waren, merkte Nille erst am kommenden Tag, als er die eingesammelten Schlösser reinigte und mit den Schlüsseln herumprobierte. Schnell fiel der Verdacht auf die Zwillinge, und tatsächlich wurde kurze Zeit später einer der beiden auf frischer Tat ertappt, als er versuchte, bei einem vermeintlich unbeaufsichtigten Strandkorb das Schloss zu entfernen. Tatsächlich kam der Besitzer eben erst aus dem Wasser und hielt den kleinen Racker fest, der sofort die Sirene anwarf und einen empörten Papa Senger auf den Plan rief. Sanktioniert wurde das Kleinkind nicht, stattdessen musste sich der Strandkorbmieter wüste Beschimpfungen anhören, dass er besser auf seinen Korb Acht geben müsste und außerdem kleine Kinder in ihrem Spieltrieb nicht einschränken dürfe.

Falk beobachtete das Geschehen amüsiert. Er war froh, dass er nicht mehr im Zentrum der Empörung stand, und nahm sich außerdem vor, dass er die Familie Senger im kommenden Jahr, wenn er denn noch einmal Strandkörbe vermieten sollte, in das Gebiet der Spinner verbannen würde.

Überhaupt reagierten die Urlauber auf ihn mit jovialer

Höflichkeit, die strategische Korbverteilung mit Thies zeigte durchschlagenden Erfolg. Die Leute kamen vorbei, um mit Falk ein Schwätzchen zu halten und von ihm zu erfahren, wie es in den nächsten Tagen um Wetter und Wassertemperatur bestellt sei. Falk las die Vorhersage von der Tafel ab, die am DLRG-Häuschen angebracht war, und schmückte sie mit den Infos aus, die er von Nille bekam. Das trug ihm bald den Ruf ein, ein wahrer Wetterprophet zu sein, obwohl er doch nur spekulierte.

Die Tafel am DLRG-Häuschen wurde von Stoppelkopf täglich aktualisiert. Er trug die Badezeiten ein, Hochwasser und Niedrigwasser, Windstärke, Luft- und Wassertemperatur sowie die Vorhersage für die kommenden drei Tage. Falk fand allerdings heraus, dass Nille die zutreffenderen Prognosen machte. Er fragte ihn jeden Morgen, wie das Wetter werden würde, und Nille, der Klabautermann, der Wetterfrosch Heisterhoogs, traf mit seiner Prophezeiung immer den Nagel auf den Kopf. Woher er seine Informationen hatte, war Falk nicht klar, aber sie trafen mit schlafwandlerischer Sicherheit immer zu.

Ein regelmäßiger Gast an seiner Strandkorbbude war Herr Schaller, der beigefarbene Rentner und Gatte der Kratzbürste. Herr Schaller bewies sich als der umgängliche Zeitgenosse, als der er Falk schon angenehm aufgefallen war. Er kam täglich gegen fünfzehn Uhr und trank mit Falk eine Tasse Kaffee, denn das war die Zeit, in der seine Gattin mit tödlicher Sicherheit über ihrem Kreuzworträtsel einnickte und anschließend eine Stunde lang in festem Mittagsschlaf inklusive lautem Schnarchen verharrte. Herr Schaller stahl sich dann unbemerkt aus dem Korb und zu Falk. Falk spendierte den Kaffee, und Herr Schaller teilte das Stück Bienenstich mit ihm, das er für den Nachmittag als Proviant dabeihatte. Herr Schaller war es auch, der über den Bienenstich auf die glorreiche Idee kam, dass Falk sein Verkaufssortiment ausbauen sollte. Warum nicht die stillgelegte Kühltruhe von Sten wieder in Betrieb nehmen, Strom war ja vorhanden. Dann könnte Falk neben den Wasserbällen noch gekühlte Getränke, Eis und vielleicht Sandwiches verkaufen. Falk war beeindruckt. Natürlich, das fehlte in Tüdersen am Strand. Die Urlauber mussten sich selbst versorgen, der Kiosk an der Bushaltestelle war zu Fuß ungefähr zwanzig Minuten weit entfernt – eine Strecke, die kein Durstiger in der Sommerhitze freiwillig auf sich nahm. Herr Schaller, ehemals Chefeinkäufer bei einer Maschinenbaufirma, überschlug fix und hochprofessionell, welche Kosten auf Falk zukamen, aber auch die mögliche Gewinnspanne. Wenn er in der Hauptsaison pro Tag nur zehn Eis, zehn Getränke und zehn Sandwiches verkaufen würde, läge der Reingewinn bereits bei knapp zwanzig Euro. Hochgerechnet auf drei Monate wären das gut zweitausend Euro. »Immerhin«, gab Herr Schaller zu bedenken, »Kleinvieh macht auch Mist! Und zweitausend Euro haben oder nicht haben, Sie wissen schon.«

Ja, Falk wusste schon. Natürlich waren das Peanuts im Vergleich zu dem Reibach, den er machen konnte, wenn er am Ende der Saison an Hubsi verkaufte, aber Falk kam langsam auf den Geschmack des Geldverdienens, und so ließ er sich Herrn Schallers Idee ernsthaft durch den Kopf gehen. Es machte ihm Spaß, sich vorzustellen, dass er aus der Bretterbude einen schicken kleinen Kiosk machen würde. Und was er alles verkaufen könnte! Natürlich alles Mögliche zum Essen und Trinken, aber vielleicht auch T-Shirts und Baseballkappen mit einem schicken Logo und dem Schriftzug »Thomsens Strandkörbe«. Er hatte da in Hamburg einen Kumpel, der war Grafiker und machte richtig abgefahrene Sachen. Der würde ihm sicherlich für einen Freundschaftspreis ein cooles Logo entwerfen und dann hätte er, Falk, eine eigene Marke, mit eingetragenem Copyright. Irgendwann würde er voll in die Marketingschiene einsteigen, eigene Strandlimonade mit seinem Logo abfüllen oder so. So träumte Falk, von seinen Ideen berauscht, in den Tag hinein, doch eigentlich wartete er nur auf eines: dass Gina kommen würde. Zum Baden. Und er sich mit ihr verabreden und ihr von seinen großen Plänen erzählen könnte. Aber Gina kam nicht. Oder sie kam doch, und es war wie verhext: Immer ausgerechnet dann, wenn sie ihren Weg zum oder vom Wasser antrat, war Falk in irgendeine andere Geschichte verwickelt. Entweder hielt er die Rotzlöffel von Zwillingen an ihren kleinen Krallen und schleifte sie in Papas Obhut. Oder er vermietete einen Korb oder war sonst wie beschäftigt. Von Gina erhaschte er immer nur einen flüchtigen Blick, ein freundliches Winken oder er sah ihre schmale Silhouette wieder in Richtung Dünenweg entschwinden.

Bereits am Dienstag fiel Falk die Decke auf den Kopf. Die Krimis und die Gespräche mit Herrn Schaller füllten seinen Tag nicht befriedigend aus. Falk beschloss, sich ein Programm zur Körperertüchtigung zu erarbeiten. Organisiertem Sport stand er skeptisch gegenüber, Falk war der Typ Freizeitsportler. Er kickte regelmäßig mit seinen Freunden im Park, konnte surfen und Ski fahren, aber er betrieb alles sporadisch und ohne Ehrgeiz. Von Haus aus mit einer schlanken Figur gesegnet, hatte Falk immer geglaubt, sich nicht um sein Gewicht sorgen zu müssen und sich darum umso genussvoller dem süßen Nichtstun hingegeben. Allerdings hatte Bille bereits bemerkt, dass sich am Bauch erste muskelfreie Zonen bemerkbar machten. Offenbar trat er langsam in ein Alter ein, in welchem regelmäßiger Bierkonsum und angeborene Trägheit durchaus Spuren hinterließen. Damit konnte Falk leben. Aber angesichts von Ginas sportlichem Ehrgeiz setzte er sich in den Kopf, es ihr gleichzutun. Außerdem wollte er niemals wieder eine so schmähliche Niederlage wie an seinem ersten Badetag erleben.

Falk begann morgens mit einem Aufwärmprogramm für

die Muskeln. Liegestütze, Kniebeugen, Sit-ups – mehr fiel ihm nicht ein. Dann joggte er locker am Strand bis Süderende, je nach Tagesform auch wieder zurück. Und bei aufkommender Flut absolvierte er sein Schwimmtraining. Dabei schwamm er vorsichtshalber parallel zum Strand anstatt hinaus aufs offene Meer. Zumal sich Stoppelkopf jedes Mal, wenn Falk sich zum Wasser begab, demonstrativ auf die Holzveranda stellte, das Megaphon in die Hand nahm und sich die Schwimmweste überstreifte. Sobald Falks Zehen das Wasser berührten, ließ er kurz den Warnton seines Megaphons aufheulen. Aber Falk dachte nicht daran, Stoppelkopf Anlass zur bademeisterlichen Sorge zu geben. Stattdessen drehte er sich jedes Mal zu Stoppelkopf um, grinste breit, streckte den Daumen in die Höhe und verschwand mit einem Köpper in den Fluten. Er tauchte so lange, bis ihm die Lunge schmerzte, um dann an immer anderer Stelle wieder aus dem Wasser zu kommen und Luft zu holen.

Als er Donnerstagnachmittag seinen fünfzehnten Liegestütz neben der Bretterbude machte, fiel ein langer Schatten auf ihn. Falk unterbrach sein Sportprogramm in Erwartung eines Kunden, aber als er sich umdrehte und gegen die Sonne blinzelte, fiel sein Blick auf ein Paar viel zu schlanke, sonnengebräunte Beine, die in pinkfarbenen, sehr knappen Hotpants steckten. *Gina ist das nie und nimmer*, war Falks erster enttäuschter Gedanke. Noch bevor er seinem Gegenüber ins Gesicht gucken konnte, stachen ihm die Schuhe ins Auge, die neben den Oberschenkeln an einer Hand baumelten. Diese Art von Schuhen hatte er schon einmal gesehen, und er wusste schlagartig, wer seine Besucherin war.

»Hallo, schöner Fremder. Ich soll dich von meinem Vater grüßen. Hubert von Boistern. Ich bin Nancy.«

Die Begrüßungsworte sollten offensichtlich Eindruck machen, verfehlten bei Falk aber absolut ihre Wirkung. Stattdessen stöhnte er und stemmte sich widerwillig aus dem

Sand nach oben. Jetzt musste er seiner Besucherin direkt in die Augen gucken, die im Fall der wasserstoffblonden Nancy von Boistern aber von einer überdimensionierten Sonnenbrille verdeckt waren. Dafür sprangen ihn ihre Lippen umso aggressiver an, die in schreiendem Pink, Ton in Ton mit den Fingernägeln, geschminkt waren.

»So fremd dürfte ich Ihnen eigentlich nicht sein«, gab Falk mit mühsam unterdrückter Antipathie zurück. »Wir kennen uns bereits von der Fähre.«

»Von der Fähre?«, echote sein Gegenüber und nahm die Sonnenbrille ab. Zum Vorschein kamen große, veilchenblaue Augen, kajalumrandet und mit so langen Wimpern, dass sie unmöglich echt sein konnten. Nancy sah Falk treuherzig an, sie versuchte sogar einen kindlich-unschuldigen Augenaufschlag. Dabei sog sie mit den grellgeschminkten Lippen an einem Bügel ihrer Sonnenbrille.

»Dass mir das entgangen ist«, fuhr sie dreist fort. »So ein hübscher Typ wär mir doch aufgefallen.«

Falk rollte mit den Augen.

»Sie haben mir Ihren Kaffee über die Klamotten geschüttet und sind einfach abgehauen, ohne sich darum zu kümmern.«

»Uuups, so ein böses Mädchen.« Dabei lächelten die Lippen, und Nancy zwinkerte Falk mit einem Auge neckisch zu.

»Eigentlich schulden Sie mir noch die Reinigung«, setzte Falk nach, unbeeindruckt von Nancys total offensichtlichen und plumpen Flirtversuch.

»Immer her damit«, hauchte sie.

»Was?«

»Na, mit den Klamotten.« Nancy lachte, schüttelte ihre hellblonde Mähne und schob sich die Sonnenbrille auf den Haaransatz. Sie drehte sich um und zeigte Falk ihren nahtlos gebräunten Rücken, den das schmale Band ihres Bikinioberteils zierte. Nancy stolzierte einmal um die Hütte herum, wobei sie versuchte, so zu gehen, als trüge sie ihre schwindelerregend hohen Pumps, und wackelte aufreizend mit ihrem Hinterteil. Sie hatte eine tolle Figur, das musste Falk gestehen, allerdings war für seinen Geschmack etwas zu wenig dran. Aber wer Paris Hilton aufregend fand, war mit Nancy von Boistern weiß Gott nicht schlecht bedient.

»Wollen Sie einen Strandkorb?«, fragte Falk, der sich Nancys Auftritt bei ihm nicht recht erklären konnte.

Nancy kiekste amüsiert.

»Sehe ich aus, als würde ich mich in *Tüdersen* an den Strand legen?«

Falk zuckte mit den Schultern. Er wusste nicht, wie man aussehen musste, um ebendies nicht zu tun, schließlich war seine Klientel bunt durcheinandergewürfelt. Aber Nancy hatte davon offenbar eine ganz andere Vorstellung, und das hieß ganz einfach, dass sie in keine Gruppe einzuordnen war. Eine Nancy von Boistern war sich selbst genug und tat niemals das, was andere taten.

»Nein, nein, ich bin nur hier, weil ich mir den Mann anschauen wollte, der mit meinem Paps Geschäfte macht.« Sie musterte Falk, der sich unwillkürlich fragte und der sich nicht dagegen wehren konnte zu überlegen, ob er wohl ihrem Beuteschema entsprach. Zumindest tat sie so als ob, und das sehr überzeugend.

»Ich mache keine Geschäfte mit Ihrem Vater.«

»Ach nein? Ich dachte, er hat dir ein Angebot gemacht, das du nicht ausschlagen kannst?« Jetzt trat Nancy, mit dem Po wackelnd, auf Falk zu und kam ihm so nahe, dass er ihr schweres und süßes Parfum riechen konnte.

»Jedenfalls soll ich dich von Paps fragen, ob du dich mit ihm treffen möchtest? In der Rum-Ba-Bar? Morgen Abend?«

»In der wo?«

Nancy trat erstaunt einen Schritt zurück und riss die Augen auf. »Ich denke, du bist schon eine Woche da? Und kennst die Rum-Ba-Bar nicht? Hast du denn nicht gerne *Spaß*?«

79

Bestimmt nicht die Sorte Spaß, die du gerne hast, dachte Falk, aber weil er die Leute in aller Regel nicht vor den Kopf stieß, nicht einmal eine Frau, die ihn, ohne mit der Wimper zu zucken, mit Kaffee überschüttet hatte, schüttelte er nur stumm den Kopf. Nancy zog enttäuscht einen Flunsch.

»Ach komm schon, da geht die Post ab. Das ist der Laden von Ole.« Dabei zeigte sie zur Dünenkuppe. Dort, wo vor ein paar Tagen Hubsis schwerer Geländewagen gestanden hatte, stand nun ein muskulöser Glatzkopf, breitbeinig und mit verschränkten Armen. Falk konnte es auf die Entfernung nicht genau erkennen, aber es wirkte, als wache dieser Bodyguard äußerst missmutig über sein Gespräch mit Nancy.

Noch ein Grund mehr, der Rum-Ba-Bar zu entsagen. Außerdem war Falk noch immer nicht fertig mit der Tatsache, dass Hubert von Boistern ihm ein nur vordergründig faires Angebot gemacht hatte. Und ihn sowohl über seine tatsächliche Identität als auch über die angebliche Absicht seines Onkels, das Grundstück zu verkaufen, belogen hatte. Falk hatte es nicht eilig, sich darüber klar zu werden, ob, an wen und vor allem: zu welchem Preis er verkaufen wollte. Er würde Hubsi zappeln lassen, und bis zum Saisonende hätte er sich bestimmt Klarheit verschafft.

»Danken Sie Ihrem Vater für die Einladung. Aber in den nächsten Tagen bin ich ausgebucht.«

Falk konnte an Nancys Gesicht deutlich ablesen, dass sie Zurückweisungen jedweder Art nicht gewohnt war. Sie starrte ihn ungläubig an, dann schob sie sich die Sonnenbrille wie ein Visier vor die Augen, zuckte mit den Schultern und wackelte von dannen. »Wenn du dir das mal gut überlegt hast«, sagte sie zum Abschied noch spitz, dann winkte sie ihrem Wachhund Ole zu, zum Zeichen, dass ihr »Date« mit Falk beendet war.

Falk sah ihr noch kurz hinterher, beschloss dann aber das Intermezzo unter »Begegnungen, die die Welt nicht braucht«

wegzustecken. Als er sich umdrehte, sah er gerade noch, wie sich die Tür des DLRG-Häuschens schloss. Er stand unter Beobachtung, fraglos.

Die Woche endete ebenso unspektakulär, wie sie begonnen hatte. Bis auf den Zwischenfall mit Nancy war jeder Tag gleich verlaufen: Gina war zum Strand gekommen und wieder gegangen, ohne dass sie ein Wort wechseln konnten. Mit dem Unterschied, dass Gina ihm immer freundlich zugewinkt hatte. Falk war brauner und sportlicher geworden. Die Urlauber hatten die Schönwettertage am Strand genossen – wenn sie nicht von den Zwillingen terrorisiert worden waren –, Nille war auf dem Trecker hin und her gedampft, immer ein Liedchen pfeifend, und Herr Schaller hatte seinen Bienenstich geteilt. Nur einer hatte sich die ganze Woche nicht blicken lassen: Thies Hoop.

9.

Am Samstag erwartete Falk einen harten Arbeitstag, denn Hessen, Rheinland-Pfalz und das Saarland begannen mit ihren Ferien. Doch als er am Morgen aufwachte, drang trüb-dunkles Licht durch die Scheiben seiner Kate. Der Himmel war schwer bewölkt, und es nieselte. Die Wolken hingen düster über der Insel, und es ging kaum Wind, was bedeu-tete, dass sich das schlechte und für Heisterhoog ganz und gar untypische Wetter so schnell nicht verziehen würde. Ges-tern noch hatte Falk den Urlaubern ein strahlendes Wochen-endwetter prophezeit, aber was soll's, das hatten die bis zum Montag auch schon vergessen. Nur allzu gerne hätte sich Falk die Decke wieder über die Ohren gezogen und auf die andere Seite gedreht, aber die Pflicht rief, auch an Schlechtwetterta-gen. Dafür beschloss Falk, sein Sportprogramm für den heu-tigen Tag ausfallen zu lassen, schließlich war Wochenende. Er zog sich den gelben Friesennerz von Onkel Sten an, der an den Ärmeln etwas zu kurz war, und schlüpfte in die bereit-stehenden Gummistiefel, die wiederum zwei Nummern zu groß waren. Außerdem packte Falk sich einen Rucksack mit Teegebäck, zwei Krimis und einer aufblasbaren Nackenrolle, für den Fall, dass er sich ein Nickerchen genehmigen sollte. Solcherart für einen Regentag am Strand gewappnet, wollte Falk gerade das Haus verlassen, als sein Handy klingelte. Es war seine Mutter.

»Falk, mein Lieber«, klang es atemlos aus dem Hörer. »Ich

bin grad auf dem Sprung, wollte mich nur mal kurz melden und hören, wie's dir geht.«

Falk musste unwillkürlich lächeln. Seine Mutter war immer auf dem Sprung. Das lag zum einen an ihrem stressigen Job als Oberschwester im Klinikum, zum anderen aber auch daran, dass sich Grit Fischer-Thomsen zu der ohnehin schon hohen Arbeitsbelastung stets für alles und jeden verantwortlich fühlte. Eine Schwester fiel auf der Station aus – Grit übernahm ihre Schicht. Die Nachbarin war die Treppe hinuntergefallen und konnte ihre Einkäufe nicht tätigen – Grit erledigte das selbstverständlich nebenher. Die Kinder einer Kollegin waren abends unbeaufsichtigt – seine Mutter sprang als Babysitterin ein. Als Kind hatte Falk seine Mutter stets bewundert, denn obwohl sie, seit seinem vierten Lebensjahr allein erziehend, ihn immer ins Zentrum ihrer Aufmerksamkeit gestellt hatte, hatte sie es doch stets geschafft, allen Menschen um sie herum zu helfen. Aber seit er vor nun gut acht Jahren ausgezogen war, hatte ihr Engagement überhandgenommen, und Falk sorgte sich zunehmend um die Gesundheit seiner Mutter.

»Falk? Alles in Ordnung bei dir?«

»Ja, Mama, danke. Lieb, dass du zurückrufst.«

»Aber klar, mein Schätzchen, ich muss nur, ich bin gerade ... Ach herrje, was ist das denn?«

Falk rollte mit den Augen, denn aus dem Hörer klang nun das Klappern von Geschirr und lautes Geraschel.

»Weißt du«, ließ sich nun seine Mutter wieder vernehmen, »ich bin bei Frau Gerlach, die Katze füttern und die Pflanzen gießen, und dann muss ich schnell in die Klinik.«

»Alles klar, Mama, ich will dich auch nicht aufhalten. Hier läuft alles gut. Ich mach doch die Strandkorbvermietung.«

»Was? Ach ja, wie geht es Sten denn?«

»Mama, Onkel Sten ist tot!«

»Ja, natürlich, meine Güte, wo hab ich denn mein halbes Hirn?! Tut mir leid, mein Schätzchen. Und, kannst du das,

Strandkörbe vermieten? Du machst das bestimmt ganz wunderbar.«

Falk dachte an seinen katastrophalen ersten Strandtag und musste grinsen. Aber er verzichtete angesichts der hektischen Stimme seiner Mutter darauf, ihr davon zu erzählen. Wie viele allein erziehende Mütter von Söhnen neigte sie dazu, ihn zu verhätscheln, und nichts wollte Falk jetzt weniger als das.

»Läuft alles gut, mach dir keine Sorgen. Ich bleibe bis zum Ende der Saison, und dann schau ich mal. Aber ich wollte dich was fragen. Hat Onkel Sten jemals davon gesprochen, dass er aufhören will? Sich zur Ruhe setzen? Oder vielleicht sogar verkaufen?«

Das Geraschel am anderen Ende der Leitung hatte aufgehört. Offenbar nahm sich seine Mutter wirklich Zeit für die Antwort und überlegte.

»Sten und aufhören? Also nein. Sicher, ich habe lange nicht mehr mit ihm gesprochen, aber auf mich hat er immer den Eindruck gemacht, als gäbe es nichts Schöneres für ihn. Da draußen bei Wind und Wetter in der Bude zu sitzen, der Kontakt mit den Leuten … Nein, das würde mich sehr wundern, wenn er das nicht mehr gewollt hätte. Wieso? Ist was nicht in Ordnung?«

Seine Mutter klang jetzt misstrauisch. Wäre irgendetwas bei Falk tatsächlich nicht in Ordnung, würde sie den nächsten Zug nehmen und sich auf den Weg nach Heisterhoog machen – obwohl er auf die Dreißig zuging und durchaus in der Lage war, für sich selbst zu sorgen.

»Nein, nein, alles gut. Mach dir keine Sorgen, Mama. Ich hab dich lieb.«

»Ich dich auch, mein Junge. Pass auf dich auf.«

Falk beendete das Gespräch und trat seinen Weg zum Strand an. Natürlich konnte in der Zwischenzeit viel passiert sein, aber die Tatsache, dass seine Mutter bestätigte, was auch

Thies behauptet hatte, ließ ihn nachdenklich werden. Sten wollte nicht aufhören. Und schon gar nicht wollte er verkaufen. Bernd-Frekksen-Hubsi log.

Tief in Gedanken versunken stapfte Falk an den Strand. Zunächst glaubte er, der Einzige zu sein, der sich bei diesem Wetter dort aufhielt, aber als er die Dünenkuppe erklommen hatte, bemerkte er überrascht, dass Nordseeurlauber durch nichts zu erschüttern waren. Zwar waren alle Strandkörbe fest verriegelt, aber an der Wasserkante spazierten trotz des Regenwetters einige Unerschrockene. Fest vermummt, bestens ausgestattet mit Outdoor- und Regenkleidung, liefen einzelne Urlauber, Pärchen, natürlich Hundebesitzer und einige wenige versprengte Familien mit Kleinkindern am Meer entlang. Der Regen hatte an Stärke zugenommen, und Falk rechnete sich im Kopf aus, wie viele Stunden er wohl verpflichtet wäre, seine Strandbude offenzuhalten. Sicher war es gemütlich in der kleinen Bretterbude, wenn der Regen auf das Teerpappedach pladderte, er Krimi lesend im Liegestuhl saß und einen Kaffee trank, aber die Kälte würde ihm schnell in die Glieder kriechen. Noch war der Sommer nicht so auf der Höhe, dass man an Tagen wie diesen trotzdem mit Shorts unterwegs sein konnte, und Falk ahnte, dass er innerhalb einer Stunde ohne Decke und Bewegung blau gefroren sein würde. Mit diesen unerquicklichen Gedanken schloss er gerade seine Bude auf, als eine Megaphonstimme ihn kalt erwischte:

»Dritter Mann, abkommandiert zum Skat, dritter Mann, auf der Stelle antreten! Zack, zack!«

Falk drehte sich erschrocken um, obwohl er sich nicht angesprochen fühlte. Aber als sein Blick auf das DLRG-Häuschen fiel, war ihm klar, dass Thies Hoop, der in der geöffneten Tür stand, das Megaphon noch immer am Mund, nur ihn gemeint haben konnte. Niemand sonst befand sich in unmittelbarer Nähe. Falk zuckte demonstrativ mit den

Schultern und deutete auf seine Bude, zum Zeichen, dass er eine Pflicht zu erledigen hätte, aber Thies ließ sich erneut vernehmen:

»Dritter Mann, sofort antreten, sonst Strafaktion!«

Falk dachte an das Gewehr von Thies und fügte sich drein. Wenn er ihm erst einmal erklärt haben würde, dass er noch nie Skat gespielt hatte, würde der ohnehin von ihm ablassen.

»Völlig egal, dann lernst du es eben«, war allerdings der trockene Kommentar, den der lange Lulatsch dazu abgab.

»Es ist wirklich nicht so schwer. Nur das Gewinnen, das geht nicht so schnell«, sagte der Mann, der hinter Thies am Tisch gesessen hatte und sich nun erhob, um Falk die Hand hinzustrecken.

»Gestatten, Jörn Krümmel«, stellte er sich freundlich lächelnd vor. Krümmel war ein ganzes Stück kleiner als der Lucky-Luke-Thies und auch als Falk. Er war leicht mollig, hatte aschfarbenes Haar, das brav gescheitelt war und den Eindruck des Buchhalterhaften hervorrief. Durch die feine Goldrandbrille wurde dieser Eindruck noch verstärkt, und auch in der Kleidung des Herrn Krümmel wies nichts, aber auch gar nichts darauf hin, dass er in freundschaftlicher Verbindung zu dem wilden Typen in Schwarz stand, in dessen seltsamer Bude er sich gerade aufhielt.

»Unser Bürgermeister«, kommentierte Thies trocken, während er hinter Falk die Tür schloss und ihm den Ostfriesennerz von den Schultern zerrte.

Falk versuchte zu protestieren, er sei an den Strand gekommen, um seine Vermietung offenzuhalten, falls neu angereiste Urlauber einen Strandkorb haben wollten, aber Thies brach in schallendes Lachen aus, zwang Falk auf einen Stuhl und goss ihm heißen Tee in einen Blechnapf. Jörn Krümmel schob ihm ein Fläschchen Rum zu und lächelte scheu durch seine Brille.

»Heute kommen keine Neuurlauber an den Strand, glauben Sie mir. Vor Ihnen sitzen fünfundvierzig Jahre Heister-hoog-Erfahrung.«

»Ja, aber ...«, wollte Falk entgegnen, doch Thies mischte bereits mit flinken Fingern die Karten. Er ließ zwei Stapel in-einanderrinnen, teilte das so entstandene Päckchen erneut und blätterte wieder zwei Päckchen auf. Das Ganze ging so schnell vonstatten, dass Falk nur noch auf die langen Finger von Thies starrte und sich fragte, ob dieser in einem früheren Leben als Taschenspieler unterwegs gewesen war. Thies teilte die Karten auf, und Falk nahm seinen Anteil hoch und fä-cherte ihn auseinander.

»Wir können die ersten Runden ja offen spielen«, bot der Bürgermeister an, dem nicht entgangen war, wie unglücklich Falk mit der Situation war. »Während Thies Ihnen ein paar Grundregeln beibringt, könnte ich einen Zettel an Ihr Häus-chen hängen, dass Sie hier zu erreichen sind. Wäre Ihnen da-mit geholfen?«

Falk nickte und war dem Mann für sein freundliches Zu-vorkommen äußerst dankbar. Thies dagegen schnaubte. Es war offensichtlich, dass er nicht einsah, warum er Falk etwas über Skat beibringen sollte, schließlich würde dieser im Lauf der nächsten Runden schon lernen, wie die Chose funktionierte. Aber Krümmel klopfte Thies beruhigend auf die Schulter und erhob sich. Seine Karten steckte er dabei in die hintere Hosentasche. Es war Falk nicht entgangen, dass Krümmel kurz gezögert hatte, ob er sein Blatt auf dem Tisch liegen lassen sollte, aber er schien Thies Hoop nicht ausrei-chend zu vertrauen. Während Krümmel einen Zettel schrieb und das DLRG-Häuschen dann verließ, machte Thies Falk mit den marginalsten Regeln des Skats bekannt.

»Die höchste Karte zählt, das ist der Stich. Die Reihenfolge ist Kreuz, Pik, Herz, Karo. Von den Bildern kommen zuerst die Jungs ...«

Thies ratterte seine Einführung so desinteressiert herunter, dass Falk gar nichts behalten hatte, als Krümmel sich wieder an den Tisch setzte und die erste Partie begann.

Thies steckte sich eine Selbstgedrehte an, und Falk warf Jörn Krümmel einen verstohlenen Blick zu. Dieser lächelte und zuckte beruhigend mit den Schultern.

»Achtzehn«, raunte Thies.

Die beiden sahen ihn nun an und Falk schüttelte nur ahnungslos den Kopf. Thies bog Falks Karten zu sich um und warf einen prüfenden Blick in das Blatt.

»Du bist weg«, beschied er daraufhin.

Das war Falk auch recht, und er begnügte sich damit, seine zwei Skatpartner zu beobachten. Thies gab sich hart und missmutig, balancierte eine Kippe im Mundwinkel und tat, als sei er beim Pokern mit hohem Einsatz. Jörn Krümmel dagegen blieb grundsätzlich locker und gelassen, ein leichtes Lächeln umspielte dauerhaft seine Mundwinkel. Ab und an nippte er einen kleinen Schluck von seinem Tee mit Rum, strich sich dann genüsslich über das kleine Bäuchlein, das sich unter dem dicken Strickpulli wölbte, und warf Falk aufmunternde Blicke zu. Jörn Krümmel war Falk auf Anhieb sympathisch.

»Hm«, machte Krümmel.

»Zwanzig?«

»Auch das.«

»Zwo?«

»Ja.«

»Drei?«

»Ja.«

Thies kniff die Augen zusammen und musterte Krümmel kritisch. Dann schob er ihm den Skat zu.

»Dann zeig mal, was du hast.«

Jörn Krümmel nahm die Karten auf, steckte sie in sein Blatt, prüfte die Karten, die er auf der Hand hatte, und zog dann zwei andere heraus, die er verdeckt beiseitelegte.

Falk hatte nichts verstanden. Das änderte sich auch in den

folgenden drei Stunden kaum. Er fühlte sich wie eine Marionette, die tat, was Thies Hoop ihr anwies. Der freundliche Bürgermeister bemühte sich zwar, Falk die Grundzüge des Spiels beizubringen, aber Thies unterbrach ihn stets ungeduldig, und so begnügte sich Falk damit, irgendwelche Karten auf den Tisch zu werfen und haushoch zu verlieren. Dennoch hatte er seinen Spaß. In der kleinen Bude bullerte ein Allesbrenner und wärmte das winzige Räumchen so auf, dass die Männer schon nach kurzer Zeit im T-Shirt dasaßen. Falk und Jörn zumindest. Thies ließ seine schwarze Cowboykutte natürlich unverändert. Außerdem schmeckte der heiße Tee mit Rum vorzüglich, und Falk war schon nach kürzester Zeit leicht schwummerig davon. Zusammen mit der dicken heißen Luft rief dies bei ihm ein angenehm wattiges Gefühl der Geborgenheit hervor. Und die Show, die ihm die beiden Männer boten, machte das Verlieren allemal wieder wett. Schnell hatte Falk gemerkt, dass die beiden ein seit Jahren eingespieltes Team waren, bei dem jeder seine festgefügte Rolle innehatte und mit Wonne ausspielte. Thies gab den harten Hund, den durch nichts zu erschütternden Spieler, der es gewohnt war, nicht nur um hohe Einsätze zu zocken, sondern sie auch einzustreichen. Jörn Krümmel dagegen spielte den Naiven, der, wenn er denn gewann, lediglich Glück hatte. Er musste sich fortwährend von Thies hochnehmen und scherzhaft beleidigen lassen, bewahrte dabei aber stoische Ruhe und hörte niemals auf zu lächeln. Der Punktestand auf dem Block allerdings sprach eine andere Sprache: Demnach lag Krümmel weit vor Thies.

Eine besondere Freude waren auch die spezifischen Ausdrücke, die sich die beiden Männer während des Spiels beständig um die Ohren warfen, wobei Thies derjenige mit dem weitaus einfallsreicheren Vokabular war. Krümmel quittierte die markigen Sprüche wie »Komm du noch auf mein Sch … haus« oder »Bei Grand spielt man Ässe oder hält die Fresse« stets nur mit einem feinen Lächeln.

Gegen Mittag riss Krümmel die Tür des Häuschens weit auf, um frische Luft hereinzulassen. Die Männer standen auf und vertraten sich ein wenig die Beine, wobei Thies sich lediglich auf die hölzerne Veranda seines Forts begab. Falk fragte sich, ob Thies seine Hütte jemals verließ. Er hatte ihn noch nie kommen oder gehen sehen. Ein einziges Mal hatte er den schwarzen Cowboy außerhalb seines Häuschens erlebt. Das war der Abend gewesen, als er von der »Auster« nach Hause gekommen war und Thies an der Kate auf ihn gewartet hatte.

Das Wetter hatte sich nicht gebessert, die dunklen Regenwolken schienen unbeweglich über Tüdersens Strand zu hängen, und es regnete fast noch ein wenig mehr als am Morgen. Über der Dünenkuppe erschien nun eine kleine Gestalt im gelben Friesennerz. Als Jörn Krümmel ihrer gewahr wurde, winkte er stürmisch.

»Da kommt sie endlich«, sagte er, an Thies gewandt. Dieser schien für einen kurzen Moment zu lächeln, aber der Moment ging so schnell vorbei, dass Falk nachher nicht mehr sicher war, ob es wirklich ein Lächeln gewesen war. Die gelbe Gestalt kämpfte sich durch den Regen, und als sie nicht mehr weiter als fünfzig Meter entfernt war, lief Jörn Krümmel ihr entgegen. Bei ihr angekommen, nahm er ihr den Bottich ab, den die Figur schleppte. Als die beiden bei Falk und Thies ankamen, stellte sich heraus, dass sich unter dem gelben Regenmantel eine Frau verbarg, die sich Falk breit grinsend als »Silke Söderbaum« vorstellte. Sie war Anfang vierzig, hatte blondes Haar, große blaue Augen und eine lustige Knubbelnase. Silke Söderbaum besaß die einzige Töpferwerkstatt auf der Insel und war eine begnadete Eintopfköchin. Das stellte Falk jedenfalls fest, als er den Inhalt des Bottichs, den Silke mitgebracht hatte, probierte: Ein indisches Lammcurry, dessen süße Schärfe ihn sofort vom Kopf bis zu den Zehen durchwärmte. Mit Silke Söderbaum kam noch mehr

Schwung in die kleine Bude. Sie verbot Thies Hoop mit einem einzigen scharfen Blick, seine Selbstgedrehten zu rauchen, und zwang die Männer resolut, das Curry bis zum letzten Rest aufzuessen und anschließend sofort abzuwaschen. Diese Aufgabe übernahm Jörn Krümmel freiwillig; er erledigte den Abwasch in einer winzigen Plastikwanne, deren Größe darauf schließen ließ, dass hier sonst kaum mehr als ein Teller und ein Becher gespült wurden. Dann goss sich Silke Söderbaum einen großen Schluck Rum in ihren Tee und übernahm beim Skat die Führung. Und vor allem: Sie erklärte Falk flüsternd jeden ihrer Schritte, warum sie welche Karte wann ausspielte. Auf diese Art wurde Falk nun doch noch in die Geheimnisse des Skats eingeführt, und es stellte sich heraus, dass er bei einer Meisterin des Fachs lernte: Silke Söderbaum lag sofort vorn und hängte Krümmel und Thies binnen kurzem meilenweit ab. Von Falk, der nur noch jede vierte Runde mitspielen musste, ganz zu schweigen. Thies behauptete, dass Silkes Siege ihrer großen Klappe zu verdanken waren, nicht etwa ihrer raffinierten Spielweise. Und tatsächlich redete sie fast pausenlos. Natürlich gab sie den Herren Anweisungen (»Jörn! Du sollst mit dem Zehner übernehmen, wenn du kannst!«) und kommentierte deren Spiel, aber sie plauderte auch über sich (»Gestern habe ich die Warze am Fuß besprochen, ihr wisst schon, die, die ihr euch neulich angesehen habt. Und heute Morgen ist sie weg!«) und über das, was unter den Insulanern Thema war (»Hark hat sich beim Versand eine Kiwistaude bestellt und neben der Terrassentür gepflanzt. Das muss man sich mal vorstellen, bei dem Klima!«). Während Jörn Krümmel immer wieder freundlich Silkes Erzählungen kommentierte, wurde Thies ganz still. Er hielt sich auch zurück, was die markigen Sprüche betraf, was aber vielleicht auch daran lag, dass Silke selbst ausreichend davon auf Lager hatte. Die Stimmung war vorher schon gut gewesen, aber seit Silkes Anwesenheit genoss Falk den launigen Nachmittag in vollen

Zügen und war froh, dass er nicht alleine, Krimi lesend, in seiner Bude ausharren musste.

Am frühen Abend wurde die Skatrunde als beendet erklärt, da im Pfarrsaal eine Probe des Shanty-Chores stattfand. Falk ließ sich erklären, dass dieser Chor, der von Jörn Krümmel geleitet wurde, knapp über fünfzig einheimische Mitglieder hatte und alle zwei Wochen am Samstagabend probte: Seemannslieder, deutsche und nichtdeutsche, Shantys eben, aber auch Chorversionen moderner Rockklassiker. Der Höhepunkt des Chorjahres war der große Auftritt beim jährlichen Saisonausklang, der mit einem großen Dorffest in Süderende gefeiert wurde. Der Chor hatte sogar schon CDs aufgenommen und wurde regelmäßig zu Festivals eingeladen.

»Nur eingeladen? Ihr seid doch bestimmt auch schon mal irgendwo hingefahren?«, erkundigte sich Falk.

Jörn und Silke sahen sich betreten an.

»Einmal. Ja. In die Lüneburger Heide«, sagte Silke zögerlich.

»Aber?«, hakte Falk nach.

Jörn warf jetzt einen Blick zu Thies, der wirkte, als wollte er sich bei diesem versichern, ob er antworten dürfe oder nicht. Aber Thies Gesicht zeigte keine Regung. Krümmel räusperte sich. »Es gab ziemlichen Krach. Wir sind noch vor dem Auftritt wieder gefahren.«

»Der Chor ist nämlich sehr ... heterogen«, sprang Silke ihm jetzt bei. »Was heißt, da können sich manche nicht leiden.«

Ein scharfer Blick in Richtung Thies folgte. Falk spürte, dass es jetzt taktisch nicht klug gewesen wäre, nachzuhaken, aber Thies lehnte sich zurück, grinste breit in die Runde und steckte sich vor Silke demonstrativ eine Kippe an. Er inhalierte tief, blies den Rauch in feinen Kringeln aus und sagte: »Ich hab dem Frekksen eins auf die Zwölf gegeben.«

In der anschließenden Diskussion ging es drunter und drüber, und Falk hatte einige Mühe, herauszuhören, was tatsächlich passiert war. Er rekonstruierte aber, dass Bernd-Hubsi bei »Ick hew mol en Hamborger Veermaster sehn« unversehens in eine tiefere Stimmlage gerutscht war, und als Thies ihn darauf hingewiesen hatte, steif und fest behauptete, er habe die richtige Stimme gesungen. Der Streit war eskaliert, die Folgen bekannt. Thies und Hubsi waren sich an den Kragen gegangen, woraufhin sich der Chor so zerstritten hatte, dass an eine Teilnahme an den »Lüneburger Hafen-Chor-Tagen« nicht zu denken gewesen war. Der Heisterhooger Chor war abgereist, getrennt natürlich.

»Und alles nur wegen dem Naturschutzgebiet«, seufzte Jörn Krümmel jetzt und wedelte den Zigarettenrauch von Thies beiseite.

»Na, das hat am Montag hoffentlich erst einmal ein Ende«, sagte Silke.

»Gott sei's gepfiffen und getrommelt!« Jörn Krümmel hob beide Hände zum Himmel und wendete sich direkt an Falk. »Du kommst doch, nehme ich an? Schließlich musst du als Eigentümer ja gehört werden.«

Falk war völlig ahnungslos. Wovon war denn hier die Rede? Silke schaltete schnell und sah Thies Hoop strafend an. »Sag bloß, du hast ihm nichts davon gesagt?«

»Nicht alles. Muss er doch nicht wissen, oder?« Thies gab sich betont gleichgültig.

Silke schüttelte missbilligend den Kopf und nahm die Pflicht, Falk aufzuklären, auf sich – wie schon beim Skat.

»Dein Land liegt im Landschaftsschutzgebiet. Das sagt erst mal nicht viel, der Status kann ohne weiteres durch einen Beschluss in der Gemeinderatssitzung aufgehoben werden. Solange Sten noch gelebt hat, war das auch okay. Aber mit einem neuen Eigentümer – nimm das bitte nicht persönlich – kann sich alles ändern. Was ist, wenn du verkaufst?«

Falk sah ratlos in die Runde. Er hatte ja durchaus vor, zu verkaufen, was war denn da so schlimm? Thies beschäftigte sich damit, in seinen Zähnen herumzustochern, und Jörn sah betreten zu Boden.

»Dann kann der, der dein Land kauft, im Gemeinderat durchsetzen, dass der Status Landschaftsschutzgebiet aufgehoben wird. Und dann darf gebaut werden. Mitten in den Dünen. Eine einmalige Kulturlandschaft! Hier brüten unzählige Vogelarten, wie die einheimische Eiderente und die Brandgans oder die Zugvögel, beispielsweise der Knutt oder der Sanderling …«

»Silke«, unterbrach Jörn, »das führt jetzt wirklich zu weit. Wir müssen nicht ins Detail gehen …«

»Von der Flora ganz zu schweigen«, echauffierte sich Silke, »man denke nur an Strandwermut oder das Bergsandglöckchen …«

»Wer will denn da bauen?«, fragte Falk, den schon eine böse Ahnung beschlich.

»Frekksen, also Hubert von Boistern natürlich«, antwortete Jörn Krümmel, während Thies bei der Erwähnung des Namens nur verächtlich aus der Tür spuckte und Silke verzweifelt die Augen rollte.

»Aha, okay«, sagte Falk und verschluckte sich beinahe, »und das wollt ihr natürlich nicht.«

»Nur über meine Leiche!«, gab Silke entrüstet von sich. »Deshalb soll der Gemeinderat bei seiner Sitzung am Montag auch dafür stimmen, dass wir dein Land in ein Naturschutzgebiet umwidmen. Dann ist Schluss mit Bernd Frekksen und seinen Immobilienplänen.«

Falk brauchte keine Sekunde, um zu begreifen, was das für ihn bedeutete.

»Dann ist mein Land aber nichts mehr wert.«

»Exakt«, gab Silke zu und verschränkte resolut die Arme vor der Brust.

10.

Der Sonntag begann noch trüber als der Samstag. Falk wälzte sich motivationslos im Bett herum, und als er sich schließlich doch noch überwinden konnte, aus den Federn zu kriechen, reichte das Kaffeepulver gerade mal für eine Tasse. Er musste also zur Bretterbude an den Strand gehen und sich dort Nachschub holen. Außerdem wollte er einen Zettel an die Tür hängen, dass er, falls jemand etwas von ihm wollte, über sein Handy erreichbar war. Denn nach einem Blick aus dem Fenster war Falk klar geworden, dass heute wohl niemand kommen würde, um einen Strandkorb zu mieten. Die Regenwolken waren noch dicker und dunkler als am gestrigen Tag, und sie wurden noch dazu von einem starken Wind über die Insel geblasen. Was hier am offenen Meer zwar auch bedeutete, dass sich das Wetter ganz schnell ändern konnte, aber fürs Erste war es so, dass man keinen Hund vor die Tür gejagt hätte.

Falk zog sich also wieder das Ölzeug über den Jogginganzug und stapfte an den Strand. An seiner Bude angekommen, pinnte er rasch den Zettel mit seiner Handynummer, den er vorsorglich in eine Plastikhülle gesteckt hatte, an die Tür und holte die Dose mit dem Kaffee heraus. Dann beeilte er sich, um schnell zurück in seine warme kleine Kate zu kommen. Dem DLRG-Häuschen warf er einen bitteren Blick zu. Thies Hoop hatte ihn schön verarscht! Er hatte freundlich getan und ihm vermeintlich die Augen über Frekksen geöffnet, dabei waren seine Infos nur dazu angetan gewesen, Misstrauen zu säen. Warum hatte Thies Hoop nicht offen mit ihm geredet und ihm gesagt, dass er höchstens noch eine Woche Zeit gehabt hätte, sein Grundstück an von Boistern zu verkaufen, weil es danach vermutlich wertlos sein würde? Weil er dann wahrscheinlich mit dem Immobilienhai handelseinig geworden wäre, gab Falk sich selbst die Antwort. Thies kannte ihn, Falk, ja nicht und konnte ihn nicht einschätzen. Andererseits wunderte sich Falk, warum von Boistern das Grundstück haben wollte, wenn es in Kürze zum Naturschutzgebiet erhoben wurde und man dann nicht mehr bauen konnte? Das konnte doch auch nicht im Interesse von Heisterhoogs reichstem Mann sein, zumindest nicht nach dem, was er über Hubsi gehört hatte. Wie aufs Stichwort klingelte sein Handy, während er sich fast schräg gegen den Wind stemmte, der über den ungeschützten Kniepsand fegte. Es knisterte gehörig, und Falk verstand nur Wortfetzen: »Später am … Ba-Bar … mein Angebot …« Das konnte nur Hubsi sein, und Falk wollte ihm gerne sagen, dass er kein Interesse hatte, sich zu treffen, aber der Wind riss ihm die Wörter vom Munde weg, und aus dem Hörer dröhnte nur noch »… nachher …«, dann war das Telefonat vorüber. Zu allem Unglück war Falk bei dem Versuch, seinen Anrufer besser zu hören, eine gehörige Portion feiner Sand ins Gesicht und in die Augen geweht. Bis er endlich die Tür seiner Kate aufgeschlossen hatte, kämpfte Falk damit, die feinen Körner, die auf seiner Hornhaut wie Schmirgelpapier rieben, aus den Augen zu wischen. Schlecht gelaunt knallte er die Tür hinter sich zu und beschloss, heute keinen Fuß mehr nach draußen zu setzen. Er bereitete sich ein üppiges Essen zu, nahm das Tablett mit ans Bett und kroch wieder unter die Decke. Eigentlich war das großartig, der Inbegriff von Gemütlichkeit, zumal draußen der Wind heulte und der Regen gegen die Scheiben prasselte. Aber Falk fühlte sich irgendwie mies, weil er seinen Job als Strandkorbvermieter nicht richtig ausfüllte und weil er von der blöden Grundstücksgeschichte total verwirrt war. Deshalb ließ er seinen Krimi links liegen und griff nach einer empirischen Untersuchung, über die er eine Semesterarbeit verfassen sollte. Leider konnte er sich kein bisschen konzentrieren und musste jeden Satz drei Mal lesen, um ihn dann doch nicht zu verstehen. Schließlich schlief er über seinem Buch ein.

Vom Klingeln seines Handys geweckt, schrak er schließlich hoch.

»Was ist jetzt mit heute Abend?«, drang Hubsis Bass durch den Hörer.

»Nichts ist mit heute Abend, was soll denn sein?«, gab Falk unwillig zurück.

»Mensch, da ist dir aber 'ne fette Laus über die Leber gelaufen!« Gutmütiges Lachen. »Na, das Schietwetter lässt einem ja fast keine Wahl. Wir sehen uns heute Abend in der Rum-Ba-Bar, wirst sehen, mein Freund, da hellt sich deine Laune gleich auf.«

»Vielen Dank für die Einladung, aber ich habe heute Abend …«

»Keine Zeit? So ein Quatsch! Erzähl mir nichts! Du kennst doch keinen hier auf der Insel.«

Auch wieder wahr, dachte Falk. *Zumindest kaum jemanden, mit dem ich heute Abend gerne zusammen wäre. Bis auf eine …*

»Zeit schon, aber keine Lust«, gab er schließlich zurück. »Ich bin müde, und dann das Wetter. Lieber ein anderes Mal.«

»Ein anderes Mal gibt's nicht. Mein Angebot steht nur noch heute.« Hubsi wurde ein bisschen ungehalten.

Falk entschloss sich zur Offensive. Was hatte er schon zu verlieren? »Ich habe mir sagen lassen, Ihr Angebot liegt nicht ganz in der richtigen Höhe.«

»Haha! Dann haben dir deine Informanten wohl auch geflüstert, dass dein Grundstück morgen vielleicht gar nichts mehr wert ist, was?!«

Falk seufzte. Er war nicht gut darin, anderen die Pistole auf die Brust zu setzen.

»Warum wollen Sie es dann kaufen? Für Sie wäre es doch genauso wertlos, wenn das alles hier Naturschutzgebiet ist?«

Jetzt lachte Hubert von Boistern am anderen Ende der Leitung schallend. »Vielleicht, weil ich etwas weiß, was du nicht weißt«, sagte er geheimnisvoll und legte auf.

Nach diesem Telefonat war Falks Laune erst recht in den Keller gesunken, und da blieb dann nur noch das Fernsehen. Stundenlang zappte Falk lustlos durch die Kanäle; als die »Tagesschau« schließlich das Wetter ankündigte, beschloss er, sich für den bevorstehenden »Tatort« ein Bier aus dem Kühlschrank zu holen. Dabei fiel sein Blick auf die unaufgeräumte Küche mitsamt übervoller Mülltüte. Der Anblick deprimierte Falk derart, dass er wenigstens den Müll hinausbrachte, um das Gefühl zu haben, sich nicht vollständig gehen zu lassen. Er hörte bereits die Erkennungsmelodie des Krimiklassikers, als er außen an seiner Haustür ein kleines Zettelchen flattern sah. Es war ein Kaugummipapier, auf dem etwas geschrieben stand. Verwundert nahm Falk das kleine Papier mit hinein.

»Wollte dich spontan besuchen, aber du warst leider nicht da. Bis bald? Gina« – und eine Telefonnummer. Falks Herz tanzte Samba. Gina! Der erste Lichtblick an diesem verpatzten Wochenende, und was für einer! Warum hatte er denn nicht gehört, dass sie geklopft hatte? Verdammt, er hatte den ganzen Nachmittag verpennt. Jetzt ärgerte er sich schwarz darüber. Irgendwie hatte es sich noch nie ausgezahlt, sich so richtig gehen zu lassen, immer folgte die Strafe auf dem Fuße. Aber er hatte eine Nummer – Ginas Nummer! Schnell zappte Falk bei dem gewollt witzigen Pathologen und seinem prolligen Kollegen den Ton aus. Mit wackligen Fingern tippte er dann die Zahlenkombination vom Kaugummipapier in sein Handy. Er schluckte und räusperte sich, damit Gina ihm seine Nervosität nicht sofort anhören würde.

»Von Rolandseck«, meldete sich eine strenge Stimme. War sie das?

»Hi, hier ist Falk. Du warst heute bei mir. Ich hab leider … Ich war leider nicht da.«

»Hallo Falk.« Etwas milder. Aber so richtig sprang der Funke nicht über. Falk hatte auf ein etwas verbindlicheres Gespräch gehofft.

»Ich dachte, vielleicht ist es ja noch nicht zu spät. Wenn du Zeit hast. Ich lad dich auf ein Bier ein. Oder Wein oder was du willst.«

»Das ist nett, danke. Aber es geht leider nicht.« Himmel, warum war Gina so distanziert? Schließlich war *sie* heute zu *ihm* gekommen. Falk hatte schon wieder das Gefühl, dass ihm der Boden unter den Füßen weggezogen wurde. Sein Freund Bertie behauptete immer leicht neidisch, Falk wäre ein Womanizer, aber er selbst hatte das Gefühl, er spräche überhaupt nicht die Sprache der Frauen. Warum war Gina so abweisend, am Strand hatte es doch durchaus, na ja, gebrizzelt. Oder hatte er sich das eingebildet? Jetzt hörte Falk im Hintergrund einen männlichen Bass, dann kam wieder Ginas kühle Stimme durch den Hörer. »Ich muss noch arbeiten, weißt du. Morgen ist ein wichtiger Termin. Und ich muss mich mit meinem Auftraggeber abstimmen.«

Jetzt kam Falk sich erst so richtig auf den Arm genommen vor. Sie musste arbeiten? Sonntagabend um halb neun? Wo jeder halbwegs normale Mensch »Tatort« guckte oder »Das perfekte Promi-Dinner«?

»Also dann, tschüs.« Falk konnte nicht verhindern, dass er enttäuscht war, und er war leider ziemlich sicher, dass man das durch die Leitung auch mitbekam.

»Ja, ciao, bis zum nächsten Mal.«

Sie legten beide gleichzeitig auf. So schnell war der Lichtblick des Tages zu einem Donnergrollen geworden, dachte Falk. Er vermutete, dass Gina ihn mit ihrer Zurückweisung dafür bestrafte, dass er heute nicht da war, als sie sich überwunden hatte, einen Schritt auf ihn zuzugehen. Das kannte er bisher von fast allen seinen Freundinnen. Wenn sie endlich mal ihre Zickigkeit abgelegt hatten und etwas Liebevolles sagten oder taten und Falk darauf nicht sofort euphorisch und mit einer doppelten Portion Zuwendung reagierte, traten sie ihm dahin, wo es am meisten wehtat.

Missmutig schaltete Falk den Ton wieder an und starrte stur auf den Bildschirm. Der Krimi, der offenkundig rasend lustig sein sollte, lief vor seinen Augen ab, ohne dass er auch nur einmal mit den Mundwinkeln zuckte. In seinem Kopf fuhren die Gedanken Karussell, und im Zentrum stand die eine Frage: Wer war der Mann im Hintergrund gewesen? Falk war überzeugt davon, dass er der Grund war, weshalb Gina so distanziert gewesen war und vorgegeben hatte, zu arbeiten. Sie war doch wohl nicht verheiratet?

11.

Bereits am Montagmittag hatte Falk alle Hände voll zu tun, so dass er keine Gelegenheit hatte, weiter über Gina nachzugrübeln. Der Morgen hatte die strahlende Sonne der vergangenen Woche zurückgebracht, und es war, wie so oft an der Nordsee, nicht mehr zu ahnen, dass es das Wochenende über geregnet hatte. Der Sand war noch nass, aber die Mittagssonne würde es schaffen, auch diese letzte Erinnerung an die Schlechtwetterphase zu trocknen. Die neuen Urlauber waren wie Heuschrecken über die Strandkorbvermietung hergefallen, und Nille war vollständig in seinem Element. Wieder und wieder tuckerten er und Falk mit dem Traktor vom Strand zur Lagerhalle und holten neue Körbe. Falk durfte frühmorgens sogar eine Strecke selbst mit dem Trecker fahren, Nille hatte ihn eingewiesen. Sofort hatte sich Falk in seine früheste Kindheit zurückversetzt gefühlt, als das Beherrschen möglichst großer Fahrzeuge noch zu seinen heißesten Berufswünschen gezählt hatte. Während er das riesige Lenkrad fest umklammert hielt und den wackeligen Knüppel der Gangschaltung mit roher Gewalt betätigte, konnte Falk spüren, dass diese kindliche Faszination nicht verschwunden war. Er heizte über den Strand, holperte auf dem harten Sitz auf und ab und brüllte laut vor Spaß an der Geschwindigkeit. Nille stand auf dem Trittbrett, warf den Kopf zurück und lachte Falk zu. »Super, Falk, super!«

Gegen Mittag hatte die Temperatur im Schatten sagenhafte 25 Grad erreicht, sensationell für Mitte Juni. Falk cremte sich seinen Oberkörper sorgfältig ein und absolvierte sein Trainingsprogramm, wobei ihm die bewundernden Blicke zweier achtzehnjähriger Mädchen zuteilwurden, die prompt bei ihm Sonnencreme kauften und ihn dabei anschmachteten. Obwohl Falk so jungen Mädchen gegenüber absolut resistent war, tat ihm die weibliche Bewunderung gut und streichelte sein angeknackstes männliches Ego. Sogar eine SMS von Bille ließ ihn kalt, die vor Genugtuung troff: »Hey Falkieboy, schlotterst du in deinem Strandkorb? Hier 35 Grad im Schatten. Chillig bei Trance, Lobster und Mango, HDGDL, B.«

Fünfunddreißig Grad, das hatte ihm gerade noch gefehlt, dachte Falk und löschte die SMS kurzerhand, ohne zu antworten. Er warf einen Blick auf die beiden kichernden Mädchen, aber die hatten ihre Aufmerksamkeit einem anderen Objekt der Begierde zugewandt: Stoppelkopf war von seiner Veranda getreten und hatte sich in direkte Krafttrainingskonkurrenz zu Falk begeben. Im Moment machte er, mit eingeöltem Oberkörper, Liegestütze. Die beiden Achtzehnjährigen zählten laut mit: »Siebenundzwanzig, achtundzwanzig, neunund …« Falk drehte sich weg. Stoppelkopf war sich für nichts zu schade, aber Falk dachte gar nicht daran, das männliche Gebalze mitzumachen.

Am Nachmittag erteilte er Nille für die letzte Stunde die Vollmacht, sich um die Belange der Strandkorbvermietung zu kümmern, damit er pünktlich um achtzehn Uhr bei der Gemeinderatssitzung in Norderende sein konnte. Auch wenn er nicht wusste, was ihn dort erwartete, wollte er doch live dabei sein, wenn sein frisch ererbtes Eigentum zum Naturschutzgebiet umgewidmet wurde. Jörn Krümmel hatte ihn aufgeklärt, dass er und seine Belange angehört werden mussten. Aber Falk hatte keine Zeit gehabt, sich darauf vorzubereiten, und was hätte er auch einwenden können? Er hatte schließlich selbst keinen Plan, was er mit dem Areal anstellen wollte.

Er wusste nur eines: dass er gewiss nicht in Tüdersen bleiben wollte. Nach dem Ende der Saison würde er Heisterhoog einfach hinter sich lassen und in Hamburg sein Studium beenden. Ob er in der kommenden Saison wiederkommen würde, ob er die Strandkorbvermietung verpachtete – all das waren ungelegte Eier, über die sich Falk zum jetzigen Zeitpunkt keine Gedanken machen wollte. Nur verkaufen und den großen Reibach machen, das hatte sich wohl leider erledigt.

Als Falk sein Fahrrad vor dem Bürgerhaus abstellte, in dem sowohl der Bürgermeister seine Amtsräume hatte als auch der Gemeinderat tagte, hatte sich bereits eine Traube interessierter Mitbürger davor versammelt. Die Sitzung fand öffentlich statt, und so wie es aussah, hatten die Heisterhooger reges Interesse daran, ihr beizuwohnen. Inmitten des Pulks machte Falk Silke Söderbaum aus, die sich engagiert mit einigen Leuten unterhielt. Als sie Falk sah, winkte sie aufgeregt und machte ihm Zeichen, dass er sich zu ihr gesellen solle. Thies Hoop konnte Falk nirgendwo entdecken, Jörn Krümmel ebenso wenig.

Silke stellte ihn einer Unzahl freundlicher Menschen vor, deren Namen sich Falk allesamt nicht merken konnte. Da war der Bäcker aus Süderende, der mit seinen grandiosen Milchbrötchen die ganze Insel belieferte. Da war der Imker Paulsen, von dessen Honig Falk nicht genug bekommen konnte, sowie der rührige Buchhändler aus Norderende, der neben der Buchhandlung einen eigenen Verlag betrieb und ein friesisches Lokalradio ins Leben gerufen hatte. Die Frau von der Wollstube, deren Räume gleichzeitig als Galerie dienten, eine junge Journalistin vom Inselkurier, Piet von der Fischbraterei und viele weitere Gewerbetreibende und Honoratioren. Ausnahmslos alle nahmen Falk mit großer Herzlichkeit auf und versicherten ihm, wie schön es sei, dass er Stens Anwesen und auch dessen Aufgabe übernommen und der Strandhütte neues Leben eingehaucht habe. Falk war zutiefst beschämt. Wenn die Heisterhooger wüssten, dass er nach der Saison der Insel den Rücken kehren wollte und es ihn momentan nicht die Bohne interessierte, wer dann in Tüdersen Strandkörbe vermietete, dachte er, dann wären sie sicher nur halb so freundlich. Dann fiel ihm auf, dass er jemanden in der Menge vermisste. Hubert von Boistern alias Bernd Frekksen war nicht anwesend, was Falk wunderte. Insgeheim war er davon ausgegangen, dass der reichste Mann der Insel naturgemäß auch im Gemeinderat saß, denn wo sonst hätte er seinen Einfluss geltend machen können?

Schließlich begab man sich ins Bürgerhaus und nahm in einem großen lichten Saal Platz. Die elf Mitglieder des Gemeinderats, ebenso wie Jörn Krümmel, saßen an hufeisenförmig aufgestellten Tischen, das zahlreich erschienene Publikum auf Stuhlreihen an der Wand. Bürgermeister Krümmel eröffnete die Sitzung. Er stellte gerade fest, welche von den Gemeinderatsmitgliedern anwesend waren und dass eines fehlte, als die Tür heftig aufgerissen wurde und das vermisste Mitglied eintrat. Die Cowboystiefel klackten imposant auf dem Parkett; Hubsi hatte sich für seinen großen – und, wie Falk unterstellte, absichtlich verspäteten – Auftritt ordentlich in Schale geworfen. Er war ganz in Weiß, Jeans, Cowboyhemd, Stetson. Kragenecken aus Messing und eine Lederkrawatte rundeten das Bild perfekt ab.

Aber Falk hatte keine Augen für Hubsi. Denn hinter diesem kam Gina in den Raum. Oder eher: Frau von Rolandseck. Gina war perfekt in ihr Businesskostüm gehüllt, in welchem Falk sie schon einmal angetroffen hatte. Ihre Lockenpracht hatte sie gezähmt und nach oben gesteckt, lediglich eine schmale Strähne ringelte sich im Nacken. Gina ließ ihre Blicke durch den Raum schweifen; als sie Falk entdeckte, lächelte sie leicht. Falk lächelte zurück und spürte, wie sich ein wohlig-warmes Gefühl in seiner Magengrube ausbreitete.

Die Anwesenheit von Gina in Begleitung von Hubsi rief in den Gemeinderatsmitgliedern einige Irritation hervor. Vor allem Silke Söderbaum runzelte die Stirn und tuschelte mit ihrer Nachbarin, der Galeristin von der Wollstube. Jörn wollte gerade fortfahren, als die Tür zum Saal erneut aufging; Thies Hoop in der unvermeidlichen schwarzen Uniform schlüpfte hinein und nahm in der hintersten Zuschauerreihe Platz. Er hatte eine Selbstgedrehte hinters Ohr geklemmt und zwinkerte Silke zu, die sich hilfesuchend nach ihm umsah. Sie zeigte fragend auf Hubsi und Gina, aber Thies zuckte nur mit den Achseln. Falk nahm an, dass Hubsi etwas im Schilde führte und Gina Teil seines Plans war. Er hatte sich schon seit ihrer Begegnung in Norderende gefragt, was Gina mit Hubsi zu schaffen hatte; so, wie es aussah, würde das Rätsel heute gelüftet werden. Ob Hubsi die Stimme im Hintergrund gewesen war, die er gestern beim Telefonat mit Gina vernommen hatte?

Bürgermeister Jörn Krümmel ließ sich weder von Hubsi und Gina noch von Thies aus dem Konzept bringen; gefasst referierte er den Stand der Dinge um das Landschaftsschutzgebiet. Schließlich erteilte er Silke Söderbaum das Wort. Silke trat nach vorne und begann mit einem leidenschaftlichen Vortrag über die Flora und Fauna des betreffenden Landstrichs. Man konnte ihr ansehen, dass sie emotional sehr aufgewühlt war. Ihre Wangen röteten sich, und am Hals erschienen nervöse Flecken. Sie redete sich so in Rage, dass sie ihre Wolljacke ausziehen musste und man sehen konnte, dass ihr T-Shirt unter den Achseln dunkle Flecken aufwies. Aber in all ihrer Erregung und ihrem Engagement war Silke Söderbaum auch anrührend: Die robuste und zupackende Frau wirkte plötzlich sehr verletzlich, weil jedermann sehen konnte, wie sehr sie sich das Thema zu Herzen nahm. Silke verteilte nach beiden Seiten Kopien an die anderen Mitglieder des Gemeinderats; wie Falk aus der Entfernung sehen konnte, waren darauf Bilder der Arten, die sich in dem betreffenden Gebiet angesiedelt hatten. Die Ratsmitglieder studierten die Bilder und nickten zum Teil beifällig, nur Hubsi schenkte keiner der Kopien auch nur einen einzigen Blick. Ignorant und siegesgewiss schob er die Blätter von sich. Als Silke ihr Plädoyer für die Umwidmung zum Naturschutzgebiet beendet hatte, applaudierte ein Großteil der Anwesenden im Raum. Falk entging dabei nicht, dass Thies Hoop besonders laut klatschte.

Der Applaus war noch nicht ganz abgeebbt, als Hubsi die Hand hob und um das Wort bat, welches Jörn Krümmel ihm auch sogleich erteilte. Hubsi stand auf, nickte huldvoll und völlig unangebracht zu allen Seiten und begann zu sprechen. Falk hatte bereits einmal erlebt, wie Hubsi auf seine Zuhörer wirkte, und der gleiche Effekt wie damals bei den aufgebrachten Urlaubern stellte sich auch hier wieder ein. Die Leute hingen förmlich an seinen Lippen, denn Hubert von Boistern war ein eindrucksvoller und niemals langweiliger Redner. Er sah beständig in die Runde, den Zuhörern direkt in die Augen, machte kleine Scherze, sprach den ein oder anderen namentlich direkt an, gab Anekdoten zum Besten, lobte und mahnte, kurz: Er hielt eine packende und kurzweilige Rede zum Thema »Die Zukunft des Tourismus auf Heisterhoog«. Zusammengefasst war Hubsi der festen Überzeugung, dass Heisterhoog bald dichtmachen konnte, wenn es weiterhin die Trends des 21. Jahrhunderts verschlief. Und die hießen: sanfter Tourismus, Nachhaltigkeit, Öko-Urlaub. Obwohl ihm Hubsi suspekt war und sein Vortrag allzu selbstgefällig, fand Falk, dass man Hubsi in der Sache recht geben müsse. Die Zeiten, in denen man mit dem Flieger nach Goa jettete und dort Mangos schlürfte und Hummer aß, schienen vorbei. Außerdem stand Hubsi bis jetzt mit dem, was er propagierte, dem Vortrag von Silke Söderbaum keineswegs entgegen. Plädierten nicht beide für einen respektvollen Umgang mit der Insel und ihrer Natur? Doch am Schluss seiner Rede ließ von Boistern die Katze aus dem Sack. Um Heisterhoog fit zu machen für die Zukunft, war es laut dem Immobilienmann unumgänglich, auf dem Gebiet, das zum Teil Eigentum von Falk war, die »Dünenkrone« zu errichten.

Ratlose Gesichter blickten zu Hubsi. Niemand wusste, was die »Dünenkrone« sein sollte. Und wie dieses Gebäude, denn ein solches sollte es wohl sein, Heisterhoog in die Zukunft katapultieren sollte. Hubsi ließ den Begriff »Dünenkrone« einige Sekunden lang bedeutungsschwanger im Raum stehen, dann verwies er auf den »Joker«, den er mitgebracht habe: die Architektin Gina von Rolandseck vom renommierten Berliner Architektur- und Bauplanungsbüro Jonkers & Jonkers.

Falk lehnte sich erleichtert zurück. Das war also die Verbindung zwischen Gina und Hubsi. Er war ihr Auftraggeber! Offensichtlich hatte sie doch die Wahrheit gesagt, als sie gestern Abend behauptet hatte, sie müsse noch arbeiten. Und die Stimme im Hintergrund war in der Tat die von Hubsi gewesen. Vermutlich hatten die beiden ihren Auftritt heute bei der Sitzung durchgesprochen. Falk konnte nicht verhindern, dass sich ein breites Lächeln über sein Gesicht zog – er hatte also keinen Grund zur Eifersucht.

Gina nahm nun den Platz von Silke vor dem Publikum ein, während Hubsi die elektrischen Rollläden herunterließ, um den Raum zu verdunkeln, und ein Whiteboard hinter dem Bürgermeister in Position brachte. Gina sprach sehr professionell über ein bahnbrechendes Bauprojekt, das ihr Büro entworfen habe, eben die »Dünenkrone«, klappte dabei ihren Laptop auf und begann mit einer PowerPoint-Präsentation, die die Kopien von Silke prähistorisch aussehen ließ.

Obwohl Falk seinen Blick nicht von Gina abwenden konnte und sich gedanklich weniger mit dem auseinandersetzte, worüber sie redete, als sich vielmehr seinen Träumereien hingab, blieb doch das Wesentliche ihres Vortrags bei ihm hängen.

Die »Dünenkrone« war ein mehrere Gebäude umfassender Komplex, der sowohl ein Hotel als auch Appartements aufwies. Er zog sich, den Dünen vorgelagert, parallel zur Wasserlinie schlangenförmig über 500 Meter durch den Sand von Tüdersen. Dazu gehörten Außenanlagen, welche bis zum Kiefernwäldchen reichten. Das Besondere und Revolutionäre an dem Bau war allerdings weder sein Aussehen noch seine Größe, sondern vielmehr die Tatsache, dass er in Niedrigenergie-Bauweise errichtet werden und einen Großteil der benötigten Energie selbst generieren sollte. Das funktionierte mittels Solar- und Regenwasseraufbereitung sowie intelligenter Architektur, bei welcher die Fenster und Dächer so konzipiert waren, dass möglichst wenig elektrische Beleuchtung benötigt werden würde. Eine raffinierte Holzbauweise der Fassade, begrünte Dächer und hängende Gärten würden ihr Übriges tun. Darüber hinaus sah der von Gina virtuos animierte Bau, so wie er sich in 3D auf dem Whiteboard zeigte, überaus elegant und hochmodern aus. Fast durchscheinend war der massive Bau, was ihn fragiler aussehen ließ, als er tatsächlich war. Das Hotel sollte 1500 Gäste beherbergen können und die Appartements »noch einmal so viele. Die »Dünenkrone«, so Gina, sei bahnbrechend für eine neue Hotelgeneration, einzigartig in Europa, und würde Heisterhoog den Weg ins 22. Jahrhundert weisen.

Falk war völlig verzaubert. Gina machte im Businesskostüm eine ebenso gute Figur wie im Badeanzug, sie war souverän, charmant und professionell gleichzeitig. Falk war von ihrem Vortrag völlig eingenommen und vom Projekt »Dünenkrone« durchaus angetan. Und als jetzt die Rollläden wieder nach oben schnurrten und die Zuschauer ins Licht blinzelten, sah er, dass es einem Großteil der Leute ebenso ging. Es wurde heftig applaudiert, wesentlich stärker als bei Silke Söderbaum, der deutlich anzusehen war, dass sie nicht bereit war, auch nur einen Gedanken daran zu verschwenden, ob die »Dünenkrone« tatsächlich das Teufelswerk war, für das sie es hielt. Sie hatte eine steile Zornesfalte auf der Stirn und verschränkte die Arme demonstrativ ablehnend vor dem Körper. Aber damit war sie fast allein. Die übrigen Gemeinderäte unterhielten sich angeregt tuschelnd, und auch im Publikum machte sich Wohlwollen breit. Hubsi sah sich zufrieden um, bevor er sich erneut erhob und abschließend das Wort ergriff. Er plädierte nun dafür, sich die Sache mit dem Naturschutzgebiet noch einmal ganz genau zu überlegen; es sei sogar klüger, die Klassifizierung als Landschaftsschutzgebiet aufzuheben, um den Bau der »Dünenkrone« zu ermöglichen.

Silke Söderbaum schoss von ihrem Stuhl hoch und begann lautstark zu protestieren. Jörn Krümmel konnte gar nicht schnell genug eingreifen, um Silke, die Hubsi aus dem Stand heraus wüst als Betrüger beschimpfte, zu beruhigen. Auch andere Stimmen wurden laut. Thies stand Silke gegen Hubsi bei, ebenso die Frau vom Wollgeschäft und Imker Paulsen, während andere versuchten, gegen Silke anzureden. Im Nu war das größtmögliche Durcheinander entstanden, ein Wirrwarr aus erregten Stimmen und Meinungen. Falk beobachtete, wie Gina, von der Heftigkeit der Vorwürfe der Verfechter des Naturschutzgebietes sichtlich getroffen, ihren Laptop ausstöpselte und sich rasch neben Hubsi in die sichere Deckung setzte. Falk wäre gerne zu ihr hingegangen und hätte sie verteidigt, aber er war lediglich Zuschauer und wollte überdies das Chaos nicht vergrößern. Schließlich gelang es Bürgermeister Krümmel, sich mittels einer Trillerpfeife durchzusetzen und das Wort zu ergreifen. Schließlich kehrte vorläufige Ruhe ein.

»Ihr Lieben! Beruhigt euch doch bitte! Liebe Mitbürger, liebe Gemeinde, liebe Gäste. Wir haben nun einige Stimmen und Vorschläge zum Thema angehört, und uns ist wohl allen klar, dass wir heute keine Einigung in der Sache erzielen werden.«

»Niemals! Keinen Fußbreit den Immobilienhaien! Es lebe ...«

»Silke!«, ermahnte Jörn seine engagierte Freundin, die schon wieder mit erhobener Faust hinter ihrem Tisch stand. »Bitte nimm dich zusammen. Wir sind in der Gemeinderatssitzung und nicht auf einer Demo. Jeder hat das Recht, einen Vorschlag einzubringen. Auch Hubert von Boistern, ob es uns nun passt oder nicht.«

Der Erwähnte dankte gestisch und lächelte süffisant zu Silke hinüber. Aus den Augenwinkeln beobachtete Falk, dass Thies Hoop seine Faust geballt hatte und sich offensichtlich nur mit Mühe beherrschen konnte, nicht aufzuspringen und Hubsi wieder einmal eins auf die Nase zu geben.

»Und außerdem«, fuhr Jörn Krümmel fort, wieder die Liebenswürdigkeit in Person, »haben wir noch gar nicht den Eigentümer des teilweise betroffenen Grundstücks angehört, über dessen Kopf hinweg hier gar nichts entschieden werden kann.«

Erst als sich alle Köpfe zu ihm umwandten, begriff Falk, dass Jörn von ihm sprach. Er hatte noch nicht verinnerlicht, dass er der Eigentümer des umfangreichen Areals war.

Er räusperte sich und stand auf. Alle Augenpaare waren erwartungsvoll auf ihn gerichtet.

»Vielen Dank, Herr Bürgermeister«, hub Falk an. »Da ich erst seit Kurzem Eigentümer des Grundstücks bin, habe ich noch keine konkreten Pläne entwickelt und sehe mich nicht in der Lage, etwas Konstruktives zur Entscheidungsfindung beizutragen.« Ein Raunen ging durch die Zuschauerreihen; Falk konnte nicht einschätzen, ob es zustimmend oder ablehnend war. Aber er blickte in Ginas Gesicht, sah ihr aufmunterndes Lächeln und wusste, dass er sie nicht enttäuschen wollte. »Da die Entscheidung darüber, was mit dem Grundstück geschehen soll, schwerwiegend ist, sowohl was die zukünftige Gestaltung der Insel als auch was meine Lebensplanung angeht, bitte ich darum, die Entscheidung über das Naturschutzgebiet zu vertagen. Ich wüsste gerne noch mehr über das Bauvorhaben, bevor ich mich entscheide, was mit dem Grundstück passieren soll.« Gina lächelte ihm jetzt gelöst zu; Falk erwiderte den Blick und setzte sich wieder hin. Thies Hoop zischte »Verräter« und tippte sich an die Stirn, während Jörn Krümmel erneut in seine Trillerpfeife blies, um nicht noch einmal Tumult aufkommen zu lassen. Von Boistern klatschte zufrieden in seine feisten Hände, und Falk dachte unwillkürlich, dass dies doch etwas zu weit ging, schließlich hatte er sich keineswegs *für* den Bau der »Dünenkrone« ausgesprochen. Silke schüttelte traurig den Kopf und schob ihre Papiere mit den Tier- und Pflanzenbildern zu einem jämmerlichen Haufen zusammen. Jörn Krümmel sah zu ihr hinüber, und es war seinem Gesicht abzulesen, dass es ihm leidtat, ihr nicht beistehen zu können, aber in seiner Position als Bürgermeister war es ihm nun einmal nicht möglich, Partei zu ergreifen. Stattdessen vertagte er die Sitzung und rief die Gemeinderatsmitglieder auf, sich in den kommenden Wochen sowohl mit den Plänen für ein Naturschutzgebiet als auch mit denen der »Dünenkrone« zu beschäftigen. Die Unterlagen beider Projekte würden im Bürgerhaus öffentlich zugänglich gemacht werden. Damit war die Gemeinderatssitzung offiziell beendet.

12.

Direkt nach der Sitzung des Gemeinderates wollte Falk mit Gina sprechen, aber Hubsi packte diese am Arm und brachte sie zu seinem Geländewagen – aus der Schusslinie. Gina hätte sicher nichts dagegen gehabt, sich noch mit den Heisterhoogern zu unterhalten, das las Falk jedenfalls aus ihrem Verhalten, aber Hubsi schien es eilig zu haben. Falk konnte sich nicht rechtzeitig durch die Zuschauerreihen nach vorn arbeiten, er hatte ganz hinten gesessen, und so sah er nur noch, wie sich die Tür von Hubsis cremefarbenem Protzschlitten hinter Gina schloss und der Wagen mit quietschenden Reifen davonfuhr.

»Wenn du lieber zu denen gehören willst, dann sag es besser gleich. Muss ich mir keine Mühe geben mit dir.« Unverkennbar die kehlige Stimme von Thies Hoop. Und tatsächlich, als Falk sich umdrehte, stand der schwarze Cowboy direkt hinter ihm und blickte mit unverhohlener Skepsis auf ihn herab.

»Ich gehöre zu gar niemandem, Thies. Ich bin kein Insulaner, ich bin erst seit zwei Wochen hier! Und ich lasse mir von dir nicht den Umgang verbieten, mit wem auch immer.«

»Ich sag nur: Augen auf. Dem …«, Thies schob sein Kinn in Richtung des verschwindenden Geländewagens, »kannst du nicht über den Weg trauen. Ich dachte, das hätte ich dir klargemacht.«

»Kann ich *dir* denn trauen, Thies?« Falk sah dem hoch aufgeschossenen Kerl direkt in die Augen und hielt dem stechenden Blick von Thies mühelos stand. Dieser schwieg.

»Und dass du dir Mühe gegeben hast, das wüsste ich aber. Du verschwindest die ganze Woche über in deinem Kabuff. Aber ich weiß, dass du da bist. Du spuckst deinen Kautabak ja direkt vor meine Bude.« Falk spürte, wie der Ärger in ihm hochkochte. Was dachten die sich eigentlich alle? Wollten ihn bevormunden, ihm vorschreiben, was er mit dem Land von Sten, das jetzt seins war, zu tun und zu lassen hatte? Aber er war ein erwachsener Mann und konnte verdammt noch mal selbst entscheiden, was gut für ihn war. Er bekam eine regelrechte Wut auf Thies' Herablassung, der ihm den Umgang mit Hubsi, vielleicht auch mit Gina, verbieten wollte. Nur weil er ihm einmal mit den Strandkörben geholfen hatte! Gut, das war ziemlich klasse gewesen, und ohne die Hilfe von Thies wäre er echt schnell baden gegangen, aber das konnte doch wohl nicht bedeuten, dass Thies ein lebenslanges Recht auf Einflussnahme hatte?! Thies schwieg noch immer und sah ihn unverwandt an, als Jörn Krümmel zu ihnen trat. Er fasste Falk sanft am Arm.

»Falk, wie sieht's aus, kommst du noch mit uns in die ›Feuerqualle‹?« Falk bedachte Thies mit einem letzten bockigen Blick und wandte sich dann dem Bürgermeister zu.

»Danke, Jörn. Ich glaube nicht. Das steigt mir alles ein bisschen über den Kopf.«

Jörn sah ihn wissend an und nickte verständnisvoll.

»Du bist hier in eine schwierige Situation hineingeraten, Falk. Da sind tiefe Gräben zwischen uns Insulanern. Eigentlich würde dich das gar nichts angehen, wenn nicht … Solange Sten noch gelebt hat, war die Sache klar. Aber jetzt, nach seinem Tod, geht das Hauen und Stechen los. Tut mir leid für dich.«

Falk sah hinter Jörns Rücken, dass Silke Söderbaum auf ihre Gruppe Kurs nahm. Sie hatte Tränen in den Augen. Falk wollte sich der Diskussion nicht auch noch aussetzen und zog den Reißverschluss seines Parkas nach oben.

»Danke, Jörn. Ich komm schon klar. Ich weiß bloß einfach noch gar nicht, was ich mit dem Gelände und der Strandkorbvermietung anfangen soll. Das ist alles.« Falk nickte Jörn nett zu und wandte sich ab, um sein Fahrradschloss aufzusperren.

»Lass dir Zeit, Falk. Und denk gründlich darüber nach.«

Falk war dankbar für Jörns Verständnis. Obwohl auch Jörn Krümmel das Naturschutzgebiet befürwortete, hielt er sich mit Meinungsmache zurück und versuchte, sich neutral zu verhalten. Das rechnete Falk ihm hoch an. Er schwang sich auf den Sattel, winkte in die Menge und trat in die Pedale. Silke und Thies blickten ihm hinterher, ohne den Gruß zu erwidern. Jörn rief ihm noch etwas nach. »Samstagabend, acht Uhr: Shanty-Chor im Pfarrhaus! Wär schön, wenn du auch kommst!«

Singen, das hatte ihm gerade noch gefehlt, dachte Falk, das lag ihm so gar nicht. Er wusste nicht einmal, ob er überhaupt eine Stimme hatte.

Er trat nun ordentlich in die Pedale. Es war zwar noch einigermaßen hell, aber die Dämmerung legte sich bereits über die Insel, und deshalb hatte er sich erneut für den Mittelweg entschieden, anstatt von Norderende nach Tüdersen durch den Wald zu fahren. Im Wald war keine Straßenbeleuchtung, dafür aber jede Menge Wurzeln. Das Licht des Leuchtturms strich schon wieder sanft über die Insel, und neben der untergehenden Sonne stand eine schmale Mondsichel am Himmel. Falk atmete die kühle Abendluft tief ein und genoss den Blick über die schmale Insel und die erleuchteten Reetdachhäuser in der Dämmerung. Heisterhoog war wunderschön, er war immer gerne hier gewesen und hatte sich so gefreut darauf, hier drei Monate auszuspannen. Warum war alles so verzwickt geworden? Er hatte gar kein Interesse daran, jemanden vor den Kopf zu stoßen. Er mochte die Leute hier, ja, auch den kauzigen Thies Hoop. Aber er wollte nicht die Verantwortung tragen für das, was auf der Insel passierte. Wenn er es richtig verstanden hatte, konnte der Gemeinderat zwar ohne seine Einwilligung sein Land zum Naturschutzgebiet erklären. Doch wenn er es nicht tat, konnte Falk verkaufen, an wen auch immer. Und dann konnte der neue Eigentümer mit dem Grund machen, was er wollte. Insofern hing durchaus eine Menge von seiner Entscheidung ab. Und Falk wusste, dass er sich nicht festlegen konnte, nicht jetzt jedenfalls. Vor allem, weil seine Gedanken ganz woanders waren: bei Gina. Und nicht bei Bille, von der er, wenn man es genau nahm, gar nicht getrennt war. Sie hatten Streit gehabt, und Bille musste sich ein bisschen austoben und schmollen. So war es schon oft gewesen in den vier Jahren, die sie mittlerweile zusammen waren. Aber irgendwie hatten sie immer wieder zueinander gefunden. Falk hoffte fast, dass es dieses Mal nicht so sein würde. Vielleicht würde sein Leben nach diesem Sommer einen ganz anderen Weg nehmen. Aber auch in dieser Beziehung scheute Falk sich, jetzt und hier eine Entscheidung zu treffen. Bille bekam schließlich nicht mit, was hier lief, und er würde alles daransetzen, Gina näherzukommen.

Er rollte den Berg vom Leuchtturm zum Ortseingang Tüdersen hinab, am Pferdehof vorbei und bog mit Karacho beim Spritzenhaus der Feuerwehr um die Ecke. Fast hätte er eine Person umgefahren, die aus dem Dämmerschatten eines Birnbaums hinaus auf die Straße trat. Falk klingelte erschrocken und tippte sich an die Stirn.

»Pass doch auf, Mann!«

Die Person sprang erschrocken auf den Bürgersteig zurück; erst da erkannte Falk, dass es Gina war. Als hätte er sie sich herbeigewünscht! Falk bremste, drehte um und fuhr die paar Meter wieder zurück. Gina lächelte, begrüßte ihn aber nur gestisch, denn sie hatte ihr BlackBerry zwischen Ohr und Schulter geklemmt und telefonierte augenscheinlich. »Ja, das ist super. Ich bin total zuversichtlich. … In ein paar Wochen, aber vor September bestimmt. … Klar, ich halte die Stellung. Gut, wir mailen morgen, *ciao, ciao*.«

Sie legte auf und strahlte Falk an. »Mein Chef. Ich musste natürlich Bericht erstatten. Wie es auf der Sitzung gelaufen ist.«

»Aha.« Das interessierte Falk eher weniger, aber als Einstieg in ein Gespräch taugte es allemal. »Und, wie ist es gelaufen?«

Gina sah ihn kurz befremdet an, dann lachte sie. »Na, gut doch, oder? Du warst doch dabei.«

»Stimmt schon. Aber dass es gut gelaufen ist, findet bestimmt nicht jeder.«

»Ach so. Die schwenken schon noch auf unsere Linie ein. Da mach ich mir keine Sorgen. Das Projekt ist super.«

Bevor sie sich allzu sehr in berufliches Fahrwasser begaben, wechselte Falk lieber zu einem anderen Thema.

»Hast du noch Zeit? Wollen wir was trinken? Gestern hat's ja nicht geklappt.«

Gina überlegte kurz, nickte dann aber.

»Gerne. Und wo? In den Dünen ist es mir jetzt zu kalt.«

Falk dachte nach. Die »Feuerqualle«, eine gemütliche Kneipe, lag in Norderende – zu weit weg, und außerdem war dort gerade der halbe Gemeinderat. In Tüdersen selbst gab es nichts, keine Gaststätte, kein Café und keine Kneipe. Und bald schon würden hier sogar die Lichter in den Häusern ausgehen. In dem kleinen Nest legte man sich wirklich mit den Hühnern schlafen. Sie beide waren auch die Einzigen, die jetzt noch, um halb neun am Abend, auf der Straße waren.

»Vielleicht bei mir?«, entschied Falk schnell. Aber Gina runzelte die Stirn.

»Ist mir jetzt zu weit. Ich hab aber noch eine Flasche Wein. Ist zwar winzig bei mir, aber wenn du willst …?«

Das ließ Falk sich nicht zweimal sagen. Er schob sein Fahrrad neben Gina her zu dem renovierten Friesenhaus, in welchem sie ihr kleines Appartement hatte, und sperrte es neben einem Hortensienbusch ab. Wie beinahe alle Häuser in Tüdersen lag auch dieses geduckt zwischen dicht gewachsenen Hecken, der Garten umgeben von einer niedrigen Steinmauer, die auf dem oberen Rand mit Rosen und Lavendel bepflanzt war. Die Hecke aus Bauernjasmin und Sommerflieder, die Malven, Duftwicken und der Ziertabak verströmten einen intensiven Blütenduft, der die sommerlich-kalte Abendluft schwer und sinnlich machte. Am liebsten hätte Falk Gina einfach zu sich gezogen und geküsst, so sehr übermannten ihn seine Gefühle. Aber er wollte sie nicht überrumpeln und beherrschte sich. Sie stiegen eine enge kleine Treppe nach oben und betraten Ginas Einzimmerwohnung. Gina erzählte unterdessen, dass Hubsi sie eigentlich in Süderende in einem seiner luxuriösen Ferienhäuser hatte einquartieren wollen, aber sie hatte eine gesunde Distanz zu ihrem Auftraggeber vorgezogen und sich im Internet dieses kleine Zimmer herausgepickt. Zumal sie es selbst bezahlen musste; das Architekturbüro, für das sie arbeitete, kam nur zum Teil für die Spesen auf.

Falk wunderte sich.

»Aber du bist doch in deren Auftrag hier, oder? Wie können die das denn nicht bezahlen?«

Damit hatte er bei Gina offensichtlich ein Thema angestoßen, das ihr schwer zu schaffen machte, denn Falk erfuhr nun einiges über das Elend freiberuflicher Architekten. Davon gab es so viele in Berlin, dass es sich die Architekturbüros leisten konnten, die Leute für einen Hungerlohn oder oftmals nicht einmal das zu beschäftigen. Es war üblich, die Freelancer für einen Wettbewerb oder ein Projekt anzuheuern und ihnen die Aussicht auf eine bezahlte Anstellung zu bieten – sollte das Vorhaben realisiert werden. Das wurde es oftmals nicht, und schwupps, saß man als hochqualifizierter Facharbeiter schon wieder auf der Straße. Je renommierter das Architekturbüro, desto mieser die Arbeitsbedingungen. Und Gina, die stolz darauf war, ein Praktikum bei Jonkers & Jonkers bekommen zu haben, musste also sogar noch draufzahlen. Die Spesen, die man ihr für den Aufenthalt auf Heisterhoog zu zahlen bereit war, lagen in Höhe des Preises für ein Fischbrötchen.

»Aber bei von Boistern hättest du umsonst wohnen können, oder? Wäre das in dem Fall nicht günstiger gewesen?«, erkundigte sich Falk.

Gina schüttelte den Kopf. »Ich hätte auf andere Art einen hohen Preis bezahlt. Die von Boisterns sind … nun ja, sagen wir: speziell. Und ich weiß nicht, ob der Familienanschluss das Richtige für mich gewesen wäre.«

Falk lachte. Er dachte an die pinkfarbene Möchtegern-Paris-Hilton, die ihn am Strand aufgesucht hatte.

»Ich habe mal die Tochter kennengelernt, das reicht.«

»Dann warte ab, bis du die Mutter triffst! Thea. Da fällt dir nichts mehr ein.«

Falk hatte die Weinflasche geöffnet und schenkte ihnen beiden ein. Die Dachstube, in der Gina untergekommen war, passte nicht zu ihr. Gina war groß, sportlich und gleichzeitig elegant. Das Appartement war eng, hatte schräge Wände, so dass man fast überall den Kopf einziehen musste, und war mit einfachen Kiefernholzmöbeln zweckmäßig eingerichtet. Trotzdem war es gemütlich, und wenn man genau hinsah, hatte Gina der unattraktiven Umgebung ihren Stempel aufgedrückt. Auf dem Tisch stand ein kleiner Strauß selbstgepflückter Wiesenblumen, und an die Wände hatte Gina Fotos gepinnt. Von Heisterhoog, von einem wuscheligen Hund, einem älteren Ehepaar, von dem Falk aufgrund der Ähnlichkeit mutmaßte, dass es sich um Ginas Eltern handelte, und von sich selbst in einer Gruppe von Freunden. Kein Bild von einem Mann, stellte Falk erleichtert fest. Gina hatte seinen Blick verfolgt. »Gegen das Heimweh. Meine Eltern, meine Schwester Caya, Bongo, mein Hund und meine Freunde.«

Falk nickte. »Vermisst du Berlin?«

Wieder dieses entwaffnende Lachen. Gina zog dabei jedes Mal ihre Nase ein bisschen kraus, und ihre Locken flogen.

»Nee. Nicht wirklich. Das ist eine tolle Stadt. Ich bin zum Studium hin, damals. Ist jetzt auch schon fast sechs Jahre her. Aber eigentlich komme ich aus Rheinland-Pfalz. Und das fehlt mir oft, die Weinberge, die Mosel, das Hügelige. Ich bin eigentlich eher der Naturtyp.«

Falk dreht sein Glas in den Händen und betrachtete Gina verzückt. Der Naturtyp. Für ihn war sie das und noch viel mehr. Er konnte sie sich überall vorstellen, sie verkörperte für ihn die ideale Frau, mit der alles möglich war. Er saß hier, im verschlafenen Tüdersen, in der kleinen Dachbude und konnte sich nichts Schöneres, Romantischeres vorstellen als eben das. Außerdem roch es in dem winzigen Zimmer intensiv nach ihr, nach ihren Haaren, ihrem Eau de Toilette, ihrem Waschmittel, was auch immer. Eine feminine, blumige und frische Note. Er hätte Gina sofort sein Herz zu Füßen legen wollen! Aber er beschränkte sich darauf, ihr Fragen zu stellen. So erfuhr er an dem Abend, dass Gina siebenundzwanzig war, Architektur studiert hatte und einen Job suchte. An dem Projekt »Dünenkrone« hatte sie nur marginal mitgearbeitet, den Entwurf hatte Erik Jonkers, der Leiter des Architekturbüros, mit seiner Frau gemacht. Gina hatte die Reinzeichnungen angefertigt, am Modell mitgearbeitet, und nun durfte sie die Betreuung des Projekts vor Ort übernehmen. Alles für so gut wie kein Geld außer den paar Kröten, die es für ein Praktikum gab. In Falks Ohren hörte sich das ziemlich nach Ausbeutung an, aber Gina war Feuer und Flamme für das Projekt und ihren Arbeitgeber, so dass Falk sich mitreißen ließ und ihr ihre Herzensangelegenheit nicht madig machen wollte. Gina war voll in ihrem Element, wenn es um die »Dünenkrone« ging, und konnte von Dachbegrünung, Photovoltaikanlagen und Regenwasseraufbereitung so mitreißend erzählen, als ginge es nicht um die Arbeit, sondern um ihr Leben. Falk trank und sah ihr beim Reden zu. Wie sie die Locken in den Nacken warf, wie sie mit ihren schönen Händen gestikulierte, wie sie sich mit einer Hand die leicht abstehenden Ohren knubbelte, wenn sie über etwas nachdachte.

»Himmel! Es ist schon viel zu spät, ich muss dich rauswerfen!«, riss Gina ihn abrupt aus seinen romantischen Gedanken.

»Was?«

»Halb zwölf. Ich muss morgen früh raus. Du musst gehen.« Gina hatte sich schon erhoben und stellte ihr Weinglas in die Spüle.

Schade, dachte Falk. Aber er fügte sich. Mit Gina, das durfte er nicht übers Knie brechen, das spürte er. Auch wenn sie zugänglich war und ihn zu sich eingeladen hatte, hielt sie ihn leicht auf Distanz, und Falk respektierte das. Die große Liebe war eben nicht leicht zu haben.

Gina öffnete die Tür des Appartements und legt den Finger auf die Lippen zum Zeichen, dass er keinen Krach machen sollte, die anderen Gäste schliefen bereits. Falk beugte sich leicht zu ihr vor, um ihr einen Kuss auf die Wange zu geben, aber Gina nahm sein Gesicht in beide Hände und küsste ihn weich auf die Lippen.

»Tschüs«, sagte sie leise und grinste.

Falk war so sprachlos, dass sein »Gute Nacht« ihm erst über die Lippen kam, als Gina die Tür schon fast geschlossen hatte. Er dreht sich um, verpasste den Absatz der ersten Treppenstufe, stolperte und fiel laut polternd die kleine Treppe hinab. Wer auch immer schon geschlafen hatte im Haus, war jetzt bestimmt wach geworden.

Falk hatte sich den Rücken am Geländer gestoßen und den linken Fuß verknackst, aber er spürte keinen Schmerz, nur den Kuss auf seinen Lippen. Während er mit dem Fahrrad durch das menschenleere und stockfinstere Tüdersen zu seiner Kate fuhr, pfiff er einen seiner Lieblingssongs vor sich hin. »Something stupid«, von Frank und Nancy Sinatra. Seine Mutter hatte es immer und immer wieder gesungen, als er ein kleiner Junge war, und es hatte einen festen Platz in seinem Herzen. Nur vor Bille musste er diese altmodische kleine Erinnerungsecke verbergen, sie, die DJane, fand den Song einfach nur »dämlich«. Kurz vor dem Bohlenweg summte sein Handy und zeigte eine SMS an. Falk bremste sofort, da er sich sicher war, die SMS konnte nur von Gina sein. Er holte erwartungsfroh das Handy aus der Hosentasche und checkte die Nachricht. »Habe am Wochenende drei Tage frei, komme spontan zu dir. Kuss, Mama.«

Ausgerechnet, dachte Falk. Er liebte seine Mutter sehr, aber er hatte so eine Ahnung, dass sie zum jetzigen Zeitpunkt eher seine Kreise stören würde, als ihm eine große Hilfe zu sein.

13.

Falk hatte es mit Biegen und Brechen geschafft, sich vom Strand loszueisen und zur Fähre zu radeln. Es war wieder ein Höllentag gewesen, jede Woche begannen irgendwo die Sommerferien, und die Leute rannten ihm die Bude ein. Am Wochenende kamen auch noch die Tagesausflügler und die Naherholer hinzu. Er und Nille hatten heute den letzten Korb aus der Halle gezerrt, und schon um 15.22 Uhr war auch dieser vermietet gewesen. Nur deshalb konnte Falk seine Bude zusperren und ein »Ausgemietet«-Schild an die Tür heften. Nun erreichte er völlig außer Atem den Fähranleger, wo die »Neptun« bereits rangierte. Alle Decks waren proppenvoll mit freudig winkenden Urlaubern, und er hatte Mühe, seine Mutter zu erspähen. Schließlich aber entdeckte er sie. Grit Fischer-Thomsen stand auf dem ersten Oberdeck und schwenkte ein großes buntes Seidentuch, sie hatte ihn bereits gesichtet. Falk winkte zurück und spürte trotz seiner Befürchtungen, dass er sich freute, seine Mutter zu sehen.

Die Fähre legte an, und der Schiffsoffizier lenkte die Massen streng geordnet vom Schiff. Zuerst die Fußgänger, dann die ersten Autos, ein Pulk Fahrrad- und Motorradfahrer und schließlich die restlichen PKWs. Man sah den Leuten, die auf die Insel strömten, an, dass sie den Urlaub noch vor sich hatten: Auf jedem Gesicht lag ein Lächeln, alle spiegelten freudige Erwartung. Ganz anders die Menschen, die anschließend auf das Schiff gingen und zum Festland übersetzten. Ihr Urlaub war beendet, auf sie wartete der Alltag: Haushalt, Arbeit, Schule. Diese Bedauernswerten sahen bedrückt aus, und die meisten warfen einen wehmütigen Blick zurück auf die im hellen Sonnenschein daliegende Urlaubsidylle.

Seine Mutter war in der Hinsicht keine Ausnahme: Mit strahlendem Gesicht und weit ausgestreckten Armen kam Grit auf ihren Sohn zu. Das bunte Seidentuch hatte sie jetzt kunstvoll um den Kopf gewickelt; dazu trug sie eine farblich passende bunte Tunika und einen Rucksack. Sie umarmte Falk heftig und hielt ihn mit ihren starken Armen so umklammert, dass er sich kaum daraus zu befreien vermochte. Um sie herum stauten sich die Reisenden, die mit großen Gepäckstücken von der Fähre aufs Festland drängten. Aber Grit nahm darauf keine Rücksicht. Sie hielt Falk noch immer fest, sah ihm prüfend ins Gesicht und strahlte dann.

»Was für ein schöner Mann du bist«, schwärmte sie.

Falk wollte im Boden versinken. »Mama, bitte.«

»Nein, ehrlich! So gut hast du schon lange nicht mehr ausgesehen. Braun gebrannt und …«, sie befühlte seinen Bizeps, »hast du zugenommen oder sind das allen Ernstes Muskeln?«

Falk kam nicht zu einer Antwort, denn nun hatte sich eine weitere Frau zu ihnen gesellt, und Grit zog diese sogleich in ihre Mitte.

»Und schau mal, wen ich auf der Fähre kennengelernt habe! Eine Freundin von dir!«

Freundin war übertrieben, denn es handelte sich zu Falks großer Überraschung um Silke Söderbaum.

»Ja, so ein Zufall«, sagte diese fröhlich. »Ich hatte heute auf dem Festland zu tun. Und bei der Rückfahrt haben wir beide«, sie sah zu Grit, »an einem Tisch gesessen und uns auf Anhieb verstanden. Und dann stellt sich heraus, dass Grit deine Mutter ist!« Die beiden Frauen sahen sich an und lachten herzlich wie über einen guten Witz. Falk war nicht nach Mitlachen zumute; er war skeptisch, wohin diese Allianz noch führen würde. Er brauchte nicht lange zu überlegen, denn die Aufklärung folgte auf dem Fuße.

»Silke hat mir erzählt, dass ihr euch heute Abend alle zum Singen trefft«, klärte Grit ihren Sohn auf. »Das finde ich unheimlich toll! Ich komm natürlich mit, ich habe ja schon so lange nicht mehr gesungen! Und Seemannslieder – ist das nicht wunderschön?!«

Falk nickte leicht beklommen. Damit hatte sich die Planung für den heutigen Abend also bereits geklärt. Er hatte gehofft, dass er mit seiner Mutter gemütlich essen gehen und sich dann vielleicht noch mit Gina treffen könnte. Aber so, wie die Dinge langen, würde es ein Chorabend werden.

»Und danach gehen wir was Schönes trinken«, hörte er Silke gerade noch sagen. Die beiden Frauen schienen sich prächtig zu verstehen. Arm in Arm untergehakt, gingen sie vor ihm her.

»Mama, mein Fahrrad steht dort drüben.«

Grit dreht sich um. »Dein Fahrrad? Und wie komm ich nach Tüdersen?«

Tatsächlich. Er war ein Idiot. In der Aufbruchshektik hatte er gar nicht darüber nachgedacht.

»Du nimmst ein Taxi, ich spendier's dir«, sagte er generös.

Aber Silke Söderbaum schüttelte rigoros den Kopf. »Das kommt ja gar nicht Frage! Was für eine Umweltverschmutzung. So viel CO_2-Ausstoß, nur um eine Person von A nach B zu befördern!« Sie sah Falk hochempört an. Dann wendete sie sich an Grit. »Wir fahren zusammen mit dem Bus. Falk kann ja mit seinem Fahrrad hinterherkommen.«

Grit nickte, und die beiden ließen ihn einfach stehen. Na toll, dachte Falk. Jetzt steh ich da wie ein notorischer Umweltsünder, obwohl ich hier tagein, tagaus mit dem Rad die Insel rauf und runter strampele. Der Bus fuhr an ihm vorbei, und seine Mutter warf ihm durchs Fenster Kusshände zu, so dass sein Groll so schnell verflog, wie er gekommen war. *Warum denn nicht*, dachte Falk, als er mit dem Rad die Hauptstraße entlangfuhr. Vielleicht war es auch schön, dass er mit seiner Mutter nicht die ganze Zeit alleine war, sondern sie Anschluss an Menschen ihrer Generation hatte. Dann lag ihr Augenmerk wenigstens nicht auf allem, was Falk tat. *Mach das Beste draus*, motivierte sich Falk. *Hauptsache, Mama hat Spaß in den drei Tagen. Sie hat ja sonst schon genug um die Ohren. Und sie macht so gut wie nie Urlaub, also ist es nur recht und billig, wenn in den drei Tagen alles so läuft, wie sie es sich wünscht.*

Als er vier Jahre alt war, hatten sich seine Eltern getrennt. Er hatte das damals weniger als Verlust denn als Zugewinn begriffen, klein wie er war. Denn solange er denken konnte, hatten sich seine Eltern gestritten. Sein Vater Harms war fast zehn Jahre älter als seine Mutter, und zu Beginn ihrer Beziehung hatte sie ihn angebetet. Er war Schriftsteller, und damals ein ziemlich mittelloser obendrein. Aber er war auch ein Bohemien, attraktiv, eloquent, witzig und charmant. In Gegenwart anderer Leute oder wenn er getrunken hatte. Zu Hause, bei Grit, kam er nicht aus den Federn und verschlief den Tag. Er kam spätnachts nach Hause, arbeitete nicht (das heißt, er schrieb, aber er verkaufte in den Anfängen ihrer Ehe kein einziges Skript) und brachte folglich auch kein Geld nach Hause. Mit zweiundzwanzig war seine Mutter schwanger geworden, und Harms hatte keinen Hehl daraus gemacht, dass er nicht scharf war auf eine bürgerliche Familie. Und er hatte auch nicht daran gedacht, seinen Lebenswandel zu ändern, als das Baby auf der Welt war. Falks Mutter, die nach einer Ausbildung als Krankenschwester ein Fachhochschulstudium begonnen hatte, hatte also losziehen und in ihrem alten Job als Krankenschwester Geld verdienen müssen, wenn sie die kleine Familie durchbringen wollte. Harms war mit dem Kleinkind Falk zu Hause geblieben, aber anstatt mit seinem Sprössling Spaziergänge zu machen und sich um den

Haushalt zu kümmern, hatte er ihn mit in verrauchte Cafés genommen und ihm aus seinen unverkäuflichen Büchern vorgelesen. Als Falk ungefähr zwei Jahre alt war und Grit ihr Studium an den Nagel gehängt hatte, damit sie eine Spätschicht nach der anderen schieben konnte, kam der Erfolg für Harms. Über Nacht und völlig unerwartet. Er hatte eine Verlegerin kennengelernt, die tatsächlich begeistert von seinem »Genie« war und ihn veröffentlichte. Bereits für das erste Buch erhielt er einen renommierten Literaturpreis, und in den Jahren danach ging es stetig aufwärts. Aber Harms nahm seine Familie nicht mit auf diesen Höhenflug. Im Gegenteil. Er war noch weniger zu Hause als zuvor, weil ihn die »kleingeistige« Atmosphäre, wie er sagte, am Kreativsein hinderte. Irgendwann fand Grit überdies heraus, dass die Verlegerin nicht nur an Harms' Talent als Autor einen Narren gefressen hatte, und setzte ihn kurzerhand vor die Tür. Traurig schien sein Vater nicht darüber gewesen zu sein, denn er bemühte sich nie darum, Frau und Kind zurückzubekommen. Im Gegenteil, seit er der aufsteigende Stern am Literaturhimmel war, schienen die hart arbeitende Frau und der kleine Sohn eher ein Klotz am Bein zu sein. Grit hatte die Konsequenzen daraus gezogen und sich außer der gesetzlich vorgeschriebenen Unterhaltssicherung jedwede Geldzuwendung von Harms verbeten. Harms unternahm immer wieder halbherzige Versuche, sein nicht allzu ausgeprägtes schlechtes Gewissen mit Geldgeschenken zu beruhigen, aber Grit wies sie alle von sich. Sie war zu stolz, um von dem Mann, den sie durchgefüttert und der sie anschließend betrogen hatte, Almosen anzunehmen. Harms hatte internationalen Erfolg – nachdem er seinen Verlag gewechselt hatte – und war nach Los Angeles gezogen. Falk war bei Grit geblieben, die sich trotz ihrer harten Arbeit liebevoll um ihn gekümmert hatte. Er hatte als Kind sehr viel Zeit im Kindergarten, im Schulhort oder bei Freundinnen seiner Mutter verbracht, aber er hatte das niemals als Entbehrung erlebt. Denn wenn seine Mutter da war, dann war sie hundertprozentig für ihn da. Sie hatte ihm schon morgens vor der Schule vorgelesen und abends sowieso. An freien Tagen machten sie Ausflüge, Picknicks, Fahrradtouren. Sie sang, spielte und bastelte. Für Falk war sie die perfekte Mutter gewesen. Zu Harms dagegen hatte er ein distanziertes Verhältnis. Weilte sein Vater auf dem Kontinent, dann traf er sich mit ihm, aber Falk hatte immer das Gefühl, dass dies für seinen Erzeuger ein Termin war, der eben abgehakt werden musste. Harms redete bei ihren Treffen fast ausschließlich von sich selbst und zeigte an Falk nur bedingtes Interesse. Ganz anders Harms' Bruder Sten. Die beiden Geschwister hätten unterschiedlicher nicht sein können. Abgesehen davon, dass Sten gute zehn Jahre älter war als Harms, war er der Zupackende, nicht der Geistesmensch. Er hatte Schiffsingenieur an der Abendschule gelernt und war als Maschinist zur See gefahren. Dann hatte er noch eine Ausbildung im Decksdienst gemacht, eine Weiterbildung zum nautischen Offizier absolviert und irgendwann das Kapitänspatent erworben. Als Falk seinen Onkel Sten kennenlernte, war er sechs. Bis dahin war Sten um die Welt geschippert und hatte sich dann in seiner Heimat Tüdersen zur Ruhe gesetzt. Was Harms an Zuwendung für Grit und Falk vermissen ließ, machte Sten wieder wett. Die ledige Mutter und ihr Sohn verbrachten fast jeden Sommer auf Heisterhoog, und Sten war stets voller Wärme und Sympathie für seine kleine Ersatzfamilie. Falk war sich sicher, dass Sten eine stille Liebe zu seiner Mutter gehegt hatte. Aber da er fast zwanzig Jahre älter war als sie und ihr Vater hätte sein können, hatte er wohl stets den Anstand besessen, sich Grit nicht zu offenbaren.

Seine Mutter stand an der Bushaltestelle in Tüdersen und erwartete ihn. Silke Söderbaum war nach Süderende weitergefahren, und die beiden Frauen hatten sich fest versprochen, sich später im Pfarrhaus zum Singen wiederzusehen. Auf dem Weg zur Strandkate hakte Grit ihren Sohn unter, der mit der freien Hand sein Fahrrad schob. Sie redete pausenlos, und Falk kam nicht dazu, seine Geschichte mit dem eventuellen Verkauf des Grundstücks und dem Naturschutzgebiet anzubringen. Deshalb war er völlig baff, als Grit ihn, kaum waren sie an der Haustür angekommen, an der Schulter fasste, zu sich drehte, ihm streng ins Gesicht blickte und sagte: »Du denkst doch wohl nicht im Traum daran, zu verkaufen?«

»Was?« Falk war fassungslos. »Hat Silke dich bequatscht? Hätte ich mir ja denken können, als ihr so Arm in Arm davongezogen seid! Sie lässt nichts unversucht …«

»Nein«, erwiderte Grit streng. »Das hat sie nicht. Ganz im Gegenteil. Sie hat gesagt, dass sie hofft, dass du dich gegen einen Verkauf entscheidest. Aber sie hat auch gesagt, dass sie dich versteht, wenn du es nicht tust. Silke hat sich sehr bedeckt gehalten. Und ich bin auch nicht doof, weißt du?!«

Falk nickte. Grit hatte recht. Sie war ihr Leben lang auf sich gestellt gewesen und hatte es gelernt, sich ihre eigene Meinung zu bilden und diese zu vertreten. Natürlich wäre sie nicht so leicht zu beeinflussen. Aber seine Mutter ließ seine Schulter nicht los und fuhr fort.

»Aber alles das hier …« Sie machte eine ausholende Geste mit ihrem freien Arm, und ihre Stimme zitterte ganz leicht, »das ist immer unsere Rettung gewesen. Unser Rückzugsort. Hier bei Sten, das waren unsere schönsten Urlaube. Und unsere einzigen, zugegeben. Aber ich habe hier immer Kraft geschöpft. Wenn das nicht gewesen wäre – ich weiß nicht, ob ich das andere so gut gewuppt hätte.«

Falk war betreten. Er wollte nicht weiter darauf eingehen. Seine Mutter war sehr emotional, und er war nicht imstande, ihrem Appell etwas entgegenzusetzen.

»Gehen wir erst mal rein«, sagte er mit belegter Stimme. Kaum hatten sie das Innere der kleinen Kate betreten, war

Grits sentimentale Stimmung verflogen. Sie warf den Rucksack in die Ecke, breitete die Arme aus und drehte sich einmal im Kreis.

»Herrlich! Es hat sich rein gar nichts verändert! Es riecht sogar noch nach Sten!« Sie atmete tief ein, und Falk zeigte auf die Ecke, in der die Pfeifen seines Onkels lagen, samt den Tabaksdosen.

»Ich hab nichts weggeräumt. Ich finde es schön, wenn mich alles an ihn erinnert.«

Grit lächelte ihn an. »Wenn ich es nicht besser wüsste, könnte ich glauben, du wärst Stens Sohn. Ihr seid euch so ähnlich. Charakterlich, meine ich.«

»Sind ja auch seine Gene«, gab Falk zu bedenken.

»Ja«, seufzte Grit. »Von der Seite hast du hoffentlich nur das Gute mitbekommen.«

Falk hatte keine Lust, über seinen Vater zu reden, und lenkte das Gespräch rasch auf ein anderes Thema.

»Ich wollte eigentlich mit dir essen gehen, aber wenn wir zum Shanty-Chor wollen, reicht die Zeit nicht mehr. Wir müssen also improvisieren.« Bedauernd zuckte er die Achseln. Aber Grit hatte bereits die Kühlschranktür aufgerissen und inspizierte den Inhalt.

»Wir haben doch unser ganzes Leben nichts anderes gemacht.« Sie strahlte und räumte Eier, Salat, Paprika und einiges mehr, was Falk eingekauft hatte, auf die Arbeitsplatte. »Daraus zaubern wir locker ein Drei-Gänge-Menü!«

Falk sah seiner Mutter zu und lächelte. Genau dafür hatte er sie immer geliebt: Sie machte aus jeder misslichen Situation das Beste und behielt ihre fabelhafte Laune.

»Mi, mi, mi, mi«, machte Jörn Krümmel und räusperte sich. Falk musste kichern, konnte sich aber angesichts der um ihn herum Stehenden gerade noch beherrschen. Denn keiner lachte oder fand Jörns Gehabe seltsam, im Gegenteil: Der

Heisterhooger Shanty-Chor antwortete ebenfalls mit einem »Mi, mi, mi, mi«, und dabei guckten alle ernst und konzentriert auf ihren Chorleiter. Falk stand eingeklemmt zwischen Paulsen, dem Imker, und Piet von der Fischbraterei in der vorletzten Reihe, denn Jörn hatte ihn intuitiv als Tenor eingeteilt. In den Händen hielt Falk kopierte Noten; momentan versuchte er, die von »Wir lagen vor Madagaskar« zu entziffern. Zur Not konnte er das Lied auch so, aber er hatte das Gefühl, dass Jörn schräge Töne nicht verzeihen würde. Es war das erste Lied, das der Chor angestimmt hatte, und Jörn hatte mittendrin unterbrochen, den Gemeindepfarrer, einen gemütlichen Herrn mit Bauch und Goldrandbrille, aus der letzten Reihe gezerrt und ihn vor allen Anwesenden zur Minna gemacht, weil dieser – offenbar zum wiederholten Mal – das »die« vor »Pest« auf Cis statt auf H gesungen hatte. Der Pfarrer war betreten auf seinen Platz geschlichen, und der Chor hatte wieder von vorn begonnen. Als es zu der betreffenden Stelle kam, hatte Jörn streng geguckt und auf den Pfarrer gezeigt. Alle hatten ausgesetzt, und der arme Mann hatte mit zittriger Stimme die Zeile allein gesungen. Aber offenbar richtig, denn Jörn hatte einen glücklichen Juchzer getan, und alle hatten wieder eingesetzt. Nachdem Falk also erlebt hatte, wie Jörn seine Autorität als Chorleiter nutzte, war er ängstlich darauf bedacht, ja keinen schiefen Ton von sich zu geben. Was für ihn, als Ungeübtem, der nicht einmal unter der Dusche sang, an die Wahrscheinlichkeit eines Sechsers im Lotto grenzte.

Das »Mi, mi, mi« war beendet, und Jörn hob die Arme, sah über den Rand seiner Brille streng in die Runde und gab ein Zeichen. Kollektives Luftholen, dann legte der Chor los, und Falk bemühte sich, zwischen Fischbrat-Piet und Imker Paulsen so leise und unauffällig wie möglich gesanglich mitzuhalten. Aber er war *zu* unauffällig. Jörn hatte ihn fixiert und hielt während des Dirigats demonstrativ eine Hand an die Ohrmuschel. Falk legte etwas mehr Inbrunst in seine Stimme, und

Jörn nickte, war aber immer noch nicht zufrieden. Nach der ersten Strophe brach er ab und bat darum, dass der nächste Vers nur von den Tenören bestritten wurde. Das waren Piet, Paulsen, der Fotograf vom Inselkurier, der Buchhändler und er, Falk. In diesem Quintett würde man deutlich hören, was er für ein mickriges Stimmchen hatte.

»Wir lagen schon vierzehn Tage, und kein Wind in den Segeln uns pfiff ...«

»Und jetzt Falk alleine!«, schrie Jörn dazwischen, und in der gleichen Sekunde setzten Falks Tenorkollegen aus.

»Der Durst war die größte Plage ...« Falk eierte sich zaghaft durch den Text, als Jörn beide Fäuste ballte, plötzlich verblüffend einem Stier ähnelte und ihm direkt ins Gesicht brüllte. »Lauter, mehr Inbrunst, Falk, singen, singen, *singen*!«

Frechheit, er hatte sich ja nicht darum gerissen, hier mitzumachen, was dachte sich dieser Kerl eigentlich? Falk legte sein ganzes Gewicht in die Stimme, mit dem Vorsatz, Jörn zu zeigen, dass er durchaus noch mehr auf dem Kasten hatte.

»Da liefen wir auf ein Riff ...«

Jörns Augen glänzten, und er gab dem Chor das Zeichen für den Einsatz.

»Ahoi, Kameraden, ahoi, ahoi ...«, hub der Heisterhooger Shanty-Chor mit Macht an, und plötzlich war Falks Wut auf Jörn verraucht, stattdessen war ihm, als würde sein Brustkorb größer und er leichter, eine Woge riss ihn mit, seine Stimme wurde fest und klar, und er fand das Singen großartig. Er fühlte sich geborgen inmitten der Stimmen der anderen, und im Lauf der nächsten zwei Stunden, in denen sie sich durch »My Bonnie is over the Ocean«, »Heute an Bord, morgen geht's fort«, »What shall we do with the drunken sailor« und andere Kracher sangen, spürte Falk durchweg Spaß und Leichtigkeit. In der Pause nahm Jörn ihn zur Seite und erklärte ihm, dass er künftig immer kommen und mitsingen müsse, denn er habe eine ausgesprochen schöne und starke Tenorstimme. Bis zum großen Saisonabschlusskonzert waren es noch zwei Monate hin, und Jörn bestand auf Falks Teilnahme – zur stimmlichen Unterstützung sei das dringend vonnöten. Falk war geschmeichelt. Wenn das die Hamburger Kumpels wüssten! Falk hoffte inständig, dass sein seltsames Treiben auf der Insel nicht vor seiner Clique aufflog, Bille würde sich ausschütten vor Lachen. Und Gina? Wie würde Gina es finden, wenn er inmitten der Insulaner im Fischerhemd auf dem Kirchplatz stand und Gassenhauer sang? Falk war sich nicht sicher, aber er spürte, dass er keine Scheu hatte, Gina davon zu erzählen.

Der Abend war nicht nur hinsichtlich seiner Entdeckung der eigenen Singstimme aufschlussreich, sondern auch in Bezug auf seine neuen Freunde. Falks Mutter Grit nämlich fand ebenso großen Gefallen am Shanty-Chor wie er, insbesondere aber an der hohen Dichte männlicher Singles im mittleren Alter. Sie flirtete mit einer ganzen Handvoll Insulaner und hatte dabei sichtlich ihren Spaß. Einen besonderen Narren hatte sie am spröden Thies Hoop gefressen, der ihr – im Gegensatz zu Fischbrat-Piet und dem Buchhändler – nicht im Geringsten den Hof machte. *Aber,* so dachte Falk, *das ist der Klassiker des Spiels – wir interessieren uns immer für diejenigen, die uns die kalte Schulter zeigen.* Außerdem fiel Falk etwas auf, das seine Mutter zunächst nicht bemerkte. Silke Söderbaum, die sich anfangs darum gekümmert hatte, ihre neue Freundin Grit allen vorzustellen, kühlte seiner Mutter gegenüber merklich ab, je mehr diese dem schwarzen Cowboy Augen machte. Interessant, dachte Falk, Silke und Thies, was läuft denn da? Beim Skat hatten die beiden sich heftig angefrozzelt, aber von erotischer Spannung war nichts zu spüren gewesen. Dennoch zeigte Silke jetzt deutliche Zeichen von Eifersucht, und Falk beschloss, seine Mutter aus der Schusslinie zu holen, bevor diese schon am ersten Abend ihres Aufenthaltes Unfrieden stiftete. Aber seine Sorge war unberechtigt, denn Grit Fischer-Thomsen wäre nicht Grit Fischer-Thomsen, wenn sie die

Spannungen nicht selbst bemerkt hätte. Aus ihren schlechten Erfahrungen mit Männern hatte Grit gelernt, dass sie in ihrem Leben vor allem auf eines bauen konnte: weibliche Solidarität. Und als ihr Silkes sauertöpfische Miene auffiel, brauchte sie nicht lange, um einen Zusammenhang zwischen dem Unmut der Freundin und dem eigenen Flirt mit Thies Hoop herzustellen. Grit stoppte ihre Annäherungsversuche sofort und suchte sich ein neues Objekt der Begierde. Ihre Wahl fiel auf Piet, der im Gegensatz zu Cowboy-Thies eher Piratenanmutung hatte: lange Haare, Pferdeschwanz, Ring im Ohr und ein eindrucksvolles Tattoo auf dem ebenso eindrucksvollen Bizeps.

Als die Chorprobe vorbei war, wollte Falk sich mit seiner Mutter schnell aus dem Staub machen, um einem kollektiven Kneipenbesuch zu entgehen, aber in diesem Moment baute sich Hubsi vor ihm auf und versperrte ihm den Fluchtweg. An seiner Seite stand die Frau, die Falk bereits von der Fähre kannte: Es war Nancys Mutter, Hubsis Ehefrau.

»Thea von Boistern«, stellte sie sich selbst vor, und ehe Falk es sich versah, hatte sie ihn an ihren Busen gedrückt und mit ihrem schweren Parfüm benebelt.

»Wie schön, Sie kennenzulernen!«, quietschte Thea mit falschem Lächeln und tätschelte Falks Hand. »Hubsi hat mir so viel von Ihnen erzählt! Was für ein außergewöhnlicher junger Mann Sie sind! Ein Studierter aus Hamburg! Ihnen muss doch auf unserem kleinen Eiland die Decke auf den Kopf fallen?! Warum besuchen Sie uns denn nicht einmal zu Hause? Ich bestell uns ein paar Häppchen, wir plauschen ein bisschen, und ich mache Sie mit unserer entzückenden Tochter Nancy bekannt.«

Noch bevor Falk das Geplapper von Thea unterbrechen konnte, hatte sich seine Mutter bei ihm eingehängt. »Wir gehen alle noch zum Italiener, kommst du mit?«

Thea musterte Grit misstrauisch; wäre sie in der Lage gewesen, ihre Botox-unterspritzte Stirn zu runzeln, hätte sich ohne Zweifel eine tiefe Falte zwischen ihren Brauen gebildet.

»Darf ich vorstellen, meine Mutter, Grit Fischer-Thomsen, sie ist gerade zu Besuch.«

Thea schickte einen unsicheren Blick zu Hubsi, aber dieser setzte bereits zu einem formvollendeten Handkuss an.

»*Enchanté*, Madame«, gurrte er und sah Grit tief in die Augen. Diese musste sich ein Schmunzeln verkneifen, denn so ein Pärchen wie die von Boisterns erlebte man nicht alle Tage. Thea begriff nun, dass man nicht nur Falk, sondern auch seiner Mutter den Hof machen musste, wenn man ins Geschäft kommen wollte, riss Grit von Hubsi weg, presste auch sie an ihren Busen und kiekste laut: »Meine Liebe! Wie reizend, Sie kennenzulernen!«

Grit guckte verunsichert zu Falk, der nur mit den Schultern zuckte.

»Kommt ihr?«, rief Silke Söderbaum vom anderen Ende des Saales. Falk nickte, aber Hubsi wollte sich die Chance, sich an die Familie Thomsen ranzuschmeißen, nicht entgehen lassen.

»Ihr seid schon verabredet? Wie schade. Ich hätte euch gerne noch in die ›Rum-Ba-Bar‹ entführt.«

»Tut mir leid, Hubsi. Aber vielleicht ein anderes Mal.«

»Morgen?«, warf Thea rasch ein, »ihr kommt zu uns zum Essen, und ich bestell uns ein paar leckere Häppchen, ja?!«

Sie sah erwartungsfroh in die Runde, und ihr Gatte klopfte ihr anerkennend auf die Schulter. Falk und Grit brachten es nicht übers Herz, ihr eine Absage zu erteilen, und nickten zaghaft.

»Also abgemacht!«, freute Thea sich, »morgen Abend um acht bei uns!«

»Okay«, Falk wollte jetzt nur noch weg, bevor Thea und Hubsi ihm weitere Zusagen abringen konnten, und zog Grit zum Ausgang.

»Ich bitte meine Architektin noch dazu«, ließ sich Hubsis Stimme vernehmen.

Falk drehte sich überrascht zu ihm um.

»Soviel ich weiß, habt ihr euch schon kennengelernt?« Das Lächeln auf Hubsis Gesicht hätte breiter nicht sein können.

Verdammt, dachte Falk, *was weiß der eigentlich nicht?*

Der Italiener, bei dem sich ein Dutzend Shanty-Sänger versammelt hatte, entpuppte sich als grandios kochender Hinterzimmer-Sizilianer. Nach außen machte der Laden, der »Gino's Pizzeria« hieß, nicht viel her, und Falk wäre es nie in den Sinn gekommen, auf einer Nordseeinsel dieses Etablissement aufzusuchen. Aber Gino, der eigentlich Giuseppe hieß, klärte ihn darüber auf, dass er zwei Restaurants in einem habe. Der vordere Eingangsbereich war eine einfache Pizzeria. Billige Nudelgerichte, *Insalata, Gelati.* Ganz auf eine junge Urlaubsklientel zugeschnitten. Aber die Insulaner, die selbst nicht tagein, tagaus norddeutsche Küche essen wollten, sondern auch Appetit auf Südliches hatten, kehrten in seinem Hinterzimmer ein. Und sie bekochte er mit wechselnden sizilianischen Gerichten. Es gab keine Karte, man aß, was Giuseppe zubereitete. Alles kam in großen Schüsseln in die Mitte der Tische, oftmals fünf, sechs Gänge, dazu große Karaffen mit Wasser und Wein. Das Singen hatte alle hungrig und durstig gemacht, man langte ordentlich zu, und Falk hörte bald schon auf zu zählen, wie viele Karaffen Giuseppe voll auf den Tisch stellte und leer mit in die Küche nahm.

Bereits nach einer Stunde begann Jörn Krümmel mit einem vollen Glas Rotwein in der Hand, italienische Opern-Arien zum Besten zu geben, und sowohl Fischbrat-Piet – der über ein erstaunliches Repertoire an Liebesarien verfügte, die er allesamt an Grit gerichtet sang – als auch der Buchhändler und der Pfarrer konkurrierten mit ihrem Bürgermeister. Zwischendrin wurden unanständige Witze erzählt, Inselanekdoten zum Besten gegeben und viel und laut gelacht. Der einzige, der ohne ein Wort zu sagen inmitten des Treibens saß und ungerührt sein Bier trank, war Thies. Er kaute an seinem Priem, hatte die schwarze Haarlocke über die Stirn fallen lassen und tat, als ginge ihn das Treiben nichts an. Aber immer, wenn Falk zu ihm hinsah, trafen sich ihre Blicke, und Falk hatte das unangenehme Gefühl, unter Beobachtung zu stehen.

Mitternacht war bereits vorüber, als Imker Paulsen sich anbot, Falk und Grit mit nach Tüdersen zu nehmen. Er hatte keinen Tropfen getrunken, weil er Abstinenzler war, was Falk erstaunte, denn Paulsen war einer der lautesten und lustigsten an dem Abend gewesen. Grit verabschiedete sich von Fisch-brat-Piet eine Spur zu intensiv, wie Falk bemerkte, und dann stiegen sie in Paulsens Pick-up. Am Kiosk in Tüdersen ließen sie sich absetzen, um das letzte Stück zu Fuß an der frischen Luft zurückzulegen. Was aber keine so gute Idee war, wie Falk schnell merkte, denn Grit war sehr wacklig auf den Beinen, kicherte und eierte herum. Er musste seine Mutter stützen, und da er selbst auch nicht mehr ganz stabil war, geriet das Ganze zu einem schwierigen Unterfangen.

Von weitem tanzte das Licht einer Stirnlampe auf sie zu, offensichtlich war ein nächtlicher Jogger unterwegs. Falk versuchte, Grit ein wenig zur Seite zu zerren, aber dabei stolperte sie, fiel mit all ihrem Gewicht gegen Falk, der prompt nach hinten kippte. Er landete auf dem Rücken in einem Rosen-strauch, seine kichernde Mutter auf ihm. Der Jogger war mittlerweile auf ihrer Höhe angekommen, und der Strahl der Stirnlampe beleuchtete schamlos das Dilemma.

»Falk?!«

Verdammt, erschrak Falk, *das ist Ginas Stimme!*

Grit drehte sich jetzt prustend um, einen Arm um den Hals ihres Sohnes gelegt. »Wir schlafen heute hier«, kicherte sie und tätschelte Falks Wange.

»Äh, das ist meine Mutter«, versuchte Falk hilflos zu erklären und wollte sich gar nicht erst vorstellen, wie dämlich die
ganze Situation in Ginas Augen aussehen musste. Er, mitten
in der Nacht, stockbesoffen mit einer deutlich älteren, ebenfalls nicht nüchternen Frau im Arm. Am Wegrand in einem
Busch liegend.

»Aha«, sagte die Stirnlampe. Dann drehte sich das Licht
weg von der peinlichen Szene und tanzte die Straße hinunter.

Falk ließ sich trotz der Dornen noch weiter in den Busch sin-
ken und hoffte inständig, dass sich hier und jetzt ein Loch im
Boden auftun möge.

14.

Das Loch tat sich aber erst am nächsten Morgen auf, und zwar in Falks Kopf. Den Grappa hätte er weglassen sollen, definitiv. Er war von Grits fröhlichem Ruf »Strandwetter!« geweckt worden und blinzelte nun angestrengt in die Helligkeit des Morgens. Grit steckte noch einmal ihren Kopf in das winzige Schlafzimmer.

»Komm raus aus den Federn, mein Junge. Frühstück steht auf dem Tisch. Und du musst doch um acht deine Bude aufschließen, oder?«

»Wie viel Uhr ist es denn?«

»Sieben«, gab Grit bester Laune zurück.

Falk stöhnte und zog sich das Kissen übers Gesicht. Seine Mutter hatte vielleicht Nerven! Er wollte gar nicht darüber nachdenken, wann er ins Bett gekommen war und in welchem Zustand. Aber Kneifen war jetzt nicht angesagt, Grit hatte recht. Wenn Strandwetter war, würde heute reges Treiben sein, und er hatte die Verpflichtung, seine Bude zu öffnen, auch wenn er keine Strandkörbe mehr hatte, die er vermieten konnte. Aber Ablenkung tat ihm gut, sonst würde er zu viel über die nächtliche Begegnung mit Gina nachdenken. Denn er hatte das Gefühl, dass das Vorgefallene in Bezug auf ihre sich zart anbahnende Liebesgeschichte nicht gerade förderlich war.

Falk wuchtete sich aus dem Bett, gönnte sich eine zuerst knallheiße, dann eiskalte Dusche und genoss das tolle Frühstück, das Grit gezaubert hatte. Seiner Mutter war von einem Kater absolut nichts anzumerken, was Falk ein bisschen frustrierte, denn er spürte, dass er, je älter er wurde, immer weniger vertrug. Grit schwärmte indessen ausgiebig vom gestrigen Abend und den reizenden Leuten. Sie hatte sich glänzend amüsiert und versprach Falk jetzt schon, dass sie im Laufe der Saison mit Sicherheit noch ein oder zwei Mal zu Besuch kommen würde, gesetzt den Fall, dass sie noch einmal ein paar Tage frei bekäme. Falk nickte, aber es gelang ihm nicht, sich für seine Mutter zu freuen, sein Kopf war viel zu wattig, um Glücks- oder andere Hormone auszuschütten. Er folgte Grit gegen acht zum Strand und war erstaunt, dass sie nicht die Einzigen waren, wie sonst, wenn er morgens aufbrach. Ein junger Vater mit tiefschwarzen Ringen unter den Augen zog einen Fahrradanhänger mit zwei Kleinkindern hinter sich her, ein joggendes Pärchen im Partnerlook überholte ihn lässig. Und es kam auch schon jemand vom Strand. Eine blonde Frau mit zerzauster Frisur huschte über den Strandweg in Richtung Kiefernwäldchen, und man konnte den Eindruck bekommen, dass sie nicht gerne gesehen werden wollte. Als sie näher kam, erkannte Falk, dass es Silke Söderbohm war. Sie sah ziemlich derangiert aus, trug keine Schuhe und war in ein weites schwarzes Männerhemd gehüllt, das falsch zugeknöpft war. Ihre Haare glichen eher einem Storchennest als einer Frisur.

»Silke, was machst du denn so früh schon am Strand?«, sprach Grit sie an, aber Silke sah kaum auf und blieb auch nicht stehen.

»Oh, äh, tut mir leid, ich muss schnell … Wir sehen uns!«, war alles, was sie erwiderte, dann war sie auch schon an Falk und Grit vorbeigehuscht.

Grit sah ihr perplex hinterher. »Komisch«, murmelte sie. Aber Falk grinste und dachte sich seinen Teil. Das schwarze Hemd sprach Bände.

Der Traktor stand bereits an der Bude, und Nille saß mit dem Rücken zur Bretterwand und hielt Ausschau nach Falk. Als er ihn sah, sprang er auf und winkte. Grit kannte Nille noch von früher, als sie Sten immer besucht hatten, und winkte enthusiastisch zurück. Als Nille seinerseits auch Grit erkannte, lief er auf sie zu und schmiegte sich wie ein Kind in ihre Arme. Falk betrachtete gerührt die Szene. Für den Rest des Tages war er bei Nille völlig abgemeldet, der nur Augen für Grit hatte und ihr jeden Wunsch von den Lippen ablas.

Falk sperrte die Bude auf und setzte einen Kaffee auf, während Grit sich prüfend umsah.

»Hier hat sich auch nichts verändert«, konstatierte Grit, »Aber ich finde, du könntest mehr aus der Sache machen.« Sie betrachtete nachdenklich das Häufchen Badebälle und Sonnencreme, das Falk in seiner Hütte feilbot.

»Ist das alles, was du anzubieten hast?«

»Ich habe schließlich eine Strandkorbvermietung, keinen Kiosk«, gab Falk zurück.

»Hm.« Hinter Grits Stirn braute sich etwas zusammen, und Falk beschloss, seiner Mutter zuvorzukommen, damit er nicht wie ein einfallsloser Idiot dastand.

»Aber ich habe natürlich Pläne. Ich will das ausbauen, Eis, Getränke, Sandwiches, vielleicht später mal Merchandising-Artikel, wenn's gut läuft.«

Grit nickte nachdenklich und starrte immer noch auf die Wasserbälle. Dann öffnete sie die stillgelegte Eistruhe und begutachtete fachmännisch ihren Zustand.

»Müsste man nur mal ordentlich durchwischen, dann ist die noch zu gebrauchen«, lautete Grits Urteil.

»Genau«, stimmte Falk erleichtert ein. »Die ist prima in Schuss, fehlt lediglich der Inhalt. Ich habe da einen Bekannten, Herrn Schaller, der rechnet mir das gerade durch.«

Endlich sah Grit ihn an, und auf ihrem Gesicht breitete sich ein Lächeln aus. »Das finde ich ganz toll, Falk. Davon musst du mir unbedingt erzählen. Aber bis du so weit bist, nehme ich das in die Hand. Nille ...« Der Angesprochene erschien sofort in der geöffneten Tür. »Ab auf den Trecker, wir fahren nach Norderende!«

Nille lachte breit, sprang auf den Traktor und ließ den Motor an. Grit stellte sich auf das Trittbrett, und schon tuckerten die beiden davon, eine dunkelgraue Abgasfahne hinter sich lassend. Falk sah dem Trecker kopfschüttelnd hinterher.

Vom Strandweg kam jetzt eine Gestalt in schnellem Laufschritt näher. Bereits aus der Entfernung konnte Falk erkennen, dass es sich um Stoppelkopf handelte, der seinen Dienst als Bademeister antrat. Er hatte lediglich Bermudashorts an und trug einen Rucksack. Den durchtrainierten Oberkörper hatte er eingeölt, und die Augen trug er hinter einer Sportsonnenbrille verborgen. Falk hatte keinen Bock auf eine direkte Konfrontation – der Spinner würde später sicher wieder versuchen, ihn mit seinen Bizeps beim Liegestütz zu übertrumpfen – und ging in seine Hütte. Stoppelkopf lief vorbei und verkniff sich einen Seitenblick zu Falk. Mit zwei großen Sprüngen nahm er die Holztreppe zu Thies Hoops Fort und wollte schon zur Türklinke greifen, als von drinnen die bekannte knarzige Stimme ertönte. »Pfoten weg, Idiot!« Stoppelkopf zuckte zurück und linste zu Falk, um sich zu vergewissern, ob dieser den Anschiss mitbekommen hatte. Falk ließ es sich nicht nehmen, Stoppelkopf anzugrinsen und den Daumen nach oben zu halten. Dieser schlich gedemütigt auf die meerseitige Veranda und machte sich dort an seinem Lebensretterkrimskrams zu schaffen.

Falks Handy piepste und signalisierte das Eintreffen einer SMS. »Muss kurzfristig nach Berlin, Entwurf überarbeiten. Bis dann, Gina«, las Falk. Er studierte die kurze Nachricht noch einmal und noch einmal und versuchte krampfhaft, in sein Inneres zu hören, was die SMS in ihm auslöste, aber Gina hatte so neutral geschrieben, dass man nichts, aber auch gar nichts hineininterpretieren konnte. Zu gerne hätte er darin Bedauern gelesen, dass sie sich nicht so schnell wiedersehen konnten. Aber weder das noch Ärger über die seltsame nächtliche Begegnung ließ sich in der SMS finden. Nur das, was er auf dem Display lesen konnte: Ich bin ein paar Tage nicht da. Punkt. Aus. Falk seufzte. Er konnte Ginas weichen Kuss noch auf den Lippen spüren, und alles, was er wollte, war mehr. Mehr davon und danach noch mehr von anderem. Aber wie es aussah, würde er mit Gina wieder ganz von vorn anfangen müssen.

Er stellte sich seinen Liegestuhl zurecht und wartete auf den Ansturm der neuen Strandurlauber. Der ließ nicht lange auf sich warten, und es fiel Falk schwer, der Woge der Empörung standzuhalten, die ihm entgegenschwappte, weil er partout keinen Strandkorb mehr zu vermieten hatte. Die ersten Interessenten konnte er auf den Montag vertrösten, denn bis zum Abend würden einige Wochenendurlauber die Schlüssel ihrer Körbe zurückgegeben haben. Auch standen im Laufe der kommenden Woche die ersten Abreisen an. Aber er würde nicht alle Urlauber zufriedenstellen können.

Der Strand füllte sich zusehends, und die Hitze wurde zum frühen Mittag so stark, dass die Luft förmlich vibrierte. Richtete man den Blick über die weite weiße Sandfläche gen Horizont, so flirrten die Menschen, Strandkörbe und Sonnensegel vor den Augen. Inmitten des lauten Gekreisches der Kinder im Wasser, der gelegentlichen Megaphon-Durchsagen von Stoppelkopf, der sich nur wichtigmachen wollte, und dem Gebell spielender Hunde wurde Falk schläfrig in seinem Liegestuhl. Gerade als er die Augen ein bisschen zumachen wollte, hörte er das charakteristische Geräusch von Nilles Trecker.

Er guckte um die Ecke seiner Bretterbude und erwiderte sogleich das heftige Winken seiner Mutter. Kurz bevor Nille und sie Falk erreichten, sprang Grit vom Trittbrett und rannte auf ihren Sohn zu.

142

»Jetzt gibt's Arbeit!«, rief sie, und ihre Wangen glühten. Falk runzelte die Stirn und wusste nicht, ob er sich über diese Ankündigung freuen sollte.

Eine halbe Stunde später waren die Kisten von der Ladefläche des Traktors in Falks kleine Bretterbude geräumt und auf dem Esstisch eine provisorische Küche eingerichtet worden. Hier standen Grit, Falk und Nille und schmierten Stullen. Grit hatte im Supermarkt in Norderende, der in der Hauptsaison auch am Sonntag geöffnet hatte, Brötchen, Wurst, Käse, Gurken und Tomaten besorgt und vorgeschlagen, dass Falk belegte Brötchen am Strand verkaufen solle. Außerdem hatte sie von Fischbrat-Piet ein paar Kästen Limo, Cola und Wasser erbettelt, die er ihr schließlich zum Einkaufspreis überlassen hatte. Einen Teil der Flaschen hatte Falk in der inzwischen gesäuberten und an den Strom angeschlossenen Eistruhe verstaut.

Kaum hatte das Trio die ersten Brötchen geschmiert, hatten sie diese auch schon verkauft. Die Senger-Zwillinge, die sich unerlaubt von ihrer Familie entfernt hatten, um auf der Suche nach Blödsinn über den Strand zu streifen, waren zu Falks Bude gelangt. Ursprünglich hatten sie vor, sich ein paar Tuben Sonnencreme anzueignen und damit den Mops von Herrn Prof. Dr. Dr. Semmeling, emeritierter Professor für Sinologie, einzureiben, aber als sie die ersten fertig geschmierten Brötchen sahen, lenkten sie ihr Interesse kurzerhand um. Sie streckten ihre klebrig-schmutzigen Hände danach aus und machten runde Kulleraugen, aber Falk verweigerte ihnen den Wunsch. Ware nur gegen Bargeld. Grit schalt ihn hartherzig, aber Falk machte Grit klar, dass die Senger-Zwillinge keineswegs arme rumänische Bettelkinder waren, auch wenn sie so wirken wollten. Daraufhin schmiss sich einer der beiden Dreikäsehochs empört zu Boden, lief rot an und schrie aus Leibeskräften. Es dauerte keine zwei Minuten, bis Papa Senger über den Strand nahte, eine Staubwolke hinter sich lassend wie Speedy Gonzales. Er kam, um Falk, wie so oft, der Grausamkeit gegenüber seinen Zwillingen zu bezichtigen, aber als er sich einen Überblick über die Lage verschafft hatte, besann er sich eines Besseren und kaufte fünf von den belegten Brötchen und fünf Flaschen Limonade. Kaum hatte er mit seinen Kindern und seiner Beute den Rückweg angetreten, kamen weitere Interessenten, die genau verfolgt hatten, was in der Bude geschehen war. Es sprach sich herum wie ein Lauffeuer, dass Falk sein Warensortiment erweitert hatte, und Grit und Nille kamen mit dem Schmieren kaum hinterher. Gott sei Dank stieß Herr Schaller in seiner üblichen Mittagspause noch zu ihnen, und der Rentner krempelte erfreut seine Hemdsärmel auf und unterstützte begeistert die kleine Truppe.

Die gekühlte Limonade war als Erstes ausverkauft, aber der Tag war so heiß und die Urlauber so durstig, dass auch die ungekühlten Flaschen so schnell weggingen wie die geschmierten Brötchen. An die hundert Stück hatten Grit und Nille geholt, und als sie noch etwa zwanzig übrighatten, fiel Herrn Schaller auf, dass er das Ende des Mittagsschlafes seiner Frau verpasst hatte. Er wollte gerade aufbrechen, als ihre durchdringende Stimme erscholl.

»Hier bist du also. Ich habe dich überall gesucht. Auch bei dieser blonden Frau Menneke. Du weißt schon, die dir immer schöne Augen macht.«

»Herzchen …«, versuchte Herr Schaller sich zu rechtfertigen, aber da fiel Falk ihm ins Wort.

»Ich nehme die Schuld auf mich, Frau Schaller. Ich brauchte dringend Hilfe, und als ich ihren Mann in der Ferne gesehen habe, da dachte ich mir, den schnappst du dir.«

»So? Und wieso das?« Frau Schaller schien zu zögern, sie wusste offenkundig nicht, wie sie Falks Anmerkung bewerten sollte.

»Ihr Mann ist doch tatkräftig und hilfsbereit, und wir haben uns hier ein bisschen übernommen«, Falk zeigte auf die ungeschmierten Brötchenhälften, die Gurken- und Tomatenscheiben und die Frischhaltefolie auf dem Küchentisch. Plötzlich hellte sich Frau Schallers Miene auf.

»Na, da hätten Sie mal besser mich gefragt. Ich habe mein Leben lang nichts häufiger gemacht als Brote geschmiert. Meinem Mann für die Arbeit, den Kindern für die Schule – wir haben nämlich drei, müssen Sie wissen – und jetzt für die Enkel.« Sie lächelte versonnen. Dann nahm sie ihren Mann an der Hand und tätschelte diese sanft.

»Du hättest mich ruhig wecken können, Erich.«

Erich Schaller errötete leicht, und Grit bot Frau Schaller ein Brötchen samt Kaffee an. Aber diese winkte ab. »Danke nein, ich habe heute schon. Zwei Stück Bienenstich, reines Hüftgold. Aber beim Kaffee sage ich nicht nein. Wenn ich meinen Mann ablösen darf!« Sie wusch sich die Hände an der kleinen Spüle, nahm ihrem Gatten das Buttermesser ab und legte los. Grit und Falk grinsten sich an. Frau Schaller war tatsächlich ein Profi. Sie brauchte nur die halbe Zeit für ein belegtes Brötchen, dafür sah es aber doppelt so perfekt aus. Falk verlegte sich auf den Verkauf, und Grit kümmerte sich um den Kaffee.

Jetzt stand Hubert Löhns in der geöffneten Tür und linste neugierig ins Innere der Hütte.

»Was gibt's denn hier Schönes?«, erkundigte er sich.

»Cola, Limo, Wasser, Brötchen mit Schinken, mit Käse oder mit beidem«, antwortete Falk stolz. Der geborene Verkäufer. Er hatte richtig Spaß an seinem kleinen Kiosk gefunden, außerdem verging so die Zeit am Strand wie im Flug.

»Soso.« Löhns schien zu überlegen. »Muss mal nachdenken. Und das verkaufen Sie hier einfach so?«

Falk nickte und hob ein verpacktes Brötchen in die Höhe. »Einszwanzig das Stück.«

Löhns spitzte nachdenklich die Lippen. Dann setzte er ein

Lächeln auf, das Falk schon im Ansatz misstrauisch machte. Es war einfach zu breit und zu freundlich.

»Gewerbeschein? Erlaubnis vom Gesundheitsamt?«

Schweigen. Nur Nille hatte nichts mitbekommen und knisterte mit der Brötchentüte. Alle anderen waren mitten in der Bewegung erstarrt. Falk drehte sich um und sah in die entsetzten Gesichter seiner Mutter und der eifrigen Helfer, Herrn und Frau Schallers.

Letztere berappelte sich als Erste.

»Was wollen Sie denn?«, ging sie Löhns resolut an. »Die Brötchen sind einwandfrei. Beißen Sie rein oder lassen Sie's sein.« Dann drehte sie sich wieder zum Küchentisch und schmierte ungerührt weiter.

Löhns' schmieriges Grinsen verschwand nicht von seinem Gesicht.

»Den Teufel werde ich tun. Ich melde das gleich mal der örtlichen Polizei. Wer weiß, was Sie an den Händen haben. Salmonellen, Krankheitserreger, Kolibakterien …«

»Jetzt machen Sie aber mal 'nen Punkt!« Grit löste sich jetzt auch aus der Schockstarre, schmiss das Geschirrhandtuch, das sie in den Hosenbund geklemmt hatte, zu Boden und sah sich in der Runde um. »Wer ist denn dieser Heini überhaupt?«

»Ein Wichtigtuer und Störenfried«, gab Frau Schaller zur Antwort und legte sorgfältig grüne Gurke auf den Schinken.

»Das sagt die Richtige!«, höhnte Löhns.

Jetzt mischte sich auch Erich Schaller empört ein. »Sagen Sie mal, wie reden Sie denn mit meiner Frau?«

»Lass mal, Erich, der hat doch den Schuss nicht gehört. Den muss man doch nur ansehen, wie der da über den Strand läuft, mit seinem Golfschläger. Spinner.«

Löhns lief rot an. »Das merk ich mir, das merk ich mir«, rief er und hob einen zitternden Zeigefinger.

Falk sah indessen, wie sich eine Menschentraube um die Hütte scharte. Die Leute hatten nichts zu tun und waren für

146

jede Ablenkung zwischen Sonnen, Schwimmen und Ballspielen dankbar. Auch Löhns nahm die stetig wachsende Menschenmenge wahr, aber im Gegensatz zu Falk genoss er die Aufmerksamkeit. Er drehte sich nun von Falk weg und richtete sich an die Umstehenden.

»Das hier ist illegaler Lebensmittelverkauf! Kaufen Sie keines von diesen Brötchen! Sie könnten sich infizieren!«

Nun platzte Falk der Kragen. Er griff Löhns an der Schulter und drehte ihn unsanft zu sich herum. Löhns kreischte auf.

»Vergreifen Sie sich nicht an mir, ich warne Sie!«

»Hören Sie doch auf mit dem Schwachsinn!«, herrschte Falk den FC-Bayern-Fan an. Dann wandte er sich an die Urlauber, die sehnsüchtig auf die nächste Eskalationsstufe warteten.

»Der Mann hat recht. Ich habe weder eine Gaststättenerlaubnis noch einen Wisch von der Lebensmittelaufsicht. Der Sandwichverkauf war nicht geplant, sondern wir haben uns spontan dazu entschieden, Ihnen heute am Strand das Leben ein bisschen zu erleichtern, indem wir Sie vor Ort versorgen, anstatt die Hungrigen bis zum Kiosk nach Tüdersen laufen zu lassen, das sind immerhin gute zwei Kilometer.«

»Illegal!«, krächzte Löhns, aber Falk verstärkte seinen Griff und ließ sich nicht beirren.

»Die Lebensmittel sind frisch, jeder von uns wäscht sich laufend die Hände, und wir haben die Zutaten weder gelagert, noch werden wir das tun. Es liegt also bei Ihnen, ob Sie uns vertrauen. Keiner wird gezwungen, sich ein Brötchen zu kaufen. Wer uns nicht vertraut, muss eben laufen oder sein Mitgebrachtes verzehren.« Damit schickte er einen giftigen Blick zu Löhns, der die Arme bockig vor der Brust verschränkt hatte. Die Leute sahen sich an und tuschelten. Schließlich löste sich einer aus der Menge, Falk erkannte den Filmproduzenten Peter Pitz, den mit den zwei Windhunden. Pitz drängte sich durch die Menge.

»Ich nehme noch mal zwei mit Schinken und Käse.« Dann drehte er sich zur Menge der Urlauber. »Die ersten beiden haben wir schon verputzt, die waren großartig.« Er wandte sich wieder zu Falk und zwinkerte ihm zu. Falk gab Pitz das Verlangte und kassierte. Löhns schüttelte nur missbilligend den Kopf. Als Nächstes drängte sich Papa Senger vor zu Falk.

»Meine Blagen futtern was weg, das glauben Sie nicht. Die fünf Brötchen von vorhin sind längst weg! Ich bekomme noch mal drei.«

Jetzt war der Bann gebrochen, die Gaffer zerstreuten sich. Einige liefen zurück zu ihren Strandburgen, aber gut die Hälfte stellte sich in die Schlange. Löhns wurde kaum beachtet. Er ging ein paar Schritte zur Seite, wollte aber partout nicht aufgeben.

»Ich mache meine Drohung war«, rief er Falk zu. »Ich benachrichtige die Polizei über Ihr Treiben!« Dann drehte er sich um und wollte den Weg zu seinem weit entfernten Strandkorb am Spinnerstrand antreten. Aber die Show war noch nicht zu Ende. Die Tür zum Fort, sprich DLRG-Häuschen, flog auf, und in ihrem Rahmen stand groß und imposant Thies Hoop.

»Moment«, knarzte er. Löhns erstarrte nun seinerseits.

Langsam, Stufe um Stufe, stieg Thies die Treppe hinunter. Die Sporen an seinen Cowboystiefeln klackten auf dem Holz. An seiner schwarzen Hemdbrust blinkte ein goldener Sheriffstern in der Sonne.

»Du willst die Polizei? Hier ist die Polizei.« Schritt für Schritt bewegte er sich auf Löhns zu, der leicht zurückwich.

»Die Polizei?« Löhns versuchte noch, sich lustig zu machen. »Das ist doch ein Faschingsscherz, das Ding da.« Er zeigte auf den Stern, aber sein Zeigefinger zitterte ebenso wie seine Stimme.

»So?!« Thies stand nun ganz nah vor Hubert Löhns, der mit seinen Badelatschen, seinem nackten Oberkörper und der

FC-Bayern-Bermuda eine mehr als lächerliche Figur abgab. Thies zog eine Selbstgedrehte hinter dem Ohr hervor, zauberte ein Streichholz in seine Hand, zog es über den Stiefelabsatz und zündete sich damit die Kippe an. Er inhalierte tief und blies den Rauch dann direkt in Löhns' Gesicht.

»Faschingsscherz, ja? Du hältst das für einen Faschingsscherz?«

Löhns wollte antworten, bekam aber keinen Ton aus seiner Kehle und nickte nur.

»Hör mal zu, Freundchen. Das hier ist mein Strandabschnitt. Das weiß jeder auf der Insel. Hier bin ich der Boss. Ist das klar?«

Löhns musste vom Rauch husten, und aus seiner Kehle kam nur ein heiseres Krächzen.

»Also was willst du von meinem Freund Falk? Eine Genehmigung?«

Löhns nickte gehorsam und ächzte die Worte »Lebensmittelerlaubnis« und »Gaststättenverordnung« hinaus. Thies zog wieder an seiner Kippe, und Löhns drehte schnell den Kopf weg.

»Kannst du haben«, schnarrte Thies. »Die habe ich ihm erteilt. Mit Brief und Siegel. Eine ordentliche Erlaubnis vom Lebensmittelamt und eine Erlaubnis zur Führung von Gaststätten.« Jetzt machte Löhns ganz große Augen. Aber er gab immer noch nicht klein bei.

»K-k-kann ich die mal sehen?«, fragte er und schickte ein zaghaftes »Bitte« hinterher.

Thies sah ihm fest in die Augen, und sein langes schmales Kinn mit dem großen Mund und dem Pferdegebiss zog sich in die Breite. Gleich wiehert er, dachte Falk.

»Na klar kannst du das sehen. In meinem Haus.« Thies wies mit dem Daumen hinter sich, und die Blicke aller Zuschauer wanderten zu seiner offenen Tür. Im Inneren des Häuschens war es stockfinster, aber am Türrahmen lehnte, für jedermann sichtbar, Thies' Gewehr. Hubert Löhns traten die Augen fast aus dem Schädel. Er starrte auf das Gewehr und schüttelte dann den Kopf.

»Danke, nicht nötig. Ich glaube Ihnen auch so.« Das war eine glatte Lüge, aber Löhns' Bedarf an Konfrontation war offensichtlich gedeckt. Er ging ein paar Schritte rückwärts, und als er sich in sicherer Entfernung wähnte, spurtete er, so schnell er mit seinen Badelatschen dazu in der Lage war, zu seinem Strandkorb.

»Was für ein Mann«, hörte Falk Frau Schaller murmeln, und damit meinte sie ganz sicher nicht den flüchtenden Hubert Löhns.

15.

Falk stand mit Grits großem Rucksack am Fähranleger und
wartete auf seine Mutter. Es war Montag, später Nachmittag, und sie waren hier verabredet. Er hatte heute den Tag in
seiner Strandbude verbracht und außerdem mit Jörn Krümmel wegen des Lebensmittelverkaufes am Strand verhandelt,
während Grit noch bummelte. Sie war mit seinem Fahrrad
nach Süderende gefahren, wo sie Silke in ihrem Töpferate-
lier aufsuchen und sich danach mit der Frau vom Wollladen
auf einen Tee treffen wollte. Nun ließ Grit auf sich warten,
und Falk hoffte inständig, dass sie noch rechtzeitig käme und
nicht die letzte Fähre verpasste. Die nächste lief erst morgen
früh um halb sechs aus, da musste Grit bereits ihren Dienst
im Hamburger Klinikum antreten. Falk sah zu, wie die Fähre, die gerade vom Festland gekommen war, anlegte, und
dachte daran, wie der gestrige Strandtag zu Ende gegangen
war. Kaum war Hubert Löhns zutiefst verschreckt abgezogen,
hatten sie sich noch in kleiner Runde zusammengesetzt und
beraten, was zu tun war. Thies Hoop hatte Falk dringend geraten, sich mit dem Jörn Krümmel zu besprechen, was alles
nötig war, damit er am Strand Lebensmittel verkaufen konnte. Denn auch wenn sich alle einig waren, dass Hubert Löhns
niemals mehr einen Vorstoß wagen würde – irgendwann
würde ein anderer kommen und von Falk völlig zu Recht die
erforderlichen Nachweise verlangen. Außerdem hatte Falk
keine Kühlung, und bei über dreißig Grad im Sommer war es

nicht angeraten, Wurst- und Käsebrötchen in der Strandbude liegen zu lassen. Er würde sich also auf Eis- und Getränkeverkauf beschränken. Anschließend hatte Falk Hubsi und Thea von Boistern eine SMS gesandt mit der Ausrede, dass er und seine Mutter die Einladung zum Essen absagen müssten, sie hätten sich den Magen verrenkt. Hubsi schrieb eingeschnappt zurück, dass das kein Wunder sei, wenn man bei Gino speise. Den Abend hatten Falk und Grit gemütlich vor dem Fernseher verbracht und »Tatort« geguckt. Von Gina kam keine weitere Nachricht, da konnte Falk so oft auf sein Handy schielen, wie er wollte.

Die Fußgänger und Radfahrer hatten die Fähre bereits verlassen, soeben rumpelten die PKWs über die Rampe auf die Insel, und die Passagiere, die Heisterhoog verließen, warteten darauf, aufs Schiff zu kommen, als Falk seine Mutter erblickte. Sie saß in ihrer bunten Tunika auf dem wackligen Lenker seines alten Drahtesels, den er ihr geliehen hatte, und lachte. Nun wurde die Sicht frei auf den Fahrer des Rades: Es war Piet der Pirat. Er steuerte direkt auf Falk zu; kurz vor dessen Füßen quietschten die altersschwachen Bremsen, und das doppelt besetzte Gefährt kam zum Stehen. Grit sprang vom Lenker und schlang ihre Arme um Falk. So gelöst wie in den vergangenen drei Tagen hatte er seine Mama schon seit langem nicht mehr gesehen. Wenn sie sich in Hamburg trafen, selten genug, war sie immer auf dem Sprung, immer gestresst. Nun sah sie ihn an, mit leuchtenden Augen und einem strahlenden Lächeln auf den Lippen. Sie sah zehn Jahre jünger aus als Ende vierzig. Grit gab ihm einen Kuss auf die Wange und drehte sich dann zu Piet um, der inzwischen das Fahrrad sorgfältig abgestellt hatte. Er hatte die Schürze um, die er im Laden immer trug, und roch nach Fisch und Pommes, was seine Mutter aber nicht zu stören schien. Die beiden sahen sich tief in die Augen, dann nahm Piet zu Falks großer Verwunderung formvollendet Grits rechte Hand, verneigte sich und gab ihr einen Handkuss. Grit schmolz dahin, beugte sich zu Piet und flüsterte ihm etwas ins Ohr. Dieser blinzelte daraufhin, grinste verschämt und errötete leicht. Dann winkten er und Grit einander zu, und Piet trat zu Fuß den Rückzug an, er musste wieder in seinen Laden.

»Läuft da was?«, erkundigte Falk sich neugierig.

Grit grinste. »Das geht dich doch wohl gar nichts an.«

Falk zog eine gespielte Schnute, und Grit lachte.

»Noch nicht. Aber wer weiß, er könnte mir gefallen.« Seine Mutter sah richtig verschmitzt aus. Dann wuchtete sie sich den Rucksack auf den Rücken und hielt Falk an beiden Händen fest.

»Es war wunderschön die drei Tage.«

»Fand ich auch«, erwiderte Falk. »Und komm wieder. Du bist jederzeit willkommen. Also bis zum Ende der Saison.«

»Und dann?« Grit sah ihm forschend in die Augen.

Falk zuckte mit den Achseln. »Ich weiß es nicht. Erst mal weiterstudieren, glaube ich. Ich hab keine Ahnung, was ich hiermit mache. Keine Ahnung.«

Grit streichelte ihm über die Wange, und Falk, obschon kein Kind mehr, genoss die zärtliche Berührung seiner Mutter. Diese kleine Geste war immer schon Trost und Beruhigung für ihn gewesen.

»Ich bin sicher, du machst das Richtige«, sagte Grit. »Und du wirst wissen, was das ist, wenn der Zeitpunkt gekommen ist. Überstürze nichts. Okay?«

»Okay, Mama.« Sie umarmten sich, und dann eilte Grit auf die Fähre. Falk sah, wie sie die Treppe zum ersten Deck hochstieg, den Rucksack auf einer Bank ablud, sich den Seidenschal, den sie um die Schultern trug, abnahm und ihm damit zuwinkte. Die Fähre tutete laut, der Schornstein stieß weißen Rauch aus, und dann legte die »Aurora« ab. Langsam und behäbig drehte sich das große Schiff vom Pier ab, nahm dann Fahrt auf und verschwand erstaunlich schnell zwischen der mit Birkenstecken markierten Fahrrinne in Richtung Festland. Schon bald konnte Falk die kleine Figur mit dem wehenden bunten Schal nicht mehr zwischen den anderen Passagieren an der Reling ausmachen. Die weiß schäumende Welle, die die Fähre hinter sich herzog, verschwand allmählich, und das Hafenwasser wurde ruhig und schwarz wie die übrige Nordsee. Falk schwang ein Bein über den Sattel seines Rades und machte sich auf den Heimweg.

Eine ganze Woche verging weitgehend ereignislos. Es wurde Anfang Juli, neue Gäste kamen an, während die Ersten die Insel bereits wieder verließen. Von Gina hatte Falk nichts gehört, aber auch nicht von Bille. Er bekam gar keine Nachricht aus Hamburg, weder von Bertie, seinem besten Freund und Kickerkumpel, noch Kontoauszüge von der Bank oder anderen Kram. Einfach tote Hose, als gäbe es sein altes Leben nicht mehr. Falk erklärte sich das damit, dass Bille wohl noch immer auf Goa weilte und ihm deshalb nicht die Post nachschickte. Bertie war wahrscheinlich verknallt, jeden Sommer war es dasselbe. Falks Kumpel tauchte ab, im Herbst wieder auf, und spätestens Silvester war es mit der großen Liebe vorbei. Dann war die beste Zeit für ihre Freundschaft, bis der Frühling kam und Berties Hormone erneut verrücktspielten. Falk grinste in sich hinein. Ihm war das fremd, er verliebte sich nicht häufig, und wenn, dann war es etwas Ernstes. Und leider war es bis jetzt in seinem Leben immer so gelaufen, dass er irgendwann abserviert wurde, immer dann, wenn er das Gefühl hatte, mit der Frau sein ganzes weiteres Leben verbringen zu wollen. Auch bei Bille hat er dieses Gefühl gehabt, bevor sie diesen Streit wegen Goa versus Heisterhoog gehabt hatten. Und jetzt? Falk war verwirrt. Er hatte in den letzten Wochen oft versucht, sich Bille vorzustellen, ihr Gesicht, ihren Geruch. Aber immer hatte sich Ginas Bild dazwischen geschoben. Gina. Er hatte ihr drei SMS geschickt, aber keine

Antwort bekommen. Aber heute, Samstag, würde er sie anrufen. Fünf Uhr am Nachmittag, das hatte er sich als Termin gesetzt. Eine gute Zeit, mit den Erledigungen war man in der Regel durch, und die Dusche vor den abendlichen Unternehmungen kam erst später. Nun würde er die Zeit bis um fünf überbrücken müssen, was ihm aber nicht schwerfiel, das Wetter war gut, wenn auch nicht blendend, und die Urlauber würden heute wieder zum Strand strömen.

Es war Samstagmorgen, Falk hatte bereits eine Joggingrunde am Strand gedreht, seine Eistruhe aufgefüllt, die Tafel mit den Preisen für sein kleines Warensortiment – vom Strandkorb über Sonnencreme bis zum Latte Macchiato – nach draußen gestellt und wartete nun auf die Urlauber. Seit drei Tagen war er stolzer Besitzer eines kleinen Kühlschranks und einer Espressomaschine. Piet hatte beides organisiert. Der Kühlschrank war nicht mehr das neueste Modell, von niedrigem Stromverbrauch keine Rede, aber für Falks Zwecke reichte er völlig aus. Er war sogar hübsch, ein alter Bosch mit gewölbter Tür und einem verchromten Griff. Nille hatte ihn mit seinem Trecker über den Strand transportiert, und gemeinsam hatten sie das gute Stück in die Hütte gewuchtet. Falk hatte sich entschlossen, sich zunächst nur auf Eis und Getränke zu beschränken, dafür aber wollte er etwas Spezielles, Außergewöhnliches anbieten, nicht nur das übliche Cola/Fanta/Wasser/Bier. Fischbrat-Piet hatte ihm angeboten, dass er über seinen Lieferanten mit bestellen durfte, und Falk hatte wagemutig Bio-Limonade, Smoothies und diverse Sorten Ökobier geordert. Das hatte er in seinen Kühlschrank geräumt und auf den Ansturm des Wochenendes gewartet. Außerdem standen hohe Becher, Kakao und Vanillesirup für die Kaffeekreationen bereit. Falk hatte am Vortag eine hübsche Tafel mit seinem Angebot gemalt und mit Herrn Schaller seine, zugegeben, sehr geringe Gewinnspanne ausgerechnet.

Plötzlich vibrierte Falks Handy. Es war eine Nachricht von Gina: »Komme heute 17.35 Uhr an, holst du mich ab? Mit Taxi!« Falk stieß einen so lauten Jubelschrei aus, dass Nille, der gerade neue kleine Strandkörbe für die Strategie-Pinnwand schnitzte, zusammenzuckte und sich in den Finger schnitt.

Falk führte ein kleines Tänzchen auf; er war so übermütig, dass er sich zwei Flaschen Bio-Limonade schnappte und damit bei seinem Nachbarn Thies Hoop anklopfte. Stoppelkopf war noch nicht am Strand, die Badezeit war erst am Nachmittag. Falk fragte sich, was geschehen würde, wenn ein Badegast außerhalb der vorgeschriebenen Schwimmzeiten in Gefahr geriete. Würde Thies ins Wasser springen und ihn retten? Falk fand ehrlich gesagt, dass Thies nicht so aussah, als könne er schwimmen, auf jeden Fall aber so, als wolle er es unter keinen Umständen probieren. Stoppelkopf war Saisonarbeiter wie Falk. Er kam vom Festland und jobbte den Sommer über als Rettungsschwimmer auf der Insel. Er war nicht nur zu den zwei Stunden Badezeit anwesend, sondern insgesamt acht Stunden täglich. An einem Tag in der Woche hatte er eigentlich frei, weil vorgesehen war, dass sich zwei Rettungsschwimmer den Job teilten. Aber hier in Tüdersen war kein zweiter Mann, nur Thies Hoop. Und der begriff sich offensichtlich als Strandsheriff, nicht als Bademeister.

Falk klopfte mit seiner Flasche an die Tür; als er von drinnen nichts hörte, öffnete er nach einer Anstandssekunde. Thies saß vor dem Fenster zum Meer mit dem Rücken zu Falk und blickte durch ein Fernglas nach draußen. Vor ihm auf dem Fensterbrett lagen Papier und Stifte; es sah aus, als mache sich Thies Notizen. Als er Falk kommen hörte, legte er das Fernglas aus der Hand und schob die Papiere zusammen. Falk fragte sich, was Thies da draußen beobachtete, aber in diesem Moment drehte sich der schwarze Cowboy schon zu ihm um.

»Was gibt's, *Caballero*?«

Falk hielt die beiden Flaschen mit der Bio-Limonade hoch. »Ich geb einen aus.«

Thies runzelte die Stirn und schob sich ein Stück Priem in den Mund.

»Hast du nichts anderes? Was Gehaltvolles?«

»Hör mal, Thies, es ist halb neun am Morgen!«

Thies zuckte mit den Achseln und nahm mit skeptischem Blick die geöffnete Limonade an.

»Was feierst du denn? Vier Wochen auf der Insel? Oder dass die Anarcho-Zwillinge abreisen?«

»Tun sie das? Ich glaube, die bleiben noch, einfach nur, um uns das Leben schwer zu machen.«

Die Männer lachten und ließen die Flaschen gegeneinander klirren. Sie nahmen jeder einen Schluck, und Falk gestand, dass er jemanden erwarte, der heute mit der Fähre ankam.

»Die Architektin?«, fragte Thies, und Falk verschluckte sich prompt an dem süßen Gesöff. Er hustete und hatte das Gefühl, zu ersticken, bis Thies ihm ordentlich auf den Rücken klopfte. Schließlich bekam Falk wieder Luft und starrte Thies entgeistert an.

»Woher weißt du das?«

»Hab ich also richtig getippt«, schmunzelte Thies und lehnte sich auf seinem Stuhl so weit zurück, dass dieser umzufallen drohte. »Ist ja nicht zu übersehen. Du wolltest ihr schon am ersten Tag hinterherschwimmen. Und ab da hast du jedes Mal einen langen Hals gemacht, wenn sie an den Strand kam.«

»Spionierst du mir hinterher?« Falk zeigte auf das Fernglas. Das also war es, was Thies tagein, tagaus machte. Er beobachtete die Leute am Strand und machte sich Notizen über ihr Treiben. Das war ja wie bei der Stasi! Ob er sich das Wissen dann auch zu Nutze machte? Die Leute erpresste?

Thies beobachtete Falk und schüttelte den Kopf.

»Du nimmst dich viel zu wichtig. Ich hab was Besseres zu tun, als dich mit dem Fernglas zu beobachten.«

Der schwarze Cowboy schien Gedanken lesen zu können, und Falk fühlte sich erneut ertappt. Aber sein Misstrauen war keineswegs ausgeräumt.

»Aber woher weißt du …?«

»Das ist ein Abfallprodukt, sozusagen. Obwohl es mich nicht die Bohne interessiert, was du am Strand machst. Das ist schließlich dein Bier. Wie bei allen anderen auch. Aber ich bin eben immer hier. Immer. Da kriegt man so einiges mit. Ob man will oder nicht.«

Obwohl Falk bereits gemutmaßt hatte, dass das DLRG-Häuschen gleichzeitig Thies' Behausung war, war er nun doch baff.

»Du wohnst hier? Auf diesen …«, er sah sich um, »vier Quadratmetern?«

»Sechs. Reicht doch.« Thies nahm einen weiteren Schluck Bio-Limonade, stellte sie dann aber angewidert zur Seite.

»Und dein Bett? Wo schläfst du?«

Der Cowboy zeigte stumm an eine Wand; jetzt erst bemerkte Falk, dass dort ein Bett an die Wand hochgeklappt war, das man bei Bedarf an zwei Ketten herunterlassen konnte, wie im Schlafwagen.

»Tja, wie gesagt. Und obwohl ich hier weit und breit der einzige Bewohner bin, krieg ich doch mehr von anderen mit, als mir lieb ist. Und ihnen.«

Falk nickte, aber er hatte keinen Bedarf, sich mit Thies über seine Beziehung zu Gina zu unterhalten. Bestimmt wussten es schon alle. Silke und Jörn und wer weiß noch. Fragt sich nur, *was* sie wussten, denn tatsächlich hatte sich zwischen ihm und Gina außer einem Abschiedskuss noch nichts abgespielt. Wenn er großes Pech hatte, dachte Gina noch immer, er hätte sich mit einer wesentlich älteren Frau vergnügt. Betrunken. Falk merkte, dass er die ganze Zeit über den Fußboden angestarrte hatte. Nun sah er hoch und Thies Hoop direkt in die Augen.

»Falk, es geht mich nichts an …«

»Richtig. Keinen von euch.«

»… aber sei vorsichtig. Mit dem Frekksen ist nicht zu spaßen.«

»Was hat das mit Gina zu tun?« Falk konnte selbst hören, wie seine Stimme ein bisschen überschnappte vor Ärger.

»Ich weiß nicht«, gab Thies zu, »vielleicht gar nichts.«

»Eben«, erwiderte Falk, machte auf dem Absatz kehrt und verließ das Fort. Die Laune war ihm jedenfalls gründlich verhagelt.

16.

Wie schon am Sonntag der vorhergehenden Woche, als er seine Mutter verabschiedet hatte, stand Falk am Kai. Dieses Mal allerdings war er überpünktlich gewesen. Er stand in seinem schwarzen Polohemd und der frisch gewaschenen Jeans auf dem Anlegepier und konnte die Fähre in weiter Ferne als stecknadelkopfgroßen Punkt ausmachen. Falk kam sich ein bisschen vor wie bei der Konfirmation vor fünfzehn Jahren; so frisch geschrubbt, manierlich und nach Aftershave riechend, fühlte er sich wieder wie ein Musterschüler. Aber jetzt hatte er es freiwillig getan, er wollte gut aussehen, wollte Gina beeindrucken und ihr zeigen, dass er auch anders konnte als in Bermudas und Schlappen herumlaufen. Der herbe Duft seines neuen Aftershaves stieg Falk angenehm in die Nase. Er hatte es noch rasch in der Parfümerie erstanden, hatte Lust auf etwas Neues gehabt, nicht so zu riechen, wie er immer roch, nach diesem Adidas-Aftershave, das er seit zehn Jahren benutzte. In den Händen hielt er ein kleines Glas Heidehonig von Imker Paulsen, ein Blumenstrauß war ihm zu profan vorgekommen. Wie von Gina gewünscht, hatte er ein Taxi reserviert. Es war also alles perfekt in Falks Augen, und er hoffte von ganzem Herzen, dass Gina seine Anstrengungen honorieren würde.

Die weiße Fähre kam näher und näher. Ihre Decks waren voll mit winkenden Urlaubern, und auch der Pier füllte sich mit Menschen. Falk hielt Ausschau nach Gina, aber es gelang ihm nicht, sie in der Menge auszumachen. Jetzt drehte sich die »Aurora«, das Wasser schäumte auf, das vordere Tor am Bug öffnete sich. Von Gina noch immer keine Spur. Falk begann, unruhig hin und her zu laufen. Er musterte jedes Gesicht, das er auf der Fähre sehen konnte, aber Gina war nicht dabei. Schließlich war das Anlegemanöver beendet, und die ersten Passagiere strömten in die Arme derer, die sie am Pier erwarteten. Wie gerne hätte Falk jetzt Gina gewunken, um sie sodann in die Arme zu schließen. Aber sie war nicht unter den Reisenden. Die Fußgänger waren alle vom Schiff herunter, es folgten die Radfahrer und die Motorräder. Auch unter diesen fand sich Gina nicht. Schließlich wurden die PKWs von der Fähre gelotst. Aufmerksam schielte Falk in jedes Auto hinein, obwohl er sich kaum Hoffnung machte, dass Gina darunter war. Warum sonst hätte sie ihn bitten sollen, sie mit dem Taxi abzuholen? Apropos: Falk sah sich nach dem von ihm reservierten Wagen um, dessen Fahrer fragend die Augenbrauen hob. Er hätte längst Fahrgäste aufnehmen können, und Falk, der Angst hatte, dass dem Taxichauffeur seinetwegen Geld durch die Lappen ging, entschuldigte sich und gab den Fahrer frei. Sofort nahm eine Familie mit haufenweise Gepäck das Gefährt in Beschlag, und das einst für Gina reservierte Taxi fuhr von dannen. Mittlerweile waren alle PKWs von der Fähre gerumpelt, jetzt kamen als Letztes die LKWs, die die Insel mit Waren vom Festland belieferten. Falk gab auf. Alles umsonst. Polohemd, Aftershave und Heidehonig. Deprimiert nahm er Kurs auf die Bushaltestelle, als er plötzlich seinen Namen hörte. Er drehte sich um, und da war sie. Gina verließ als letzter Passagier die Fähre, und sie tat es nicht allein. In ihrer Begleitung war ein Mann der Schiffsbesatzung, der Gina half, einen großen weißen Plastikkasten zu schleppen. Gina hatte keine Hand frei, um zu winken, aber sie strahlte Falk über das ganze Gesicht an. Sie trug eine Jeans, ein enges weißes Top und darüber ein offenes kariertes Hemd, die langen lockigen

Haare flogen ihr ins Gesicht, und sie sah so lebendig, frisch und perfekt aus, dass Falk richtig weiche Knie bekam, als er sie so sah. Aber er fasste sich schnell und lief ihr und dem Matrosen entgegen zur Landebrücke. Als er sie erreicht hatte, stellten Gina und ihr Helfer die Kiste ab; Gina bedankte sich herzlich bei dem Mann und bat Falk, ihr zu helfen, die Kiste aus dem Weg zu schleppen. Für eine richtige Begrüßung war keine Zeit, denn Gina und ihre Kiste blockierten die Auffahrt, und die neuen Passagiere warteten bereits darauf, die Fähre betreten zu können.

»Wo ist das Taxi?«, erkundigte sich Gina und sah sich um.

»Ich habe es weggeschickt, weil ich dachte, du bist doch nicht auf der Fähre«, antwortete Falk schuldbewusst. »Aber ich hab die Nummer von dem Fahrer, er kommt noch mal zurück, wenn er seine Partie abgeliefert hat. Wir müssen nur ein bisschen warten.«

Jetzt hatten sie die Bank im Bushäuschen erreicht und stellten die Kiste ab, die viel leichter war, als Falk erwartet hatte.

»Dann warten wir eben, macht nichts.« Gina ließ ihre Reisetasche von ihrer Schulter gleiten und kam um die Kiste herum auf Falk zu. »Hallo erst mal.«

»Hallo.« Endlich konnte Falk Gina in die Arme nehmen. Sie erwiderte seine Umarmung, als sei es das Natürlichste der Welt. Sie schmiegte sich in seine Arme, und Falk hielt sie fest umschlungen. Er steckte seine Nase in ihre Haare und sog ihren Duft ein. Im Gegensatz zu ihm roch sie einfach nur nach Meer und Salz.

»Mmh … Du riechst ja lecker.« Gina löste sich aus der Umarmung. »Ist das neu?«

»Äh … Und was ist in der Kiste?« Falk lenkte ab, ihm war es zu peinlich, zugeben zu müssen, dass er sich extra für ihr Treffen einen neuen Duft zugelegt hatte.

»Verrate ich dir erst, wenn du mir die Wahrheit über die Frau im Dornenbusch sagst«, erwiderte Gina verschmitzt.

Falk stöhnte innerlich. Gina hatte ihre peinliche nächtliche Begegnung also keineswegs vergessen, wie er gehofft hatte.

»Das war meine Mutter«, rechtfertigte er sich.

Gina lachte schallend. Als sie sich beruhigt hatte, strich sie ihm mit einer Hand sanft über die Wange und sah ihm tief in die Augen. »Das hast du damals schon behauptet, und ich hatte gehofft, dir würde in der Zwischenzeit etwas Besseres einfallen.«

»Aber es stimmt!«, beharrte Falk. »Wir können sie anrufen.« Er kramte in seiner Hosentasche nach seinem Handy. Aber Gina schüttelte lächelnd ihre Lockenmähne.

»Schon gut. Ich glaub dir. Niemand behauptet ohne Not, dass er nachts angetrunken mit seiner Mutter in einem Rosenbusch rumkugelt.«

Falk atmete erleichtert aus. »Danke. Und jetzt lüftest du das Geheimnis der Kiste.«

»Das ist eine Überraschung«, sagte Gina stolz. »Du hilfst mir, sie zu mir zu transportieren, und dann packe ich aus.«

Aber bevor es dazu kommen konnte, hatten Gina und Falk große Mühe, die Kiste in Ginas Appartement zu bekommen. Die schmale Dachbodentreppe bewies sich als wahres Nadelöhr, und es brauchte viel Zeit, taktisches Geschick und ein bisschen Gewalt, bis die Kiste endlich mitten in der Wohnung auf dem Flickenteppich stand. Gina stemmte zufrieden die Hände in die Hüften und sagte: »So.«

Falk sah sie gespannt an.

»Jetzt organisierst du uns was zu essen, und ich packe aus«, erklärte Gina.

»Ich wollte dich eigentlich schön in ein Restaurant einladen«, wandte Falk ein. »Zu Gino nach Süderende. Wahnsinnig lecker, sizilianisch.«

Gina schüttelte den Kopf. »Das wäre superschön gewesen. Aber ich muss hier noch was dran machen. Es ist nicht ganz fertig. Das mit Gino holen wir nach, nächste Woche, okay?«

Sie sah ihn entschuldigend an, und Falk wusste, dass er ihr niemals eine Bitte würde abschlagen können. Außerdem könnte ein Essen bei ihr auch ganz gemütlich werden. Im Moment wollte er einfach nur mit Gina zusammen sein, und sie sollte glücklich sein, dann wäre er es auch. Er fügte sich also ihrem Wunsch und beschloss, sich den Luxus eines Taxis zu gönnen, das ihn nach Süderende zu Gino fuhr. Dort ließ er sich Antipasti, Gnocchi mit Kaninchenragout und Panna Cotta in Aluschälchen verpacken, nahm noch eine Flasche von Ginos Hauswein mit und trat den Rückweg an. Als er die Tür zu Ginas Appartement öffnete, erwartete ihn eine Überraschung. Alles war dunkel, nur in der Mitte des Zimmers stand auf dem kleinen Esstisch ein Architekturmodell, das wie ein Puppenhaus erleuchtet war. Verwundert trat Falk mit seinen nach Essen duftenden Tüten ein.

»Die ›Dünenkrone‹«, erscholl Ginas stolze Stimme aus der Dunkelheit des Raumes.

»Wow«, staunte Falk. Er stellte seine Einkäufe ab und beugte sich über den Tisch, um das Modell des Baus genauer zu betrachten. Aber plötzlich erloschen die kleinen Lichter, und stattdessen ging das Deckenlicht im Zimmer wieder an.

»Wenn ich es mir recht überlege«, sagte Gina und trat auf Falk zu, »riecht es so fantastisch nach Essen, dass wir das lieber nicht kalt werden lassen sollten.« Sie nahm ihm die Tüten aus der Hand und begann, sie in der Küchenzeile auszupacken. Bei jedem Aluschälchen, das sie öffnete, stieß sie einen Laut der Begeisterung aus, und als sie schließlich das feine italienische Essen aus der profanen Verpackung befreit und auf weiße Teller verteilt hatte, konnten sie es beide kaum noch erwarten, mit dem Mahl zu beginnen. Falk öffnete die Flasche Rotwein und goss den tiefroten Sizilianer in die zwei

Wassergläser, die Gina ihm hinstellte. Etwas anderes gab die Ausstattung der kleinen Wohnung nicht her. Dann setzten sie sich auf den Flickenteppich – der Esstisch war von der »Dünenkrone« belegt – und prosteten einander zu.

»Auf einen schönen Sommer«, toastete Falk hoffnungsvoll. Er hätte lieber »auf uns« gesagt, konnte es sich aber gerade noch verkneifen.

»Auf die ›Dünenkrone‹!«, rief Gina aus, und Falk zögerte einen Moment lang. Eigentlich wollte er nicht auf das umstrittene Bauwerk anstoßen. »Auf dein Projekt«, ergänzte er deshalb vorsichtshalber. Dann fielen sie über das Essen her. Es war köstlich, und Falk sah mit Befriedigung, dass Gina keinen Krümel auf ihrem Teller ließ. Die gegrillten Paprika, die Balsamico-Zwiebeln, der Oktopus – alles verschwand restlos in Ginas schönem Mund. Ebenso die Gnocchi und die himmlische Nachspeise, zu der Gina ihnen beiden noch einen Espresso servieren wollte. Zwischen den Bissen, die sie sich genussvoll einverleibte, erzählte sie Falk, dass sie kurzfristig nach Berlin hatte fahren müssen, um das Modell nachzubessern. Hubert von Boistern hatte diverse Erweiterungen gewollt, und sie war Tag und Nacht damit beschäftigt gewesen, das Modell umzubauen und zu perfektionieren. Ab Montag würde es im Rathaus aufgestellt werden, damit sich die Gemeinderäte vor der nächsten Abstimmung ein Bild von dem Projekt machen konnten.

Während der Kaffee in der kleinen Kanne auf dem Herd vor sich hin blubberte, schaltete Gina wieder das Puppenstubenlicht an ihrem »Dünenkrone«-Modell ein und begann, Falk das Modell zu erklären. Falk verstand nicht viel von Architektur und modernem Bauen, aber Gina fasste alles in leicht verständliche Worte, die auch für den Laien anschaulich genug waren. Je länger sie sprach, desto leidenschaftlicher argumentierte sie für die »Dünenkrone«, und Falk fing allmählich Feuer. Das Konzept des nachhaltigen Bauens überzeugte ihn, und Gina erklärte mit Verve und Begeisterung, wie viel Energie sich einsparen ließe, wenn man nur die Fenster in dem großen Bau richtig platzierte. Oder wie die Photovoltaik-Anlage auf dem Dach funktionierte. Wie sich der gigantische Wasserverbrauch eines Hotels in diesen Dimensionen durch die hauseigene Regenwasseraufbereitung einsparen ließ. Besonders fasziniert war Falk von den hängenden Gärten, welche einen Teil der Fassade und den Lichthof im Inneren begrünten und wo einige der Lebensmittel, welche die Küche benötigte, angebaut werden sollten. So wie Gina das Bauvorhaben erläuterte, schien es tatsächlich revolutionär zu sein. Und schön war es obendrein. Der Bau passte sich in seiner Krümmung den Dünen und der Wasserlinie an, er wirkte trotz seiner Größe leicht und durchlässig, weil große Fensterfronten die Fassade aus Holzlamellen strukturierten. Oberlichter, teilweise Dachbegrünung, ein Salzwasserpool auf dem Badehaus – alles wirkte umweltfreundlich und ökologisch verantwortungsbewusst. Aber noch größere Faszination als das Modell der »Dünenkrone« übte Gina auf Falk aus. Er sah verliebt zu, wie sie sich konzentriert über das Modell beugte, um hier ein Dach abzuheben oder dort ein Türchen zu öffnen und ihn mit den raffinierten Details vertraut zu machen. Sie war ganz in ihrem Element, redete sich in Rage, bekam rote Wangen – und Ohren, wie Falk gerührt feststellte – und glühte geradezu vor Begeisterung für ihre Arbeit. Falk wünschte, er könnte auch nur annähernd so viel Verve für einen Job oder sein Studium aufbringen. In seine Verliebtheit mischte sich nun auch Bewunderung. Bewunderung dafür, dass Gina so professionell war, sich begeistern konnte für das, was sie tat, für das Produkt einer Gemeinschaftsarbeit, und dass sie sich die Arbeit ihres Chefs so zu eigen machen konnte, als sei es ursprünglich ihre Idee. Falk bemerkte nicht, dass er kaum noch auf ihre Worte hörte, sondern Gina anstarrte; in seinen Ohren rauschte das Blut, das sein aufgeregtes, verliebtes und vom Wein beschwingtes Herz durch seinen Körper pumpte.

»Falk, hörst du mir noch zu?« Gina stand neben ihm und kam ihm mit ihrem Gesicht ganz nah. Falk schreckte auf und sah ihr in die dunkelblauen Augen, die vor Euphorie glänzten. Die kleinen Lämpchen des Modells spiegelten sich darin, und Falk schaute tief hinein, verlor sich in Ginas Blick und erkannte in ihm den Sternenhimmel. Er streckte den linken Arm aus und umfasste sanft, ganz sanft Ginas Taille, zog sie an sich und küsste sie. Gina war leicht und biegsam wie Dünengras, sie schmiegte sich an ihn und erwiderte seinen Kuss hingebungsvoll.

Es wurde schon hell über dem Meer, als Falk nach Hause lief. Er hatte kein bisschen Schlaf gefunden, aber er fühlte sich beschwingt und munter. Gina war eingeschlummert, er hatte sie warm zugedeckt in ihrem Bett, das viel zu schmal für zwei Personen war und in dem sie eng aneinandergekuschelt liegen mussten. Dann hatte Falk ihr zugesehen, wie sie schlief, den Mund leicht geöffnet. Er hatte ihren entspannten Atemzügen gelauscht. Als er sicher gewesen war, dass sie tief im Land der Träume weilte, war er vorsichtig über sie hinweg aus dem Bett gestiegen und hatte sich angezogen. Auf das Modell der Dünenkrone hatte er noch einen Zettel gelegt mit einem roten Herzen darauf, das er mit einem ihrer Marker gemalt hatte, und dann leise die Tür hinter sich ins Schloss gezogen.

Nun atmete er glücklich die noch kalte Luft ein und lauschte dem Gesang der Vögel, die darüber zu jubilieren schienen, dass der frühe Morgen ihnen ganz allein gehörte. Falk beschloss, sich nicht mehr hinzulegen, sondern in der Kate nur zu duschen und die Klamotten zu wechseln.

Als er seine kleine Strandkate verließ, war es halb sieben. Er joggte zur Bretterbude und setzte einen Kaffee auf. Auf die Behausung von Thies Hoop warf er einen kurzen Blick, aber die machte still und mit verschlossenen Fensterläden den Eindruck, als sei sie menschenleer. Dann wickelte sich Falk in eine Decke, drehte seinen Liegestuhl so, dass er freien Blick aufs Meer hatte, goss sich einen dampfenden Becher Kaffee ein und schloss die Augen. Er lauschte den Schreien der Möwen und war froh, dass er nur mit ihnen den Strand an diesem frühen Morgen teilen musste. Er konnte seinen Gedanken nachhängen und an seine wunderbare Nacht mit Gina denken. Kurze Zeit später war er tief eingeschlafen.

17.

Gute zwei Wochen gingen so ins Land, in denen Falk auf Wolke sieben schwebte. Er kümmerte sich um seine Strandkorbvermietung und seinen kleinen Kiosk, in dessen Sortiment er außer Eis noch weitere Süßigkeiten aufnahm. Er absolvierte sein Sportprogramm – wobei er hart daran arbeitete, Stoppelkopf irgendwann in den Schatten zu stellen –, und wenn Gina kam, um ihre anderthalb Kilometer zu schwimmen, vermied er es tunlichst, mit ihr mithalten zu wollen. Stattdessen wartete er am Strand mit einem großen Badehandtuch. Wenn sie dann strahlend schön in ihrem blauen Schwimmanzug aus den Fluten stieg und in seine Frotteeumarmung fiel, fühlte Falk, wie sich die Wärme des Glücks in seinem Körper ausbreitete. Gina und er verbrachten fast jeden Abend miteinander, entweder in seiner kleinen Kate oder in ihrem Appartement, wo er sich jedes Mal, wenn er aus dem Bett stieg, den Kopf an der Dachschräge anstieß, oder sie machten ein Picknick in den Dünen. Seinen Nachbarn Thies Hoop bekam Falk nur selten zu Gesicht. An zwei Samstagabenden beim Shanty-Chor und an einem verregneten Freitagnachmittag, an welchem Jörn Krümmel ihn zu einer Runde Zwangsskat nötigte. Nicht ein einziges Mal kam das Gespräch auf Gina von Rolandseck. Falk vermied es aus nachvollziehbaren Gründen, denn seit Thies sie mit Hubert von Boistern in einen Topf geworfen und Falk indirekt vor ihr gewarnt hatte, verspürte er keinen Bedarf, sie noch einmal zu erwähnen. Deshalb erfand

Falk auch nach den beiden Chorabenden eine Ausrede, um nicht anschließend mit der ganzen Clique bei »Gino's« sitzen zu müssen. Auch beim Thema Naturschutzgebiet hielt er sich zurück, obwohl Silke beim Skatspielen sehr klar abfragte, wo Falk in der Sache stand. Falk lavierte herum, und Jörn Krümmel, der das merkte, schaffte es jedes Mal, Silke dezent von ihren Nachfragen abzubringen und auf ein anderes Thema zu lenken. Falk war ihm dafür dankbar. Andererseits blockte er jeden Annäherungsversuch der von Boisterns ab. Hubsi und Thea hatten nicht nachgelassen, immer wieder versuchten sie, Falk zum Essen oder in die Rum-Ba-Bar einzuladen. Aber Falk hatte sich fest vorgenommen, keine Partei zu ergreifen und sich bis zum Ende der Saison alles offenzuhalten. Er hatte jetzt Gina und konzentrierte sich voll auf ihre Beziehung. Dabei blendete er erfolgreich aus, dass es in Hamburg noch Bille gab, mit der er zwar im Streit lag, aber offiziell hatte keiner von ihnen Schluss gemacht. Ohnehin gelang es Falk zwei Wochen lang, alle Gedanken an die Zukunft perfekt zu verdrängen. Er wollte gar nicht darüber nachdenken, was war, wenn der Sommer zu Ende ging. Er würde nach Hamburg zurückkehren und endlich sein Studium zu Ende bringen müssen. Gina würde wieder nach Berlin fahren, wo sie sich eine Anstellung bei Jonkers & Jonkers erhoffte. Was würde er machen? Sich von Bille trennen? Mit Gina eine Fernbeziehung führen? Sein geerbtes Land verkaufen? Falk hatte auf keine dieser Fragen eine Antwort. Er lebte im Hier und Jetzt, wo er den weißen Sand von Heisterhoog unter den Füßen spürte, die warme Haut von Gina liebkosen durfte, in der Nacht das Rauschen des Meeres und das Pfeifen des Windes hörte, Heidehonig auf dem Brötchen aß und Süßigkeiten an glückliche Kinder verkaufte. Es war ein Traum, der niemals enden sollte, wenn es nach Falk ging.

Der Traum endete an einem Mittwochnachmittag. Falk kehrte erhitzt von einem anstrengenden Strandtag zurück, freute sich auf eine kalte Dusche und eine Verabredung zum Krabbenpulen mit Gina. Sie hatte beim Kutter einen ganzen Liter der frisch gefangenen Tiere gekauft, und der Abendplan sah vor, diese gemeinsam zu pulen und dann mit Spiegelei zu frischem Vollkornbrot zu essen. Als Falk zu seiner Kate kam, steckte Post im Briefkasten. So viel, dass der Briefträger einen Teil auf die Fußmatte gelegt und mit einem Stein beschwert hatte. Falk nahm die Briefe, Zeitschriften und Werbesendungen mit in die Wohnung; er wusste auf den ersten Blick, dass Bille aus Goa zurückgekehrt sein musste. Sie hatte mit ihrer runden Mädchenschrift seine Adresse in der Schanzenstraße durchgestrichen und »Strandkate Thomsen, Tüdersen auf Heisterhoog« daneben gekritzelt. Zu Falks großer Überraschung war auch eine Postkarte von Bille selbst darunter, allerdings nicht aus Goa, sondern aus Hamburg. Ein lustig zerknautschter Seemann mit Meerschaumpfeife im Mund grüßte von der Reeperbahn, eine Sprechblase wünschte »Moin, Moin«. Bille fand das lustig. Auf der Rückseite stand: »Goa war oberchillig, ich vermisse dich. Komme demnächst zu Besuch, IID, B.« Bloß nicht, dachte Falk panisch. Einen Besuch von Bille konnte er jetzt am allerwenigsten brauchen. Ihm war die Lust vergangen, die restliche Post durchzusehen, und so schmiss er den ganzen Packen in die Ecke und sprang unter die Dusche. Hinterher, in frischen Klamotten und nach Aftershave riechend, beschloss er, sich nicht die Laune verderben zu lassen. *Nichts kann so eilig sein, wenn es bis jetzt Zeit gehabt hat*, dachte Falk und brach auf zu Gina.

Als er nach Mitternacht in seine Behausung zurückkehrte, leicht beschwipst vom Bier und von der Liebe, nahm er sich den Stapel Post dann doch noch vor. Das meiste konnte er sofort vernichten, Bille hatte ihm wirklich jeden Mist nachgeschickt. Das einzig Relevante waren Kontoauszüge, eine

Karte von Bertie aus Südfrankreich, wo er mit einer neuen Flamme unterwegs war, eine Mahnung vom Vermieter wegen nicht bezahlter Miete und ein Brief von der Uni. Falk runzelte die Stirn. Er konnte sich nicht vorstellen, was die Universität von ihm wollen könnte. Falk öffnete das Schreiben, und nachdem er es gelesen hatte, war er schlagartig nüchtern. Er wurde exmatrikuliert. Falk guckte auf das Datum. Der Brief war schon vor vier Wochen gekommen, die Einspruchsfrist lief am Freitag ab. Er hatte es versäumt, sich zur Bachelorprüfung anzumelden. Die aber war zwingend geworden, da er die Regelstudienzeit um vier Semester überschritten hatte. Falk spürte, dass ihm der Schweiß aus den Poren schoss; er musste nach Luft schnappen, weil ihm Panik die Kehle zuschnürte. Er war geliefert. Das war das Aus. Siebenundzwanzig Jahre alt und nichts auf die Beine gestellt. Von der Uni geflogen. Was könnte er in seinem Alter noch anfangen? Entweder hatte er innerhalb von maximal einem Jahr die zündende Idee für eine bahnbrechende Internetgeschichte und erfand so etwas wie Google oder Facebook, oder er würde langzeitarbeitsloser Ein-Euro-Jobber. Dazwischen gab es nichts. Seine Mutter hatte kein Geld, um ihn zu unterstützen, unter anderem deswegen hatte das Studium so lange gedauert. Falk hatte sich seinen Lebensunterhalt verdienen müssen, denn aufgrund des Vermögens seines Vaters bekam er kein Bafög. Von seinem Erzeuger aber hatte Falk kein Geld annehmen wollen, da biss sich die Katze in den Schwanz. Also hatte er immer wieder gejobbt, als alles Mögliche. Lagerarbeiter, Barkeeper, Aushilfsgärtner – Falk hatte jede Beschäftigung angenommen, die ihn über Wasser hielt, und dabei immer wieder sein Studium vernachlässigt. Zumal er ohnehin mit Germanistik begonnen und erst nach zwei Jahren gemerkt hatte, dass das nichts für ihn war. Dann hatte er zu Soziologie gewechselt, was ihn zwar mehr interessierte, aber richtigen Biss hatte er auch dafür nie entwickelt. Nach Ablauf der Regelstudienzeit hatte der Professor ihn zu einem Zwangsgespräch gebeten und ihm eine Nachfrist von vier Semestern gesetzt, die jetzt also abgelaufen war.

Falk setzte sich aufs Bett und vergrub sein Gesicht in den Händen. Er hatte kurz den Impuls, Gina anzurufen, aber sie schlief sicher schon fest, und Falk wollte sie nicht wecken und dann volljammern. Bertie war im Ausland, Bille war die Letzte, der er sich anvertrauen wollte, und seine Mutter wollte er um keinen Preis beunruhigen.

Schließlich stand er auf, zog sich Sportsachen an und lief zum Wasser. Es war Vollmond, und der weiße Kniepsand reflektierte das helle Mondlicht so stark, dass er keine Stirnlampe brauchte, um den Boden unter seinen Füßen zu sehen. Er joggte an der Wasserkante entlang nach Süderende, ganz allein. Es regte sich kein Tier und erst recht kein Mensch. Nur die Wellen brachen sich sanft am Strand. Es war Ebbe und völlig windstill. Falk entspannte sich beim Laufen, er schwitzte, die Müdigkeit, die Existenzangst und die Wut auf sich selbst nahmen bei jedem Schritt ab. In Süderende machte er kehrt und lief das ganze Stück zurück, ohne schlappzumachen. Eine gute Stunde später war er wieder zu Hause, duschte heiß, ließ sich ins Bett fallen und wusste, was er zu tun hatte.

»So, so«, sagte Hubert von Boistern und musterte Falk mit seinen kleinen Schweinsäuglein. »Hast du dir das gut überlegt?«

Dann zog er einen weiteren Stuhl an den kleinen Tisch, an dem er saß, und bot Falk den Platz an.

Falk erwiderte den prüfenden Blick von Hubsi. Er hatte sich vorgenommen, knallhart zu sein, von Boistern sollte um keinen Preis merken, dass er in Not war.

»Ich verkaufe«, wiederholte Falk noch einmal und setzte sich erst dann hin.

Hubsi drehte sich zum Tresen des kleinen plüschig-rosa

Eiscafés, in welchem er offensichtlich seine Geschäfte tätigte, und orderte einen Kaffee für Falk. Dann lehnte er sich zurück, verschränkte die fetten Arme vor dem imposanten Bauch und musterte Falk weiter. Aber Falk ließ sich nicht verunsichern. Von Boistern trieb hier ein Spiel, das Falk nur zu gut kannte. Aus den Mafia-Filmen mit Robert De Niro oder Al Pacino. Wenn man ein gerissener Geschäftsmann war, dann wusste man, dass etwas faul war, wenn sich die ersehnte Beute plötzlich freiwillig auf die Türschwelle legte. Das drückte den Preis. Kostbar war nur das, was man sich schwer erkämpfen musste. Genauso war es mit Hubert von Boistern. Er hatte seit Wochen versucht, Falk zu ködern. Aber jetzt, wo Falk hier saß und ihm das Land von Sten anbot, das Hubsi so dringend haben wollte, tat er desinteressiert. Als wüsste er nicht, ob sie ins Geschäft kommen würden. Aber Falk konnte mitspielen. Obwohl er nicht geschlafen, sondern sich unruhig hin und her geworfen hatte, weil er seinen Entschluss wieder und wieder überdacht hatte. Dabei war er zu dem immer selben Schluss gekommen: dass der Verkauf des Grundstücks zu einem möglichst hohen Preis die einzige Chance für ihn war, aus seiner Zukunft noch etwas einigermaßen Erfolgreiches zu machen. Er musste Existenzgründer werden, sich selbständig machen mit einer guten Geschäftsidee. Die Alternative wäre gewesen, auf Heisterhoog zu bleiben und die Strandkorbvermietung weiterzuführen. Was für ein armseliges Dasein. In zehn Jahren wäre er so verschroben wie Thies Hoop, der einsam in seinem kleinen Fort am Meer saß, mit einem Gewehr in der Hängematte schlief und tagsüber Strandbesucher ausspähte. Nein danke. Dann schon lieber mit einer Million die Zukunft in die eigenen Hände nehmen. Das Geld würde ihn total unabhängig machen, und im Stillen hoffte Falk darauf, dass sich die Beziehung mit Gina zu etwas Festem entwickeln würde. Gut, sie waren erst zwei Wochen zusammen, aber Falk spürte wie bei noch keiner Frau zuvor, dass er sein Leben mit ihr verbringen wollte. Er konnte sich ernsthaft vorstellen, mit Gina eine Familie zu gründen. Langfristig. Und wer weiß, wenn sie erfolgreich in ihrem Beruf wäre, konnte er das Geld vielleicht auch dafür verwenden, sich mit ihr zusammen selbständig zu machen.

Solcherart waren seine nächtlichen Überlegungen gewesen, bis er schließlich Nille Bescheid gesagt und ihm die Verantwortung für die Strandbude übertragen hatte. Nille war völlig aus dem Häuschen gewesen, dass er den Eis- und Getränkeverkauf einen Tag lang ganz alleine managen durfte, und Falk war sich sicher, dass am Abend kaum Geld in der Kasse sein würde. Aus lauter Nächstenliebe würde Nille die Süßigkeiten an die Kinder lieber verschenken, als Geld dafür zu kassieren. Aber das war Falk egal gewesen, und jetzt saß er hier mit Hubert von Boistern oder Bernd Frekksen und setzte ein Pokerface auf.

»Eineinhalb Millionen«, hörte er sich plötzlich sagen. Hubsi explodierte vor Lachen.

»Ich biete dir vierhundert und du willst mehr als das Dreifache haben? Vergiss es.«

»Du hast mich belogen, Hubert.« Falk hatte sich entschieden, den Spitznamen Hubsi bei diesen Verhandlungen zu vermeiden, irgendwie schien er ihm zu niedlich. Mit einem Hubsi machte man keine Geschäfte in dieser Größenordnung, mit einem Hubert schon eher. »Sten wollte nie an dich verkaufen, unter keinen Umständen.«

»Woher willst du das wissen?« Von Boistern ließ sich nicht anmerken, dass er ertappt worden war.

»Ich weiß es, das muss dir reichen.«

»Das haben dir deine Freunde erzählt, ja?« Der Dicke lehnte sich nach vorn und nahm Falk ins Visier. »Hast du schon mal darüber nachgedacht, dass die auch ihre eigenen Interessen verfolgen, Silke und Thies? Die drehen sich die Wahrheit auch, wie sie wollen.«

»Schließt du von dir auf andere?« Falk war stolz auf sich. Er hatte die Oberhand. Die Sache lief gut.

»Und warum jetzt so plötzlich? Bist du in der Klemme? Du brauchst das Geld, Falk. Sonst wärst du nicht so gierig.«

»Ich brauche kein Geld«, gab Falk nonchalant zurück. »Mein Vater hat genug davon, wie du ja sicher wissen dürftest.«

»Hm«, sagte Hubsi und schmunzelte. »Ich weiß aber auch, dass ihr nichts von ihm nehmt, du und deine Mutter. Darüber hat Sten immer wieder gesprochen.«

Ein Punkt für von Boistern. Mist, Falk musste schwerere Geschütze auffahren.

»Dann lassen wir es.« Falk stand auf. Den Kaffee hatte er nicht angerührt, ließ aber trotzdem einen Fünf-Euro-Schein auf den Tisch flattern zum Zeichen, dass er unbestechlich war und von Hubsi partout nichts annehmen wollte. Er vermied es, Hubert von Boistern anzusehen, aus Angst, dieser könnte die Enttäuschung in seinem Gesicht lesen. Kaum hatte er die Tür geöffnet, rief sein Verhandlungspartner ihn zurück.

»Setz dich wieder hin. Wir kommen schon ins Geschäft.«

Falk drehte um und gab sich ungerührt. »Wenn du meinst.«

»Steck den Fünfer ein, wenn du mich nicht beleidigen willst. Wir sind hier nicht in einem blöden Mafia-Film. Mit mir kannst du ordentliche Geschäfte machen. Und trink den Kaffee, der wird schon kalt.« Falk hörte bei Hubsi ein wenig Gereiztheit heraus. Um ihm einen Gefallen zu tun, trank er einen Schluck von dem Kaffee, der erstaunlich gut schmeckte. Sein Gegenüber stemmte beide Arme auf den kleinen Bistrotisch, der unter dem Gewicht zu zerbrechen drohte.

»Wär schade drum, denn der Kaffee ist allererste Sahne. Das liegt daran, dass ich die Maschine extra aus Neapel habe kommen lassen. Und hier kommt auch nur echt italienische Bohne rein, nicht irgendwelche Pads oder so 'n Scheiß.«

Falk sah Hubsi an, dass dies eine Grundsatzrede werden

würde, und er war gespannt, welchen Bogen der Dicke vom Kaffee zu ihrem Geschäft schlagen würde.

»Genauso wie das Eis, das hier verkauft wird. Das Rezept ist von einem Laden aus Rom, kleine Klitsche, aber mit dem besten Eis, das ich in meinem ganzen Leben gegessen habe. Mit Sahne und echten Eiern. Kein Milchpulver und gefriergetrocknetes Eigelb. Wenn ich was mache, dann mache ich es richtig. Bei Hubert von Boistern steht Qualität an erster Stelle, keine halben Sachen, kein *Fake*, kein Beschiss.«

Aha, dachte Falk, das ist also der Gedankengang, schon klar, was jetzt kommt.

»Und genauso ist das mit der ›Dünenkrone‹«, fuhr Hubsi fort. »Das ist keines von den billigen Hotelprojekten, die überall schnell aus dem Boden gestampft werden. Ich nehme an, du kennst das Modell?«

Falk nickte.

»Na also«, fuhr von Boistern fort. »Dann weißt du, dass es etwas Großartiges ist, etwas Bahnbrechendes, ein ökologisches Pionierprojekt. Was ich damit sagen will, Falk«, Hubsi beugte sich wieder zu ihm vor, und ihre Nasenspitzen berührten sich beinahe, »du wirfst dein Land nicht weg.«

Falk hielt dem Blick stand. »Falls du damit den Preis drücken willst, hast du Pech gehabt. Einskommafünf.«

Hubert von Boistern lächelte. »Du bist ja gar nicht so ein Schlappschwanz, Falk Thomsen. Jetzt erkenne ich deinen Onkel.«

Das mit dem Schlappschwanz war eher eine Beleidung als ein Kompliment, aber Falk beschloss, in dieser heißen Verhandlungsphase darüber hinwegzugehen.

»Achthundert«, bot Hubsi.

Falk verdrehte die Augen zum Himmel. »Eins Komma vier Millionen.«

Falk beschloss, Hubert etwas entgegenzukommen, schließlich wollte er ursprünglich eine Million als Anfangsforderung ansetzen und hatte nicht damit gerechnet, dass er das jemals bekommen würde.

»Neunhundert.«

»Eins Komma drei.«

»Du gehst zu schnell runter, mein Junge.«

»Das war mein letztes Gebot.«

Hubsi lachte wieder sein explosives Lachen und patschte dann mit beiden Händen flach auf den Tisch. »Komm, lass den Scheiß. Wir treffen uns in der Mitte. Eine Million.« Er streckte die Hand aus. Falk zögerte kurz, schlug dann aber ein. Das war mehr Geld, als er sich jemals erträumt hatte.

Während Hubert von Boisterns Pranke seine Hand fest im Griff hatte, stellte Falk die gewagte Frage.

»Warum willst du das Land haben, wenn du gar nicht weißt, wie sich der Gemeinderat entschließt? Dann hast du eine Menge Holz hingelegt, ohne dass du weißt, ob du dort jemals bauen darfst.«

Hubsis Mund zog sich in die Länge zu einem feisten Grinsen.

»Das lass mal meine Sorge sein«, lächelte er, und Falk sah, dass Hubert von Boistern mehr wusste als er.

18.

»Falk? Kannst du nicht schlafen?« Gina drehte sich zu ihm um. Sie stützte sich auf einen Arm und strich ihm mit der freien Hand sanft über die Wange. Falk nahm ihre Hand und küsste sie. Dann drehte er sich ganz zu Gina herum und kuschelte sich an sie.

»Nein. Aber macht nichts. Schlaf du wenigstens.«

»Ist was nicht in Ordnung?«

Falk wusste darauf keine Antwort. Doch, könnte er sagen, ich habe heute den Deal meines Lebens gemacht. Ich verdiene eine Million Euro und bin ein freier Mann. Aber er sagte es nicht, er hatte das Geschäft mit Hubsi sogar den ganzen Tag vor Gina verborgen gehalten. Am Abend hatte er immer wieder versucht, damit herauszurücken, aber es hatte sich irgendwie nicht richtig ergeben. Sie waren in Norderende im Kino gewesen, hatten danach noch in der »Feuerqualle« einen Absacker getrunken und dort Fischbrat-Piet und Imker Paulsen getroffen. Piet richtete Falk schöne Grüße von Grit aus, was darauf schließen ließ, dass die beiden intensiveren Kontakt hatten als Mutter und Sohn. Falk hatte Gina vorgestellt, aber beide Männer waren bestens im Bilde, wen sie vor sich hatten. Falk hatte erwartet, dass Gina vielleicht Ablehnung entgegenschlagen würde, schließlich hatte Thies klargemacht, dass er sie mit von Boistern in einen Topf warf, aber offenbar teilte nicht jeder das Misstrauen des schwarzen Cowboys. Im Gegenteil, sowohl Piet als auch Paulsen hatten sich rege bei Gina nach der »Dünenkrone« erkundigt, und beide Männer waren erstaunlich gut informiert. Offenbar hatten sie das Modell im Rathaus intensiv studiert. Auf dem Heimweg in Ginas Dachstübchen hatte Falk es nicht geschafft, Gina zu offenbaren, dass er an Hubsi verkauft hatte, obwohl es sie sicher gefreut hätte. Schließlich brachte dieses Geschäft Gina näher an das Ziel ihrer Träume. Aber Falk hatte keinen Applaus für seine Tat gewollt. Ihm war nicht nach Feiern zumute gewesen.

Aber jetzt, hier, in Ginas kuschligem Bett zu nachtschlafender Stunde, konnte er mit der Wahrheit nicht länger hinter dem Berg halten.

Er erzählte Gina, dass er am Morgen bei Hubsi gewesen und mit ihm handelseinig geworden war. Anders als Falk erwartet hatte, blieb Gina zunächst stumm. Sie brach weder in Jubel aus, noch gratulierte sie ihm. Stattdessen zwirbelte sie nachdenklich eine ihrer Locken, setzte sich auf und machte das Leselicht an.

»Hast du dir das auch gut überlegt?« Gina hatte die Stirn in Falten gelegt.

Falk war perplex. »Was meinst du? Ich … Natürlich habe ich mir das gut überlegt! Und überhaupt, freust du dich nicht?«

»Wieso ich? Du hast das doch nicht für mich getan?!«

Oh Gott, Falk konnte spüren, wie ihr Gespräch in eine Schieflage rutschte. Streit mit Gina, das wollte er jetzt am allerwenigsten.

»Nein, natürlich nicht. Aber ich dachte, es ist gut für dich, schließlich stehen die Chancen dann besser, dass gebaut wird.«

»Hm.«

Jetzt setzte auch Falk sich auf. Er sah auf die Uhr. Drei Uhr vierzig, prost Mahlzeit, vom Gedanken an Schlaf würde er sich wohl verabschieden müssen.

»Kannst du mir sagen, warum du so komisch reagierst?«

Gina sah ihn an. »Ich trau dem von Boistern nicht über den Weg.«

Falk verstand die Welt nicht mehr. »Er ist dein Auftraggeber! Ihr arbeitet jetzt schon wie lange zusammen?«

»Bald zwei Monate. Stimmt schon. Er war mir gegenüber auch immer völlig korrekt. Aber irgendwie …«

»Wir schließen erst mal nur einen Vorvertrag«, Falk hatte nun das dringende Bedürfnis, sich zu rechtfertigen. »Der Kauf wird auch erst am ersten September rechtsgültig. Bis dahin gehört alles mir. Und ich bin ja nicht blöd. Wie soll er mich übers Ohr hauen? Glaubst du, er hat das Geld gar nicht?«

Gina zuckte mit den Schultern und strich Falk dann versöhnlich über den Arm.

»Es tut mir leid, dass ich so reagiert habe. Du hast bestimmt das Richtige getan.«

»Ehrlich gesagt«, lenkte nun auch Falk ein, »ich habe das einzig Mögliche getan. Ich bin gestern von der Uni geworfen worden.«

Jetzt machte Gina ganz große Augen, und Falk klärte sie über sein verpatztes Studium auf. Gina hörte zu, und Falk war ihr dankbar, dass sie keine besserwisserischen Kommentare von sich gab. Sie zeigte Verständnis, stand auf und machte ihnen beiden einen Kräutertee mit viel Honig. Während sie ihn tranken, sprachen sie darüber, welche Möglichkeiten sich Falk boten, ob er besser in ein Geschäft oder eine Immobilie investieren oder aber schlichtweg das Geld anlegen und von den Zinsen leben solle.

»Dann bist du ja eine richtig gute Partie«, murmelte Gina schließlich, während ihr schon die Augen zufielen. Falk überlegte, ob dies eine gute Steilvorlage war, ihr einen Antrag zu machen, aber er überlegte zu lange, denn Gina war schon eingeschlafen. Falk löschte das Licht und fiel wider Erwarten ebenfalls in den Schlaf.

Falk hatte mit von Boistern vereinbart, dass niemand von ihrem Deal erfahren sollte. Er wollte keinen unnötigen Stress. Hubsi war das ganz egal, ihn interessierte nur das Land, ganz gleich, zu welchen Bedingungen. Er hatte seine Hamburger Kanzlei informiert, die nun mit Hochdruck am Entwurf eines Vorvertrages arbeitete. Gina hatte Falk dazu gebracht, sich ebenfalls einem Anwalt anzuvertrauen, schließlich ging es hier nicht um den Verkauf eines gebrauchten Fahrrades, sondern um ein Geschäft mit sechs Nullen. Bis alles in trockenen Tüchern war, ging Falk seiner täglichen Beschäftigung nach, als sei nichts gewesen. Er traf sich mit Gina und liebte sie jeden Tag ein wenig mehr. Aber es hatte sich etwas verändert in ihrer Beziehung. Falk spürte, dass Gina ein wenig auf Abstand ging. Sie war ihm weiterhin liebevoll zugetan, aber manchmal sah sie Falk merkwürdig besorgt an.

Als Falk Gina eines Abends wieder zu ihrem ausgedehnten Bad im Meer begleitete und sie sich danach von ihm in das Badehandtuch wickeln ließ, hielt Falk sie einfach fest und gab sie nicht mehr frei. Er hatte vor, sich sensibel an das Thema heranzutasten, aber als er sie im Arm hielt, brach die Sorge ungefiltert aus ihm hervor.

»Was ist eigentlich los in letzter Zeit?«

»Was meinst du?« Gina sah ihn an, als verstünde sie nicht, aber Falk las in ihrem Blick, dass ihr unbehaglich zumute war.

»Es hat sich was verändert. Du bist manchmal so … distanziert.«

Gina schlang ihre Arme ganz fest um Falks Körper und seufzte tief. Sie vergrub ihr Gesicht in dem weichen Frottee, und Falk strich ihr sanft über die nassen Locken. Dann löste sich Gina abrupt aus der Umarmung und zog das Handtuch fester um ihren Körper.

»Nein. Ich bin nicht distanziert. Jedenfalls wenn du uns meinst. Es ist nur so, dass ich mir Sorgen mache. Das ist kein Spiel.«

»Spiel?«, echote Falk ein wenig blöde. Dachte Gina tatsächlich, sie war für ihn nur ein belangloser Ferienflirt?

»Oh Mann, Gina, ich weiß nicht, was du von mir denkst, aber du musst doch gemerkt haben, dass ich … Also, dass ich es ernst meine! Du bist für mich die …«

Gina unterbrach ihn, indem sie ihren Zeigefinger auf seine Lippen legte.

»Nicht, Falk. Ich rede nicht von uns beiden. Nicht direkt jedenfalls. Oder nicht ausschließlich. Ich rede von deinem Geschäft mit von Boistern.«

Falk war augenblicklich verärgert.

»Gina, auch da weiß ich, worauf ich mich einlasse. Ich bin nicht naiv.«

»Das meine ich nicht. Ich denke nur manchmal, dass die ›Dünenkrone‹ immer ein Projekt auf dem Reisbrett war. Und jetzt plötzlich wird das alles real. Es geht um so viel. Das Hotel wird Heisterhoog komplett verändern.«

Jetzt war Falk baff. Seit er sie kannte, malte sie ihm die »Dünenkrone« in den schillerndsten Farben aus. Sollten ihr nun Zweifel kommen? Er nahm Gina an der Hand, und sie gingen gemeinsam in Richtung Dünen.

»Hast du plötzlich Bedenken?«, hakte er nach.

Gina zuckte die Achseln. »Nicht wirklich. Ich steh dazu, ich finde es nach wie vor toll, es ist ein Architektentraum, der da in Erfüllung geht. Andererseits«, sie machte mit dem freien Arm eine ausholende Bewegung und zeigte auf das Gebiet, in welchem die Hotelanlange geplant war, »wird das alles hier verschwinden. Es ist nicht nur die Anlage. Es wird Zufahrtsstraßen geben, Parkplätze. Man wird die Infrastruktur in Tüdersen anpassen müssen, bestimmt einen Supermarkt bauen. Und so.«

»Davon habt ihr doch immer geredet, Hubsi und du. Von der Zukunft des Tourismus, von den Arbeitsplätzen, die entstehen.«

»Ich hab einfach nur Bammel«, gestand Gina, »weil wir beide, du und ich, da mittendrin stecken.«

Darauf wusste Falk nichts mehr zu entgegnen, und sie gingen bis zu seiner Kate, ohne ein Wort miteinander zu wechseln.

Am folgenden Abend, einem Samstag, radelte Falk wieder zu einer Probe des Shanty-Chores nach Süderende. Der Samstagabend war ein fester Bestandteil seines Lebens auf Heisterhoog geworden, und Falk wollte diesen Termin nicht mehr missen. Die Seemannslieder waren eigentlich nicht sein Fall, privat hätte er sich das bestimmt nicht angehört. Aber die Lieder zu singen, im Chor, das war etwas anderes. Falk war jedes Mal tief berührt von dem Moment, in dem die Musik seinen ganzen Körper ergriff und ihn wegtrug auf einer Woge des Glücks. Er fühlte sich geborgen in den Tönen, auch im Gesang der anderen, und fühlte, dass er von Mal zu Mal mehr von seiner Scheu verlor. Falk sang immer kräftiger, war nicht mehr so bedacht darauf, nur ja keinen Ton falsch zu treffen, sondern stürzte sich regelrecht in die Musik hinein. Dabei bekam er rege Unterstützung von Jörn Krümmel. Dieser ließ keinen Zweifel daran, dass Falk eine schöne, kräftige Tenorstimme habe und er stolz darauf sei, Falks Talent entdeckt zu haben.

Aber an diesem Samstag war etwas anders als sonst. Von Beginn an schien der Wurm drin zu sein. Es begann damit, dass es Streit gab zwischen Paulsen, dem Imker, und Silke Söderbaum. Falk bekam es nur am Rand mit, als er sein Fahrrad am Pfarrhaus abschloss. Silke diskutierte heftig, sie gestikulierte mit den Armen, und Paulsen ging sichtlich in die Defensive. Falk konnte ihre Worte nur bruchstückhaft verstehen, aber es ging um »Verrat« und »Vertrauen«. Irgendwann tippte Paulsen sich an die Stirn und ließ Silke einfach stehen. Diese wollte ihm hinterherlaufen, aber Thies Hoop war inzwischen zu ihr getreten und hielt sie zurück. Falk konnte noch hören, dass sie dem Imker »Das hätte ich nie von dir gedacht!« hinterherrief. Falk war es peinlich, Zeuge dieser Auseinandersetzung geworden zu sein, und er machte, dass er ins Pfarrhaus kam. An der Schwelle stand Hubsi, die Arme vor dem Bauch verschränkt und ein zufriedenes Lächeln auf den Lippen. Falk hatte den Eindruck, als genieße der Dicke das Zerwürfnis zwischen Paulsen und Silke; er machte, dass er hineinkam. Die Chorprobe verlief alles andere als harmonisch. Über Jörn Krümmel schien ebenfalls eine schwarze Wolke zu schweben, er war von Beginn an missgelaunt. Sie begannen mit »My Bonnie is over the ocean«, aber schon bei der zweiten Strophe wedelte Jörn mit den Armen und brach ab.

»Da stimmt ja kein Ton! Ihr seid miserabel heute, insbesondere der Mezzo da vorne«, er zeigte auf Thea von Boistern, »das geht gar nicht.«

Thea zog eine beleidigte Schnute und wollte etwas erwidern, aber Jörn fuhr ihr über den Mund.

»Das kommt davon, wenn du nur zu jeder zweiten Chorprobe erscheinst. Entweder ganz oder gar nicht. Wenn du bis zum Abschlussfest nicht jeden Samstag hier stehst, brauchst du gar nicht mehr zu kommen.«

Thea riss getroffen die Augen auf und drehte sich nach hinten zu ihrem Mann.

»Hubsi, sag doch was!«, jammerte sie, aber bevor dieser für sie in die Bresche springen konnte, ging der Chorleiter dazwischen.

»Das kannst du dir sparen, Hubert. Du singst mindestens genauso schief wie deine Gattin. Ihr könnt beide gleich gehen, wenn ihr euch nicht ein bisschen am Riemen reißt. Und den Pfarrer könnt ihr dabei mitnehmen.« Er funkelte Pfarrer Päffgen böse über seine Goldrandbrille hinweg an.

Falk sah, dass Silke und Thies sich feixend Blicke zuwarfen.

»Und das betrifft auch noch ein paar andere sangesunfähige Kandidaten«, setzte Jörn fort. »Thies, du hörst dich heute an wie eine Krabbe mit Angina, und Silke, du setzt beim nächsten Lied einfach mal aus und denkst darüber nach, was du verbessern kannst.«

Das Grinsen der beiden verschwand sofort. Die übrigen Chorleute gingen flugs in Deckung, was hieß, dass alle krampfhaft nach unten auf ihre Noten oder wahlweise Schuhspitzen starrten, um ja nicht zur Zielscheibe von Jörns schlechter Laune zu werden.

Nach zwei Stunden ziemlich ergebnisloser Überei zerstreuten sich die Sänger des Heisterhooger Shanty-Chors in alle Winde. Hubsi und Thea flüchteten in ihrem weißen Geländewagen mit quietschenden Reifen, nur um nach der nächsten Ecke schon wieder eine Vollbremsung hinzulegen, denn da befand sich das Anwesen derer von Boistern.

Silke zog in Begleitung der Frau vom Wollladen von dannen, in ein intensives Gespräch vertieft, sie winkte nur flüchtig zum Abschied. Thies war wie vom Erdboden verschluckt, ebenso Piet und Imker Paulsen.

Falk stand sich noch ratlos die Beine in den Bauch. Er wäre heute gerne noch in netter Begleitung zu »Gino's« gegangen, einmal, um den enttäuschenden Abend mit einem Viertel sizilianischem Roten hinunter zu spülen, und zum anderen, weil Gina sich heute auserbeten hatte, allein zu bleiben, sie musste arbeiten.

Einer nach dem anderen verließ mit trockenem Gruß das Pfarrhaus, bis Falk unversehens mit dem Pfarrer übrigblieb. Sie standen nebeneinander und guckten den Flüchtenden hinterher.

»Na, das war ja keine schöne Probe«, begann Falk das Gespräch.

Der Pfarrer nickte zustimmend. »Es kann nicht immer eitel Sonnenschein herrschen. Auch diese Proben muss es geben.

Damit man sich danach umso mehr freuen kann, wenn wieder alles harmonisch ist.« Er drehte sich zu Falk. »Darf ich Sie auf ein Bierchen einladen, Herr Thomsen?«

»Wenn Sie Falk zu mir sagen, gerne«, erwiderte Falk.

Der Pfarrer streckte ihm die Hand hin. »Heinrich.«

Es war ein gemütlicher Abend im Pfarrhaus. Heinrich Päffgen entpuppte sich als begabter Hobbykoch und zauberte für Falk nach dem ersten Bier einen türkischen Vorspeisenteller. Bei gefüllten Weinblättern, Schafskäse mit Granatapfel und marinierten roten Paprika erfuhr Falk, wie es den Pfarrer vor zehn Jahren aus Köln auf die Insel verschlagen hatte. Sie schlugen einen Bogen vom Leben in der Großstadt bis zur aktuellen Situation auf der Insel und kamen schließlich wieder bei der verpatzten Chorprobe heraus.

»Die Nerven liegen blank«, sagte Heinrich der Pfarrer soeben und öffnete für sich und Falk das zweite Bier. »Die Gemeinderatssitzung findet doch nächste Woche statt.«

Falk bekam einen Schreck. Das hatte er erfolgreich verdrängt.

»Und da geht es um alles oder nichts«, fuhr der Pfarrer fort. »Je nachdem, wie die Abstimmung ausfällt, Naturschutzgebiet ja oder nein, wird das die Insel vielleicht für immer verändern. Da drehen einige ganz schön am Rad.«

Erst recht, wenn sie hören, dass ich das Land an Hubert von Boistern verkaufe, fügte Falk im Stillen bang hinzu.

19.

Die Woche begann mit Regen und einem Anruf von Bille.

»Hey, Falkie-*Boy*, hast du mich vergessen?« Bille klang munter und bestens gelaunt, als ob zwischen ihnen nichts vorgefallen wäre. Falk bemühte sich ebenfalls um einen heiteren Tonfall, um Bille nicht misstrauisch zu machen. Nicht, dass er sie langfristig über seine Beziehung zu Gina im Unklaren lassen wollte, aber er hätte es unfair gefunden, ihr das am Telefon um die Ohren zu hauen. Das hatte Bille nicht verdient.

»Bille! Schön, dass du anrufst.«

»Was ist los?« Bille klang plötzlich gar nicht mehr so fröhlich.

»Wie, was ist los?«

»Sweetie, hör mal, wir haben uns gestritten, wir haben uns wochenlang nicht gesehen, ich hab den supergeilen Goa-Trip hinter mir, schicke dir noch die Post nach, und was kommt von dir? Nichts, *nada, nothing*! Da werde ich doch mal fragen dürfen, was los ist, oder?«

Uff. Falk überlegte, ob er die Gelegenheit am Schopf greifen und die Flucht nach vorn antreten sollte, aber er bekam dazu keine Chance.

»Falk, hallo? Noch jemand zu Hause?« Das klang zunehmend genervt. Und Falk konnte es Bille auch nicht verübeln. Er hatte sie am ausgestreckten Arm verhungern lassen.

»Was soll los sein«, entgegnete Falk, »wir haben uns schließlich ziemlich gezofft. Und du bist ausgezogen.«

»Mann, du kennst mich doch. Ich bin schnell mal *overturned*, muss ein paar Tage raus. Das bedeutet doch nichts. Und von wegen Streit. Ich war sauer, weil du nicht mitwolltest. Aber jetzt ist es schon okay. Wenn das wichtig ist für dich, mit dem Nordseeding, dann bitte, ist okay.« Plötzlich wurde Bille ganz weich. »Du hast mir gefehlt, Falkie. Echt jetzt.«

Falk zögerte. Er wollte nicht lügen, aber er wollte Bille auch nicht verletzen.

»Ähm.«

»Falk? Vermisst du mich?«

»Die haben mich von der Uni geschmissen, ich bin exmatrikuliert.«

»Oh Scheiße! Du Armer! Wie mies ist das denn?! Klagst du dagegen?«

Falk atmete auf. Er hatte es geschafft, Bille von dem gefährlichen Terrain herunterzuholen. Aber er nahm sich vor, dass er bei nächster Gelegenheit das direkte Gespräch mit ihr suchen und Schluss machen würde.

»Nein, keine Chance. Ich mach das hier erst mal fertig bis September, und dann mal sehen.«

»Okay, Süßer, alles klar. Ich kann hier so schnell nicht weg, ich muss erst mal die Kohle, die ich in Goa aus dem Fenster geschmissen habe, reinholen. Ich lege fast jede Nacht irgendwo auf im nächsten Monat. Aber sobald ich kann, komm ich hoch nach Heisterhoog, dich besuchen, ja? Und dann überlegen wir uns, wie's weitergeht.«

Da war sie wieder, die unerschütterliche Bille. Die Optimistin, die aus jeder noch so verfahrenen Lage einen Weg fand. Falk wurde es eng ums Herz, weil er sie genau dafür geliebt hatte. Ihre unbändige Energie, die ihn oft genug aus tiefen Tälern herausgeholt hatte. »Ja, schön.« Etwas anderes fiel ihm nicht ein, er war zu beschämt.

»Und Falk …«

»Ja?«

»Mach dir keine Sorge um die Miete. Ich zahl das erst mal allein.«

»Bille, nein, mach das schon …«

Aber Bille hatte bereits aufgelegt.

Falk drückte voll schlechten Gewissens auf die »Beenden«-Taste seines Handys.

Es war, als wäre er in dieser Woche mit dem falschen Fuß aufgestanden: Zuerst das Telefonat mit Bille, dann stritt sich Falk zum ersten Mal ernsthaft mit Gina, und am Freitag schließlich fand die fatale Gemeinderatssitzung statt.

Aber der Reihe nach.

Falk verbrachte den Wochenbeginn in äußerst reizbarer Stimmung und seinem gelben Ostfriesennerz am Strand. Er brachte es trotz des schlechten Wetters nicht übers Herz, seine Bude kurzerhand zuzumachen, sondern saß Tag um Tag in ihr ab. Es ging ihm auch darum, sich selbst zu beweisen, dass er etwas zu tun hatte und nicht einfach ein nutzloser Teil der Gesellschaft war, umso mehr, weil er plötzlich seinen Studentenstatus verloren hatte. Wenigstens ordentlicher Strandkorbvermieter wollte er sein.

Als er am dritten verregneten Strandtag in Folge bei Gina unter die heiße Dusche stieg, um seine schlotternden Gliedmaßen aufzuwärmen, zog Gina ihn deshalb liebevoll auf.

»Wie viele Strandkörbe hast du heute vermietet?«

»Haha.«

Gina grinste. »Also warst du heute wieder mal dein bester Kunde.«

»Wie meinst du das?« Falk kam mit dem Handtuch um die Hüfte gewickelt aus dem Minibad und rubbelte sich die Haare trocken.

»Wie ich's sage. Du hast wahrscheinlich den ganzen Tag die Espressomaschine laufen gehabt, um dich zu versorgen, aber niemanden sonst.«

»Ja, und? Was dagegen?«

»Nein«, Gina strubbelte ihm zärtlich durch die dunklen Locken und zog sanft an seinem Handtuch. Aber Falk hielt es fest.

»Ich meine nur«, fuhr Gina unbeirrt fort, »dass du bei Regen doch nicht da draußen am Strand sein musst. Du hast doch alle Körbe vermietet, oder? Bei dem Wetter ist sowieso keiner da.«

»Hast du eine Ahnung.« Falk wollte nicht zugeben, dass er und Thies auf dem weiten Sandstrand derzeit meist die einzigen menschlichen Lebewesen waren. Nur vereinzelt verirrten sich besonders abgehärtete Nordseeurlauber zum Spaziergang ans Meer. Die aber stemmten sich zumeist eilig gegen den Wind und sahen zu, dass sie das nächste Café aufsuchten, um sich mit einem Grog oder Pharisäer aufzuwärmen.

»Ach komm«, Gina ließ nicht locker, »das ist doch überflüssig.«

Überflüssig. Jetzt hatte sie es ausgesprochen. Das genau war Falks Problem. Er fühlte sich überflüssig. Seit der Exmatrikulation hing er in der Luft, und obwohl er allen anderen gegenüber behauptete, dass er endlich ein freier Mann war, fühlte sich Falk alles andere als das. Er hatte eine Beziehung, die keine mehr war und die er noch nicht beendet hatte. Seine Sachen standen in einer Hamburger Wohnung, für die er keine Miete gezahlt hatte und in die er auch um keinen Preis zurückwollte. Seine neue Liebe wusste noch nicht, dass er vorhatte, sein ganzes Leben mit ihr zu verbringen, und was viel schlimmer war: Sie wollte es vielleicht gar nicht. Aber Falk hatte sich vorgenommen, erst die Sache mit Bille ordentlich abzuschließen, bevor er bei Gina mit der Tür ins Haus fiel. Darüber hinaus war er weder Student noch sonst wie berufstätig oder beschäftigt, er war Strandkorbvermieter auf Zeit, für noch ungefähr einen Monat. Und dann Millionär ohne

Plan. Das war alles, worüber er sich definierte, und obwohl es ziemlich wenig war, klammerte er sich daran.

»Du findest das also überflüssig, was ich mache?«, entgegnete Falk schärfer, als es seine Absicht war.

Gina lenkte sofort ein, aber es war zu spät. »Nein, ich meine ja nur bei dem Wetter.«

»Kann ja nicht jeder Stararchitekt sein. Es muss auch solche wie mich geben«, schoss Falk schnippisch zurück.

Gina trat einen Schritt von ihm weg und musterte ihn überrascht.

»Was ist dir denn über die Leber gelaufen?«

»Gar nichts, ich will mich bloß nicht blöd anmachen lassen.«

»Ich habe dich doch gar nicht blöd angemacht.« Jetzt war auch Gina sauer.

Aber Falk konnte nicht mehr zurück. Er fühlte sich dazu getrieben, zu Gina biestig zu sein. Er wollte sie verletzen und dafür abstrafen, dass sie den Finger in die Wunde gelegt hatte – ohne es zu wissen allerdings.

»Und überhaupt«, setzte Gina nach, »du bist seit Tagen schon so schlecht drauf.«

»Ich bin vielleicht nicht der *Sonnyboy*, für den du mich hältst.«

»Ich halte dich doch nicht … Ach, komm, Falk, das ist doch wirklich zu blöd!«

Das wäre der Moment gewesen, den Streit zu beenden und sich bei Gina zu entschuldigen, die gar nicht wusste, wie ihr geschah. Aber Falk kannte sich selbst nicht mehr, er war wie entfesselt und machte alles noch viel schlimmer.

»Weißt du was, Gina, wenn du es so blöd findest, machen wir doch mal ein paar Tage Pause.« Falk drehte sich um und ging ins Bad zurück, um sich anzuziehen. Er hörte noch, wie Gina völlig perplex »Du spinnst doch« murmelte, dann war er schon aus der Tür.

Wie ein Berserker fuhr er mit seinem Fahrrad durch den Regen in seine Kate, knallte dort die Tür so heftig zu, dass ein Bild von der Wand fiel und das Glas im Rahmen zerbrach. Dann sank er auf das Bett nieder und war einfach nur verzweifelt. Was war nur in ihn gefahren? Warum hatte er Gina absichtlich so verletzt? Es war mal wieder höchste Zeit, in seinem Leben aufzuräumen.

Noch in der Nacht begann er, Gina anzurufen. Aber sie hatte ihr Handy ausgeschaltet, und nach dem vierten Spruch auf die Mobilbox ging Falk dazu über, sich per SMS zu entschuldigen. Aber er bekam keine Reaktion. Falk war sich bewusst, dass er Gina vor den Kopf gestoßen hatte und ihr nun Zeit geben musste. Wenn er direkt bei ihr auflaufen würde, dann würde er sich nur einen Korb holen, so viel war sicher. Also beschäftigte er sich mit der anderen Frau in seinem Leben, Bille. Er hatte sich Schreibpapier mit zum Strand genommen und arbeitete den ganzen Tag über verbissen an einem Brief. Der Himmel hatte sich leicht aufgehellt, aber für Anfang August war es immer noch zu kühl. Falk saß in seinen Kapuzenpulli gehüllt in seiner Bude und biss sich die Zähne daran aus, mit Bille Schluss zu machen. Er wollte nicht brutal sein, ihr andererseits aber auch kein Türchen offen lassen. Es war endgültig. Es fiel Falk schwer, den richtigen Ton zu treffen, und seine ohnehin miese Laune sackte vollends in den Keller. Obwohl es zum Schwimmen zu kühl war, warf Falk immer wieder einen Blick auf den Dünenweg und betete, dass Gina kommen und ihr Bad im Meer nehmen würde, als sei nichts passiert. Aber sie tauchte nicht auf. Wer allerdings erschien, bepackt mit Bier und geschmierten Broten, war Jörn Krümmel. Falk hatte soeben seine Bude zugeschlossen und wollte nach Hause aufbrechen, als Jörn plötzlich hinter ihm stand und zwei braune Papiertüten hochhielt.

»Komm, wir statten Thies einen Besuch ab.«

Falk schüttelte den Kopf. »Heute nicht, Jörn. Ich bin nicht in Stimmung.«

»Das passt gut«, gab sich Jörn unbeirrt. »Ich auch nicht. Und Thies ist sowieso nie in Stimmung. Vor allem nicht, wenn man ihn spontan besucht. Wahrscheinlich knallt er uns mit seinem Gewehr eins vor den Latz.«

Falk konnte nicht lachen, er verzog lediglich müde den Mund.

»Komm schon«, bettelte Jörn, »Jungsabend. Silke ist unpässlich, und ich brauche Ablenkung.«

Bevor Falk protestieren konnte, knallte die Tür vom Fort auf, und Thies Hoop, von Kopf bis Fuß in Schwarz bis auf ein verwegenes rotes Halstuch, erschien. In seinem Mundwinkel hing eine zerknautschte Selbstgedrehte. »Na, ihr Arschgeigen?«, begrüßte er seine Freunde herzlich. »Wenn ihr noch lange diskutiert, esse ich mein Chili alleine.«

Chili con Carne. Und dazu kaltes Friesenbier – zwei stichhaltige Argumente, die Falk doch noch umstimmten.

»Überredet.«

Jörn strahlte, und Falk folgte dem Bürgermeister in das kleine Kabuff von Thies. Darin roch es wider Erwarten nicht nach Zigarettenrauch, sondern nach dem würzig-scharfen Chili, welches auf Thies' kleiner Elektrokochplatte brodelte. Der Stapel mit den Skatkarten lag schon bereit. Thies schloss die Tür hinter Jörn und Falk. »Silke kommt nicht«, richtete er das Wort an Jörn.

Dieser holte drei kalte Biere aus seinen Tüten und deponierte ein paar weitere in Thies' kleinem Kühlschrank. »Ich weiß«, nickt er. »Sie hat mich angerufen. Migräne.«

»Sie macht sich Sorgen.« Thies sah ein bisschen zerknirscht aus, als er das sagte, und Falk stellte fest, dass in seinem Ton Besorgnis mitschwang. Konnte es sein, dass der Cowboy Thies Hoop ein mitfühlendes Herz hatte? Falk erinnerte sich daran, wie er und seine Mutter eines sehr frühen Morgens

194

Silke auf dem Dünenweg getroffen hatten, in ein schwarzes Männerhemd gekleidet. Er dachte sich seinen Teil.

Auch Jörn sah plötzlich bedrückt aus. »Wegen morgen, ist ja klar. Das nimmt sie ganz schön mit. Mich übrigens auch.«

Noch bevor Thies antworten konnte, zündete es in Falks Kopf, und ihm wurde klar, wovon die beiden hier sprachen und weswegen Silke Söderbaum mit Migräne darniederlag. Morgen war Freitag, und die alles entscheidende Gemeinderatssitzung fand statt. Es sollte darüber abgestimmt werden, ob der Dünenabschnitt, der zum großen Teil sein Besitz war, Naturschutzgebiet werden würde oder nicht. Vielleicht, dachte Falk plötzlich panisch, war es doch keine gute Idee gewesen, die Einladung zu Chili und Bier anzunehmen. Die Gespräche würden sich heute Abend ausschließlich darum drehen, und wie sollte er verschweigen, dass er seinen Besitz an Hubert von Boistern verkaufen würde? Aber dann hörte Falk, wie Jörn den erlösenden Satz aussprach: »Mir wäre es ganz recht, wenn wir heute nicht darüber sprechen. Denn egal, wie's morgen ausgeht, danach wird das für ewige Zeiten Thema Nummer eins sein. Also misch die Karten, Thies, und dann hoch die Tassen!«

Die Bügelverschlüsse der drei Biere ploppten auf, die Glasflaschen klirrten aneinander, und Falk nahm erleichtert einen großen Schluck vom bitteren Pils.

»Warst du fleißig?«, erkundigte sich Jörn mit einer Kopfbewegung zum Fenster, während Thies die Karten gab.

Falk konnte sehen, dass auf dem Fensterbrett das Fernglas und die Notizen von Thies lagen. Das war doch die Höhe! Der Lucky-Luke-Verschnitt spionierte die Urlauber stasimäßig aus, und der Bürgermeister wusste davon?

»Hab in den letzten Tagen ordentlich was vor die Linse bekommen«, gab Thies zu, ließ die kalte Kippe von einem Mundwinkel in den anderen wandern und sortierte mit zusammengekniffenen Augen seine Karten.

»Dann sieh mal zu, dass du mit der Auswertung rechtzeitig fertig wirst. Wir brauchen die Zahlen.«

Das war ja richtiggehend unappetitlich! Falk blieb die Sprache weg.

»Die Fotos sind schon beim Entwickeln. Die hol ich morgen ab.«

Fotos auch noch! Das wurde ja immer schöner. Falk fühlte sich in der Pflicht, seiner Empörung Luft zu machen.

»Entschuldigt bitte, dass ich mich einmische. Ich habe mitbekommen, was Thies hier den ganzen Tag macht«, er deutete auf das Fernglas, »und ich finde das extrem widerlich. Es ist menschlich unter null, ekelhaft und voyeuristisch! Aber dass die ganze Sache vom Bürgermeister abgesegnet ist, Jörn, das fasse ich gar nicht!«

Jörn und Thies wechselten einen überraschten und verunsicherten Blick. Falk sah sich bemüßigt, nachzusetzen.

»Es ist schon schlimm genug, dass der Verfassungsschutz jede x-beliebige Überwachungskamera auswerten darf und man auf Schritt und Tritt irgendwo erfasst wird, aber dass ihr hier, am Heisterhooger Strand, ein totalitäres Überwachungssystem aufzieht, das ist wirklich die Höhe!«

Die beiden Männer, die ihn eben noch mit offenem Mund angestarrt hatten, brachen nun in schallendes Gelächter aus, was Falks Empörung nur noch verstärkte. Aber bevor er mit seiner Suada fortfahren konnte, legte Jörn ihm versöhnlich eine Hand auf den Arm. »Es ist nicht so, wie du denkst, Falk. Ganz und gar nicht. Wir spionieren hier keine Urlauber aus, das kann ich dir hoch und heilig versichern.«

Aber Falk wollte nicht wie ein Idiot dastehen und war nicht gewillt, von seiner Argumentation so ohne weiteres Abstand zu nehmen. »So? Um was geht es denn dann? Das werdet ihr mir ja dann wohl sagen können.«

Thies schüttelte leicht den Kopf. »Wart's ab, Falk. Alles zu seiner Zeit.«

Das war keine befriedigende Auskunft, einerseits. Andererseits konnte Falk nicht glauben, dass Jörn Krümmel ihm ins Gesicht lügen würde. Er war also geneigt zu glauben, dass er einem Irrtum aufsaß, wollte aber sein Misstrauen nicht ganz aufgeben, bevor ihm nicht offenbart werden würde, was die beiden für ein Spiel spielten. Er gab sich also eingeschnappt und eröffnete die Skatpartie in völliger Selbstüberschätzung.

»Null ouvert.«

Thies grinste und spielte die erste Karte aus. Der Stich ging an Jörn, der daraufhin von Falk forderte: »Hosen runter.« Falk blätterte stolz sein Blatt hin, welches Thies ihm sofort auseinandernahm, und schon in der zweiten Runde musste er einen Stich übernehmen und hatte den Null ouvert haushoch verloren.

So in etwa verlief die gesamte Skatpartie des Abends, aber weitere Biere und das sagenhaft köstlich Chili von Thies ließen Falks Wut und Empörung weichen. Als er mit Jörn die kleine Hütte gegen Mitternacht verließ, zeigte sich der Nachthimmel klar und wolkenlos. Alle Sternbilder waren deutlich zu erkennen und schienen zum Greifen nah.

»Morgen wird's wieder schönes Wetter«, stellte Jörn mit Kennermiene fest.

Thies fasste Falk noch an der Schulter und hielt ihn zurück.

»Sei nicht sauer wegen vorhin«, sagte der Cowboy, »wir verheimlichen nichts Großes vor dir. Du bist doch einer von uns.«

Und mit dieser schweren Hypothek entließ Thies Hoop Falk Thomsen in die Nacht.

20.

Die Gemeinderatssitzung verlief kurz, aber keineswegs schmerzlos. Falk war etwas zu spät in den Saal gekommen und zwängte sich nun in der hintersten Reihe auf einen Stehplatz. Er hatte gehofft, Gina vor der Sitzung abfangen zu können, aber sie war gar nicht erst erschienen. Dass er einer der Letzten war, kam ihm aber insofern zupass, als er möglichst nicht gesehen und angesprochen werden wollte.

Jörn Krümmel hatte die Türen schließen lassen, und man merkte ihm an, dass er entschlossen war, die Sitzung nicht ausufern zu lassen. Er trat energisch auf, hielt nur eine kurze Eröffnungsrede und erteilte dann Silke Söderbaum als Sprecherin der Partei, die für das Naturschutzgebiet war, das Wort. Nach ihr sollte auch die Gegenpartei, namentlich Hubert von Boistern, noch einmal ihre Argumente vorbringen dürfen, aber dieser winkte generös ab, was zu allgemeiner Irritation führte. Hubsi schien sich seiner Sache also sehr sicher zu sein.

Das brachte auch Silke Söderbaum aus dem Konzept, die ihr Plädoyer auf drei ausgedruckten Seiten vor sich ausgebreitet hatte. Sie rang die Hände und holte ein paar Mal tief Luft, bevor sie begann. Doch nachdem Silke alle Anwesenden begrüßt hatte, brach sie ab und wendete sich direkt an von Boistern. Auf ihren Wangen zeigten sich hektische Flecken.

»Warum willst du denn nichts sagen, Hubert? Warum soll

nur ich hier reden? Wenn du aufgegeben hast, dann sag's gleich, dann kann ich mir meine Worte sparen.« Silkes Stimme schwankte vor Erregung, und Falk hatte großes Mitleid mit ihr, weil jedermann sehen konnte, wie sehr ihr Herz an der Sache hing.

Hubert von Boistern lächelte. Es war kein sympathisches Lächeln. Es war ein selbstgefälliges Siegerlächeln.

»Nein, Silke«, antwortete er gelassen, »halte du bitte dein Plädoyer, ich bin gespannt, was du noch an Fakten ins Feld führst, die wir vielleicht noch nicht gehört haben. Ich muss meinen Standpunkt nicht mehr darstellen. Das Modell der ›Dünenkrone‹ stand lange genug hier im Rathaus, um für sich zu sprechen.« Damit lehnte er sich zurück und verschränkte die Arme vor dem Bauch.

Silke starrte ihn an und flüsterte heiser, »dann bist du dir also so sicher«, bevor sie anhob, zu sprechen. Ihr Vortrag war zunächst unsicher und etwas wirr, sie verrutschte mehrfach in den Zeilen, aber je länger sie sprach, umso mehr Sicherheit gewann sie. Es war beinahe das gleiche Plädoyer, welches sie schon bei der ersten Sitzung gehalten hatte, mit dem Unterschied, dass sie dieses Mal keine Kopien verteilte. Aber schließlich kam sie zu einem Punkt, der Falk dann doch überraschte.

Silke ging mit mehreren großformatigen Fotos zum Whiteboard und pinnte diese dort an. Es waren sehr schöne, professionelle Aufnahmen verschiedener Seevögel. Silke erläuterte bei jedem dieser Bilder, ob es sich um heimische Vögel oder aber um Zugvögel handelte, wie viele von der Art hier brüteten, was sie fraßen, wie lange sie in den Dünen von Heisterhoog verweilten. Die Zahlen und auch die Aufnahmen, so sagte sie zu Falks großer Verwunderung, verdanke sie dem Vogelwart des entsprechenden Strandabschnitts, Thies Hoop.

Falk sah zu Thies, der ihm ebenfalls einen kurzen Blick zuwarf und mit einem Auge zuzwinkerte. Falk schämte sich in Grund und Boden. Von wegen Stasi! Er hatte sich ein völlig falsches Bild von Thies gemacht, sich von dem schwarzen Outfit, dem Gefuchtel mit dem Gewehr, den selbstgedrehten Kippen und dem zum Westernfort verkleideten DLRG-Häuschen täuschen lassen. Hinter der martialischen Fassade steckte ein Vogelfreak. Ein Naturschützer. Einer, der den ganzen Tag hinter seinem Fenster saß und Vögel zählte, katalogisierte, fotografierte und im Notfall vermutlich auch pflegte. Und den er, Falk, mit dem Verkauf des Areals seiner Tätigkeit beraubte. Gina hatte schon recht. Es würde sich mit dem Bau der »Dünenkrone« einiges ändern in Tüdersen. Aber für ein Zurück war es zu spät. Falk hatte an diesem Morgen den Vorvertrag unterzeichnet. Außerdem hatte er keine andere Wahl. Wenn er nicht verkaufte, hatte er keine Zukunft. Thies würde eben woanders Vögel zählen müssen.

Falk wurde aus seinen Gedanken gerissen, als die Anwesenden Silke Söderbaums Vortrag beklatschten. Wenngleich der Applaus, so schien es Falk, verhaltener ausfiel als bei der letzten Sitzung. Was nicht am Vortrag liegen konnte, denn der war heute flüssiger und lebhafter als noch vor ein paar Wochen gewesen. Und auch in der Sache hatte sich nichts geändert: Das Terrain war ohne Zweifel schutzwürdig, das leuchtete Falk ein und machte ihn noch schuldbewusster. Nein, dass die Leute weniger laut klatschten, lag an ihnen selbst, am Publikum. Falk sah in die Gesichter der Gemeinderatsmitglieder, und ihn beschlich ein böser Verdacht. Aber er kam nicht dazu, ihn gedanklich auszuformulieren, denn Jörn Krümmel, der die Sitzung leitete, hatte das Wort an ihn gerichtet.

»Herr Thomsen, wenn ich bitten darf?«, sagte er gerade, und alle Gesichter hatten sich zu ihm umgedreht.

Falk entschuldigte sich, er sei in Gedanken versunken gewesen, und bat Krümmel, die Frage zu wiederholen.

»Ich habe Sie, Herrn Thomsen, gefragt, ob Sie als Eigentümer noch Einwände haben oder sonst irgendwelche Anmerkungen hinsichtlich des Sachverhaltes?«

Falk wollte im Boden versinken. Er fing Hubsis Blick auf, der ihm ermunternd zunickte. Dann kam Silke in sein Blickfeld, die ahnungsvoll die Stirn runzelte. Falk räusperte sich.

»Ja. Ja, das habe ich. Leider.«

Jörn schüttelte den Kopf, als schien er nicht zu verstehen. Falk wünschte sich, dass sich der Boden auftun und ihn verschlingen möge, aber da die Chancen auf Erfüllung dieses Wunsches schlechter standen als die darauf, dass der FC St. Pauli die Champions League gewinnen würde, trat er die Flucht nach vorn an.

»Ich habe das Grundstück verkauft. Zum ersten September wechselt der Eigentümer.«

Aus Silkes Ecke hörte Falk einen erstickten Schrei, der klang, als drehte man einer Seemöwe den Hals um, aber er vermied es wohlweislich, in ihre Richtung zu blicken. Stattdessen sah er unverwandt Jörn Krümmel an, der das soeben Gehörte noch nicht verarbeitet hatte, sondern sich etwas dümmlich danach erkundigte, an wen er verkauft habe.

Falk gab keine Antwort, sondern sah stattdessen zu Hubsi, zu dem sich nach und nach alle umdrehten. Der Dicke nickte zufrieden.

»Genau. Ihr habt's erfasst. Ich habe das Land gekauft. Oder besser, ich werde es kaufen. Aber«, er hob beschwörend beide Pranken in die Höhe und setzte einen ganz und gar unschuldigen Dackelblick auf, »das soll an eurem Abstimmungsverhalten natürlich nichts ändern.«

»Du Heuchler!«, schrie Silke und stand auf, im Begriff, ihr Wasserglas nach von Boistern zu werfen, was ihr Nachbar, der Buchhändler, gerade noch verhindern konnte. Die Frau vom Wollladen zog die zitternde Silke auf ihren Stuhl zurück.

»Nein, Silke, glaub mir«, erdreistete sich Hubert zu sagen,

»mir wäre es lieber gewesen, die Abstimmung hätte vorher stattgefunden. Schließlich geht es doch nicht um Naturschutzgebiet hier oder ›Dünenkrone‹ da. Sondern einzig und allein darum, ob wir deinem Vorschlag folgen, ja oder nein. Den Rest wird man sehen.«

Thies spuckte verächtlich seinen Priem auf den Fußboden. Silke wollte etwas entgegnen, aber Jörn löste sich aus seiner Schockstarre und nahm das Ruder wieder in die Hand.

»Hubert hat recht. Leider, wenn ich das mal sagen darf. Aber es geht wirklich nur darum, ob wir das Naturschutzgebiet ausweisen oder nicht. Und da muss der Eigentümer gehört werden. Der jetzige, das ist Falk. Und leider auch der zukünftige. Hast du also etwas dazu zu sagen, Hubert? Irgendwelche Einwände?«

Jedermann konnte sehen, wie schwer es Jörn fiel, die Rolle des Objektiven zu spielen. Aber Hubert von Boistern schüttelte nur den Kopf. »Ich habe keine Einwände. Beschließt, was ihr wollt.«

Vor so viel Chuzpe zog Falk innerlich den Hut. Wie war es möglich, dass Hubert von Boistern sich so gelassen gab? Was, wenn der Gemeinderat nun für das Naturschutzgebiet stimmte? Dann war das Gelände wertlos, weil nicht so ohne weiteres bauliche Veränderungen vorgenommen werden durften und schon gar kein Hotelkomplex entstehen konnte. Dafür gab es nur eine Erklärung: Von Boistern wusste genau, wie die Abstimmung ausgehen würde.

Das schien auch Thies, Silke und Jörn in diesem Moment klar zu werden. Betroffen sahen sie sich an und musterten dann die anderen Gemeinderäte. Einige vermieden den Blickkontakt, darunter Bratfisch-Piet und Imker Paulsen. Falk erinnerte sich an Silkes Streit mit Paulsen am vergangenen Chorabend. Und daran, wie interessiert sich Piet und Paulsen im Gespräch mit Gina gezeigt hatten. Und nun stiegen vor seinem inneren Auge weitere Bilder aus den letzten

Wochen hoch. Wie er Hubsi im Buchladen gesehen hatte, in bestem Einvernehmen mit dem Buchhändler. Wie die Frau des Raiffeisenbankdirektors in Thea von Boisterns Modeladen gestanden hatte, riesige Tüten und ein Glas Champagner in der Hand. Und wie er beobachtet hatte, dass Nancy von Boistern, die Paris Hilton von Heisterhoog, den jungen Anwalt, der ebenfalls im Gemeinderat saß, vor der Rum-Ba-Bar geküsst hatte. Hubert hatte mächtig auf sein Ziel hingearbeitet und dafür auch seine Familie eingespannt. Deshalb also hatte er jetzt die Ruhe weg. Sie waren ihm alle auf den Leim gegangen. Letztlich auch er, Falk. Auch wenn er dachte, er hätte die Entscheidung, an Hubert von Boistern zu verkaufen, aus eigener Not und aus eigenem Antrieb getroffen, hätte er vielleicht einen anderen Weg aus seiner Misere gesucht, wenn Huberts Offerte nicht so großzügig vor ihm gelegen hätte.

Die Abstimmung wurde von Jörn schnell abgewickelt und fiel eindeutig aus. Außer Silke fanden sich nur noch drei weitere Gemeinderatsmitglieder, die für die Ausweisung zum Naturschutzgebiet stimmten, darunter die Frau vom Wollladen und natürlich Jörn selbst. Thies war nicht im Gemeinderat, hatte folglich auch keine Stimme. Alle anderen sprachen sich gegen das Naturschutzgebiet aus. Darunter Piet, Paulsen, der Buchhändler, der Anwalt und der Bankdirektor. Falks erster Impuls war es, Grit anzurufen und Piet zu verpfeifen, aber dann hätte er seiner Mutter auch gestehen müssen, dass er das Grundstück an von Boistern, den Immobilienhai, so gut wie verkauft hatte, und das wollte er sich noch aufsparen. Der richtige Zeitpunkt dafür war noch nicht gekommen. Abgesehen davon wollte er Grit das nicht telefonisch beichten.

Als die Sitzung beendet war und sich das Publikum, heftig diskutierend, langsam auflöste, war es Falks erster Impuls, sich einfach aus dem Saal zu stehlen. Aber dann fand er, dass er zu seinem Entschluss stehen müsse und seine Freunde, denn als solche empfand er Jörn, Thies und Silke mittlerweile, ein Recht darauf hatten, dass er ihnen gegenübertrat und sich ihrer begründeten Empörung stellte.

Thies ging als Erster an ihm vorbei. Er sagte kein Wort, er beschränkte sich auf einen Blick – der schmerzhafter war, als Worte es hätten sein können. Aber Falk hielt ihm stand und sah Thies unverwandt in die Augen. Er war nicht stolz auf das, was er getan hatte, aber er stand zu seinem Entschluss.

Hinter Thies ging Silke. Sie hatte ein Taschentuch vor ihr Gesicht gepresst. Ihre Schultern zuckten, und sie schniefte. Falk konnte weinende Frauen nur schlecht ertragen, sie lösten sofort den Beschützerinstinkt in ihm aus, aber er wusste, dass er jetzt nicht als Tröster in Frage kam. Dennoch nahm er seinen Mut zusammen und sprach Silke an. »Es tut mir leid, Silke.«

Sie blieb stehen, schluchzte aber weiter in ihr Taschentuch.

»Ich würde dir gerne erklären, warum ich das getan habe. Tun musste«, fuhr Falk fort.

Nun nahm Silke tatsächlich das Taschentuch von ihrem Gesicht und sah ihn mit rotverweinten Augen an. Sie schüttelte den Kopf. »Nicht jetzt, Falk. Nicht jetzt. Bitte.« Dann nahm sie seine Hand und drückte sie kurz, bevor sie den Saal verließ.

Falk sah ihr nach, und ihm fiel ein Stein vom Herzen. Auch wenn Silke tief enttäuscht war, sie würde den Stab nicht über ihm brechen.

Weitere Gemeinderatsmitglieder verließen den Saal. Einige nickten ihm zu, andere vermieden direkten Augenkontakt. Hubert klopfte ihm generös auf die Schulter. »Wir sehen uns heute in der Rum-Ba-Bar, ich geb einen aus«, raunte er Falk zu. *Ich glaube nicht*, dachte dieser bei sich.

»Und dieses Mal kneifst du nicht!«, setzte von Boistern hinzu. Falk seufzte.

Der Letzte, der den Saal verließ, war Bürgermeister Jörn

Krümmel. Er kam direkt auf Falk zu und sah sehr bekümmert aus.

»Warum hast du gestern nichts gesagt?«, erkundigte er sich bei Falk.

»Weil du gemeint hast, du willst nicht über die Sitzung sprechen«, machte Falk einen Versuch, sich zu rechtfertigen.

»Das ist doch *bullshit*«, entfuhr es Jörn. »Du hast dich nicht getraut, weil du dich schämst. Das haut wohl eher hin.«

»Okay. Stimmt schon. Du hast recht«, gestand Falk ein. »Mir wäre auch lieber, ich hätte nicht verkaufen müssen. Aber ich hatte keine andere Wahl.«

Nun nahm Jörn ihn an beiden Schultern und drehte ihn zu sich. Die beiden Männer waren gleich groß und sahen sich direkt in die Augen.

»Falk, ich sag dir mal was. Weil ich der Ältere bin. Du hast gewiss Gründe für deine Entscheidung. Gute Gründe. Das sei dir unbenommen, und ich akzeptiere das. Aber eines musst du lernen im Leben: Man hat immer eine Wahl. Immer.«

Dann klopfte Jörn ihm väterlich auf die Schultern und ließ Falk stehen.

Der Heimweg von Norderende bis zu seiner Kate in Tüdersen kam Falk heute besonders lang und anstrengend vor. Er hatte Gegenwind und kam auf der Ebene beim Leuchtturm besonders langsam vorwärts. Das gab ihm Zeit genug, um nachzudenken. Falk kam der Aufenthalt auf Heisterhoog, der so idyllisch gewesen war, so voller Glück und Verliebtheit, nun völlig verpatzt vor. Anstatt sich zu freuen, dass er bald eine Million auf seinem Konto haben würde und seine Zukunft jetzt komplett neu gestalten konnte, hatte er das Gefühl, dass er lauter lose Fäden in der Hand hielt. Er hatte in Hamburg keine rechte Heimat mehr. Mit Bille würde er über kurz oder lang Schluss machen, hatte es sich aber noch nicht getraut. In die gemeinsame Wohnung wollte er keinesfalls zurück. Das

Studium war unabgeschlossen vorbei. Mit Heisterhoog würde ihn nach dieser Saison nichts mehr verbinden, mit dem Verkauf des Grundstücks und der kleinen Kate hatte er alle Taue gekappt. Und das, was er so freudig neu beginnen wollte, die Beziehung mit Gina, hatte er selbst zerstört. Wo sollte er nun hin mit seinem Geld? Was wollte er in Zukunft machen? Den alten Falk Thomsen gab es nicht mehr. Und der neue musste erst noch erfunden werden.

21.

Am Abend ging dann doch noch die Sonne auf. Falk hatte sich in seiner Kate eingeigelt, die Anrufe von Hubsi ignoriert und den Brief an Bille fertig geschrieben. Er faltete ihn zusammen und steckte ihn in einen Umschlag, aber anstatt diesen zu frankieren und schnellstens wegzuschicken, ließ er ihn noch in der Schublade seines Nachttisches liegen. Er hatte gerade eine Packung Schokomüsli geöffnet und begonnen, sich durch die drei Kanäle zu zappen, die er bei sich empfangen konnte, als es an seiner Tür klopfte.

Falk hoffte inständig, dass es nicht Thies war, der ihm eins auf die Nase geben wollte, und öffnete vorsichtig. Aber kein schwarzgekleideter Sheriff stand vor der Tür, sondern eine wunderschöne Frau mit goldenen Locken und veilchenblauen Augen. Und sie hatte ihre Faust auch nicht zum Schlag geballt, sondern strahlte Falk an und zeigte dabei zwei Reihen perlweißer Zähne.

»Entschuldigung angenommen!«

Falk war völlig verdattert. Er wusste im ersten Moment nicht, wovon die Rede war, aber Gina schob ihn einfach beiseite, betrat sein Wohnzimmer und schmiss sich aufs Sofa.

»Du hast mich angerufen und mir SMS geschickt. Siebenundzwanzig, um genau zu sein. Weißt du noch?«

Eine Welle der Erleichterung durchströmte Falk. Ja, er wusste noch. Und er wusste vor allem, wie blöd er sich bei Gina in der Wohnung verhalten hatte, als er den Streit vom

Zaun gebrochen hatte. Falk grinste. Gina grinste zurück. Sie saß vor ihm auf dem Sofa, gut gelaunt, entspannt, bereit ihm zu verzeihen, und Falk wusste nun noch etwas Weiteres: dass er sie nie mehr verlieren wollte. Dass nichts auf der Welt, keine Million und kein Naturschutzgebiet, ihm so wichtig war wie Gina von Rolandseck. Und die vielen, vielen Kinder, die er mit ihr haben wollte.

Eine Stunde später räkelte Falk sich zufrieden in seinem Bett und zog Gina an sich. »Hast du Hunger? Ich mach uns was Leckeres.«

Aber Gina gab ihm einen Kuss, schob ihn sanft von sich und sprang aus dem Bett. »Wir müssen doch los. Und wie ich von Boistern kenne, gibt's da was Tolles zu essen.«

Falk richtete sich abrupt auf. »Das ist jetzt nicht dein Ernst?!«

Gina war schon im Bad, streckte aber noch einmal den Kopf heraus. »Was? Dass ich auf die Party will?«

»Das kann doch nur schrecklich werden«, rechtfertigte Falk seine Verwunderung. »Schampus und die von Boisterns, dazu noch diese Bodybuilder-Bar ...«

Gina lachte und verschwand wieder im Bad.

»Keine Chance zu kneifen. Ich habe es von Boistern versprochen. Und ich habe heute mal Lust, richtig Party zu machen. Wir haben lang genug gemütlich rumgehockt, wir beide. Hey, Falk, wir sind noch keine Rentner.«

Dann rauschte die Dusche los, und Falk bekam keine Gelegenheit, etwas zu erwidern. Gina hatte natürlich recht, so richtig gefeiert hatte er schon lange nicht mehr, aber wenn er ehrlich war, hatte ihm das auch nicht gefehlt. Ihm war das Partyleben mit Bille schon ziemlich auf den Geist gegangen, aber schließlich war es ihr Job gewesen, sich die Nächte um die Ohren zu schlagen. Mit Gina war das anders, und das hatte er so genossen. Zusammen kochen, spazieren gehen, schwimmen, lesen – nichts Spektakuläres, aber dafür umso intensiver. Außerdem widerstrebte es ihm, zu einer Party von Hubert von Boistern zu gehen, auf der das Aus für das Naturschutzgebiet gefeiert wurde. Aber als Gina aus dem Bad kam, geduscht und geschminkt, ließ ihre Miene keinen Widerspruch zu. Sie wollte auf die Party. Stöhnend verließ Falk das Bett. Aber bevor auch er unter die Dusche schlüpfte, musste er noch eines wissen.

»Warum willst du eigentlich da hin? Du hast selbst neulich gesagt, dass dir Zweifel an dem Projekt gekommen sind«, erkundigte er sich bei Gina. »Und wenn du schon unbedingt feiern willst, müssen wir das doch nicht mit den von Boisterns tun. Wir könnten in die ›Feuerqualle‹ gehen, nur wir beide.«

»Pfff«, machte Gina und schob die Unterlippe vor. »Die ›Feuerqualle‹, also bitte. Das ist eine Kneipe, keine Bar. Da kann man quatschen und Bier trinken, aber nicht feiern, okay?!«

Falk hob beschwörend beide Hände hoch. »Sorry, schon gut, war nur so 'ne Idee.«

Gina trat ganz nah an ihn heran und umschlang mit ihren Armen seine Hüfte. »Und außerdem, mein Schatz, hab ich auch was zu feiern. Ganz persönlich. Und dazu muss ich sowohl mit dir als auch mit Hubert von Boistern anstoßen.«

Das war nun tatsächlich eine Überraschung; Falk konnte sich partout nicht vorstellen, was das sein konnte. Schwangerschaft wohl kaum, denn dann hätte Hubsi nicht in der Aufzählung vorkommen dürfen. Es musste also irgendwie mit der »Dünenkrone« in Zusammenhang stehen, aber worum genau es ging, darüber hüllte Gina sich in Schweigen.

Als sie die Rum-Ba-Bar betraten, hätte Falk beinahe auf dem Absatz kehrt gemacht. Aber Gina fasste ihn schmunzelnd an der Hand und zog ihn mit sich in den Laden hinein, keine

Widerrede möglich. Aus dem Inneren hallte laute Diskomusik der achtziger Jahre aus den Boxen. Gerade eben tobten die Village People durch die Bar, und hinter dem Tresen stand Nancy von Boisterns halbnackter Bodybuilder und mixte im Takt einen Cocktail. Er trug ein schwarzes Muskelshirt und eine bunte Tätowierung auf dem ausgeprägten Bizeps, und Falk schickte bei seinem Anblick ein Stoßgebet zum Himmel, dass dies ein kurzer Abend werden möge. Er nahm sich gerade vor, bei dem Typen einen hochprozentigen Cocktail für Gina zu bestellen, damit sie sehr schnell ausgeknockt sein würde und er sie nach Hause bringen müsste, da fand er sich auch schon in einer Umarmung wieder, die ihm den Atem raubte. Zum einen, weil Hubert von Boisterns ohne Zweifel teures Aftershave viel zu stark aufgetragen war und jeden anderen Geruch im Umkreis von mindestens fünf Metern erstickte, zum anderen, weil Hubsi ihm vor Freude mit seinen fetten Armen beinahe den Brustkorb zerdrückte.

»Ich wusste, dass du noch kommst, mein Freund«, sagte Hubsi, als er endlich von Falk abließ, und strahlte über das ganze gerötete Gesicht. Falk wollte griesgrämig etwas entgegnen, aber Hubsi achtete gar nicht auf ihn, sondern rief in Richtung Barmann: »Her mit dem Schampus, Ole, jetzt lassen wir die Sau raus!«

Falk schloss einen Moment vor Panik die Augen, aber als er spürte, dass eine zarte Hand sich in seine schob und sie sanft drückte, öffnete er sie wieder und blickte in Ginas Gesicht. Sie hatte amüsiert die Mundwinkel gekräuselt und flüsterte ihm zu, er solle nicht so arrogant sein und sich locker machen. »Alle hier sind gut drauf, also komm.«

Während Hubsi ihn zur Theke zog, guckte Falk sich um. Die Rum-Ba-Bar war tatsächlich richtig gut gefüllt, und es gab außer ihm niemanden, der sauertöpfisch dreinblickte. Im Gegenteil, es wurde sogar getanzt. Hubsis Ehefrau Thea, die Falk Kusshändchen zuwarf, als sie ihn erblickte, tanzte mit ihrer Tochter Nancy und warf enthusiastisch die Arme in die Luft, als die Musik zu Abbas Superhit »The winner takes it all« wechselte. Nancy kam kurz auf Falk und Gina zugehüpft, begrüßte sie mit Wangenküsschen, als seien sie beste Freunde, und wandte sich dann wieder Abba und ihrer Mutter zu. Falk sah ihr hinterher und wunderte sich, wie das goldfarbene Nichts von Kleid ohne Träger an dem mageren Körper hängen blieb, ohne herunterzurutschen. Gina stieß ihn in die Seite.

»Guck nicht so! Die sind anders, na und? Ist doch lustig.«

Ob er das so lustig fand, darüber war sich Falk noch nicht im Klaren, aber er sah jetzt, wie Gina Hubsi etwas ins Ohr flüsterte, und wurde neugierig. Von Boistern nickte, warf einen kurzen Blick zu Falk, grinste und tätschelte Gina dann den Arm. Der Barkeeper – Ole Reents, wie sich später herausstellte, der Verlobte von Nancy und ergo Hubsis Schwiegersohn in spe – hatte mittlerweile eine silberne Schüssel auf den Tresen gestellt, in welcher man drei Babys gleichzeitig hätte taufen könnte. Aber kein Baby lag darin, sondern eine Magnumflasche besten Champagners, sorgsam auf Eis gebettet, darum herum einige Gläser drapiert.

Als Hubert von Boistern die schwere Flasche packte und sich daranmachte, sie zu öffnen, scharten sich sofort Nancy und Thea um die kleine Gruppe. Thea von Boistern war nur wenig dezenter als ihre Tochter gekleidet, sie trug ein pinkfarbenes Bustier zu einem schwarzen Minirock, und Falk blieb bei einem zufälligen Blick in ihr Dekolleté beinahe die Luft weg. Das, was Nancy zu wenig hatte, hatte Thea eindeutig zu viel. Oder waren diese Rundungen vielleicht nicht echt? Er bekam keine Zeit, darüber zu grübeln, denn der Champagner sprudelte in den ersten Sektkelch, den Hubert formvollendet Gina überreichte. Mutter und Tochter streckten erwartungsvoll ihre Hände aus, aber zu Falks großer Überraschung verweigerte Hubsi ihnen die Gläser.

»*Sorry*, ihr Hübschen, aber hier muss noch etwas vorgezogen werden.« Er hielt seinen Kelch empor und sah zu Gina. Diese bedankte sich artig bei ihm und richtete das Wort an die beiden Männer.

»Danke, Hubert. Ich wollte gerne mit dir und Falk anstoßen, weil ihr beide schuld daran seid, dass ich endlich erwachsen bin. Könnte man sagen.« Gina lachte verlegen, und Falk war nun vollends verwirrt. Aber Gina fuhr fort.

»Es ist nämlich so, dass ich zum ersten Mal in meinem Leben so viel eigenes Geld verdiene, dass ich ohne meine Eltern auskomme. Bisschen spät mit Ende zwanzig, ich weiß, aber …«

Gina sah triumphierend in die Runde und erhob ihr Glas. »Die Zeit der Praktika ist endlich vorbei! Dank euch habe ich meine erste Festanstellung in der Tasche!«

Sie ließ ihren Sektkelch gegen den von Falk klirren, dann gegen den von Hubsi. Falk brachte ein »Gratuliere, super!« heraus, aber so richtig verstand er den Zusammenhang noch nicht. Wieso dank ihm? Thea und Nancy dagegen quietschten um die Wette: »Super! Toll! Glückwünsche!«, ließen sich endlich von Hubsi einschenken, und es wurde nacheinander jeder einmal gedrückt und geküsst. Gina merkte, dass Falk ein bisschen stutzig war über das, was sie gesagt hatte, und erläuterte ihm, dass Jonkers & Jonkers ihr eine Festanstellung avisiert hatten für den Fall, dass die »Dünenkrone« tatsächlich realisiert werden würde. Und es sah nun ganz danach aus. Bald würde das Terrain Hubsi gehören, und dann würde der Baubeginn nahe sein. Und ohne Falks Grundstücksverkauf an von Boistern keine »Dünenkrone«, ohne »Dünenkrone« kein Job. Also fand Gina, dass Falk maßgeblich an ihrer neuen Arbeit Schuld hatte.

»Und deine Zweifel sind wie weggeblasen?«, fragte Falk.

»Nein«, gab Gina zu, »das sind sie nicht. Aber es geht mir wie dir. Irgendwie bin ich mir dann doch selbst am nächsten.

Denn ein fester Job, noch dazu bei einem der besten Architekturbüros, das ist meine Zukunft. Mir geht langsam die Puste aus. Ich bin Ende zwanzig und habe es satt, von der Hand in den Mund zu leben, weil ich trotz meines Studiums immer noch Praktikantin bin. Ich will arbeiten, bevor ich Kinder bekomme. Und ich kann nicht darauf bauen, dass ich einen reichen Mann heirate, oder?« Dabei sah sie Falk so verliebt an, dass er noch mehr dahinschmolz als zuvor. Wie aufs Stichwort rief von Boistern nun: »Ein Hoch auf meinen Freund Falk Thomsen, ohne den die Zukunft von Heisterhoog so dunkel wäre wie der Arsch einer Gans! Herzlichen Glückwunsch zur ersten Million, Thomsen!«

Falk hob also erneut sein Glas, prostete, trank und ließ sich wieder einschenken. Er spürte, dass der Champagner, die Hitze in dem Laden, die laute Musik und vor allem das Glück mit Gina ihm zu Kopf stiegen, und ließ sich von der guten Laune um ihn herum anstecken. Das komische Gefühl, das ihn beschlichen hatte, als Gina ihm dafür dankte, dass er daran beteiligt war, dass sie einen festen Job bekommen hatte, unterdrückte er. Und auch den Gedanken an Silke, Thies, Jörn und all die anderen, die gegen Hubert von Boistern und die »Dünenkrone« gekämpft und nun verloren hatten.

Ein Arm legte sich um seine Schulter und zog ihn ans Ende des Tresens, abseits vom Getümmel. Es war aber nicht Hubert von Boistern, sondern Piet, der Pirat von der Fischbratbude. Falk war überrascht, ihn hier zu sehen, und sagte ihm das auch.

Piet trank keinen Champagner, er war beim Flens geblieben und stieß nun mit dem Boden seiner Bierflasche vorsichtig an Falks fragilen Champagnerkelch.

»Und worauf trinken wir, Falk? Dir ist doch auch ein bisschen mulmig, das kann ich sehen.« Piet sah ihm forschend ins Gesicht, und sein goldener Ohrring blinkte.

Falk hob sein Glas und sah Piet in die Augen. Er hatte dunkle Augen mit einem dichten Wimpernkranz, und sein Blick war sympathisch und vertrauenerweckend. Falk musste automatisch an seine Mutter denken.

»Hast du schon mit Grit gesprochen?«, erwiderte er Piets Frage mit einer Gegenfrage.

»Darüber?« Piet schüttelte den Kopf. »Noch nicht. Aber ich komm wohl nicht drum herum.«

Falk setzte sich neben Piet auf einen Barhocker und betrachtete Schulter an Schulter mit diesem das Treiben in der Bar. »Hätte nicht erwartet, dass du hier bist.«

Piet zuckte mit den Schultern. »Ich bin kein Kumpel von Frekksen. Also, Hubert. Noch nie gewesen. Aber ich habe auch keinen Bock auf den Krieg hier auf der Insel. Das macht alles kaputt.«

»Hast du deshalb heute gegen das Naturschutzgebiet gestimmt? Das hat es doch nur noch schlimmer gemacht«, wandte Falk ein.

»Nee, nee.« Piet nahm einen tiefen Schluck aus der Flasche. Dann zupfte er an seinem Ohrring und seufzte. »Ist mir echt schwergefallen. Ich hab's mir nicht einfach gemacht. Aber letztendlich – ich bin Unternehmer.«

Das verstand Falk nicht ganz. Was hatte das Hotel mit der Fischbratbude zu tun? Die Leute, die ihren Öko-Wellness-Urlaub dort verbrachten, strömten doch gewiss nicht scharenweise zu Piet.

Als könnte Piet Gedanken lesen, sagte er: »Meine Bude läuft gut. Aber nur drei, höchstens vier Monate im Jahr. Dann noch mal zwei, drei Wochen über Weihnachten. Und das war's. Den Rest der Zeit schau ich in die Röhre. Ich halte den Laden offen, für die paar Männeken, die dann kommen. Aber ich könnte genauso gut zumachen, mit den paar Fritten verdiene ich einfach nichts.«

»Und wenn das Hotel hier ist, kommen die Leute vielleicht

das ganze Jahr über, meinst du?«, ergänzte Falk den Gedankengang.

Piet nickte. »Das hoffen wir jedenfalls. Und mal ehrlich: Die ganze Insel ist schon so gut wie Naturschutzgebiet. Der Dünenstreifen ist zwanzig Kilometer lang. Ob da auf einem Kilometer das Hotel steht oder nicht – piepegal.«

Der Meinung war Falk nicht, aber ihm als Ermöglicher des Bauvorhabens stand es wahrlich nicht zu, das Projekt zu kritisieren. Und außerdem wollte er es Piet nicht nehmen, seine Entscheidung vor sich zu rechtfertigen, indem er sich die Sache schönredete. Er orderte beim Barkeeper Ole auch ein Bier und prostete Piet erneut zu.

Stumm hingen sie ihren Gedanken nach, und Falk versuchte, Gina auf der Tanzfläche zu erspähen. Dann entdeckte er sie. Ihre blonden Locken flogen durch die Luft, sie hatte die Augen halb geschlossen und lächelte in sich hinein. Ihr Gesicht war gerötet und sie schwitzte, aber sie war dabei wunderschön. Falk fühlte wieder dieses schmerzhafte Ziehen in seinem Brustkorb, welches sein starkes Verlangen ausdrückte, für immer mit Gina zusammen zu bleiben und sie niemals zu verlieren. Er beobachtete sie, ihre Bewegungen, ihr Lachen, die Art, wie sie mitsang, wie ihr ganzer Körper positive Energie ausstrahlte.

Falk konnte nicht umhin, Gina zu bewundern. Er hatte sich schon vor Jahren die überhebliche Arroganz von Bille und Teilen ihrer Clique angeeignet, alle, die weniger hip und cool waren als sie selbst, als peinlich abzutun. Nur das richtig Prollige, das fanden sie irgendwie »echt« und »authentisch«. Stinkige Eckkneipen, wo es das Bier für einsfünfzig gab. Aber über eine Barbiepuppe wie Nancy von Boistern hätten alle seine Freunde nur die Nase gerümpft. Gina dagegen, die der weibliche Gegenentwurf zur Von-Boistern-Tochter war, akzeptierte diese, so wie sie war, und konnte sogar Spaß mit dieser aufgebrezelten Blondine haben. Gerade tanzten sie gemeinsam zu »Lady Bump« und schwangen Hüften und Pos aneinander. Gina war einfach phänomenal. Falk musste ihr nur zusehen, um zu spüren, wie ihn ihr Spaß und ihre Lebensfreude ansteckten. Jetzt hallte ein »Ohohohooo« durch die Bar, das Falk sofort erkannte, und als direkt im Anschluss Carl Douglas mit »Kung Fu fighting« ansetzte, hielt auch er sich nicht mehr zurück. Er stellte sein Bier auf die Theke, nickte Piet zu und tanzte verwegen zu Gina hin. Als diese ihn kommen sah, breitete sie die Arme aus, lachte über das ganze Gesicht und schmiegte sich dann kurz an ihn, um sich gleich darauf von ihm zu lösen und ihn ihrerseits anzutanzen. Anfangs war Falk noch ein bisschen verhalten, aber am Ende des Songs hatte er alle Bedenken abgeschüttelt – im wahrsten Sinn des Wortes. Ein Rock-Pop-Klassiker folgte auf den nächsten, von Donna Summer über die J. Geils Band, AC/DC bis hin zu Marvin Gaye war die gesamte Palette der Siebziger- und Achtzigerhits vertreten. Bald gab es keinen mehr in der Bar, der nicht tanzte, sogar Hubsi von Boistern schob seinen schweren Bauch durch die Menge und versuchte, mit den Hüften zu wackeln. Es war eine Stimmung wie auf der Fete nach dem offiziellen Abiball, bei der die Freiheit von der Schule gefeiert und gleichzeitig versucht wurde, nicht an das ungewisse Morgen des Berufslebens zu denken. So fühlte sich Falk jetzt wieder, und er war Gina dankbar, dass sie ihn doch dazu überredet hatte, hierherzukommen. Allerdings musste er sich auch immer wieder den Übergriffen der von Boisterns entziehen, die ihn als einen der ihren vereinnahmen wollten. Sei es, dass Ole Reents mit Falk und Tequila Brüderschaft trinken wollte – was Falk dankend ablehnte –, sei es, dass Hubsi ihm mit lallender Zunge anbot, sich mit seiner Million als Gesellschafter ins Hotel einzukaufen – auch diesem Angebot konnte Falk entsagen –, oder aber Thea ihm offerierte, ihm jederzeit eine ihrer Ferienwohnungen zur Verfügung zu stellen, falls Falk mal wieder auf Heisterhoog weilte. Letzteres

Angebot schien Falk am unverfänglichsten, und so nahm er es freundlich an.

Um zwei Uhr morgens war er völlig durchgeschwitzt und fühlte sich besser als nach einer Stunde Joggen und fünf Durchläufen Krafttraining. Er beschloss, mit Gina nach Tüdersen zu laufen, solange sie sich noch fit fühlten, und verabschiedete sich von den von Boisterns. Er hielt Ausschau nach Piet und entdeckte ihn in der hintersten Ecke der Bar, wo sich mittlerweile Imker Paulsen hinzugesellt hatte. Piet nahm Falk in den Arm, sichtlich angeheitert, und flüsterte ihm vertraulich »Ich mag deine Mutter« ins Ohr. Falk wollte dazu keinen Kommentar abgeben, er hatte nicht die Absicht, sich in Grits Privatleben einzumischen, und klopfte Piet nur kameradschaftlich auf die Schulter. Als er sich zum Gehen umdrehte, hielt Imker Paulsen ihn fest.

»Du hast dir heute keine Freunde gemacht«, warnte er Falk. »Pass auf, dass du dir keine blutige Nase holst in den letzten Wochen auf der Insel.«

Diese mit schwerer Zunge ausgestoßene Warnung kommentierte Falk nur mit einem Lächeln. Er war beschwingt, er hatte keinen Sinn für Verschwörungstheorien, und seine düstere Stimmung nach der Gemeinderatssitzung war verflogen. Er glaubte nicht, dass von der Naturschützerin Silke Söderbaum Gefahr ausging. Und Thies Hoop war doch auch nicht viel mehr als ein harmloser Vogelbeobachter, wie sich herausgestellt hatte. Klar, die Freundschaft war wohl leider im Eimer, aber Falk glaubte nicht, dass von der Seite konkrete Anfeindungen zu erwarten waren.

Als er mit Gina zu seiner Kate kam, war der Hausschlüssel, der immer in dem Loch im Türsturz gelegen hatte, verschwunden. Trotz intensiver Suche war es nicht möglich, den Schlüssel aufzufinden. Gina nahm das auf die leichte Schulter, schließlich konnte Falk die Nacht genauso gut bei ihr verbringen, aber Falk dachte an die Worte des Imkers, von denen er seiner Liebsten nichts erzählt hatte, und fragte sich, ob der verschwundene Schlüssel nicht doch der Vorbote einer sich anbahnenden Fehde war.

22.

Der Schlüssel blieb verschwunden, und das war nicht alles, was Falk am Samstagmorgen erwartete – nach einer Nacht mit zu wenig und unruhigem Schlaf. Sein Fahrrad, das noch an der Kate stand, hatte einen Platten, die Ventile waren verschwunden, und als er schließlich an den Strand kam, stand dort zwar der Trecker, aber kein Nille weit und breit. Ausgerechnet an diesem Wochenende war – wie an allen Wochenenden im August – viel Arbeit zu erwarten. Einige Bundesländer beendeten ihre Ferien, viele Gäste hatten bereits am Vortag ihre Strandkorbschlüssel in den kleinen Briefkasten bei Falk eingeworfen. Und die letzte große Urlauberwelle rollte an. Nun war es aber erfahrungsgemäß nicht so, dass die Strandkörbe übergeben werden konnten, wie sie hinterlassen wurden. Falk und Nille hatten es bis jetzt immer so gehalten, dass Nille alle frei gewordenen Körbe überprüft hatte. Waren sie sauber? War das Schloss in Ordnung, waren die Scharniere geölt? War die kleine Markise zum Ausklappen nicht zerrissen? Waren alle Förmchen und Gummitiere ausgeräumt? Erst wenn Nille sein Okay gegeben hatte, durfte der neue Besitzer einziehen.

Falk war also hochgradig genervt, dass Nille sich heute verspätete. Das hatte es noch nie gegeben, eigentlich war der Klabautermann immer vor ihm da gewesen. Falk setzte einen Kaffee auf und holte die zurückgegebenen Schlüssel aus dem Holzkästchen. Er warf einen Blick über seinen Lageplan an der Wand und versuchte, sich die Stellplätze der nun frei gewordenen Strandkörbe einzuprägen. Das war nicht einfach, schließlich lagen sie über seinen gesamten Bereich verstreut. Außerdem würde er zu Fuß losziehen müssen, denn er traute sich nicht, das Ungetüm von Trecker anzuwerfen. Falk trank hastig seinen ersten Kaffee, der viel zu heiß war, so dass er sich gleich beim ersten Schluck die Zunge verbrannte, und nahm den Eimer mit Seifenlauge und Schwamm sowie das abgegriffene Ledertäschchen mit dem Werkzeug, das schon Sten immer benutzt hatte. Es war ein kleines Heiligtum für Nille, und er hütete es wie seinen Augapfel. Falk wunderte sich, dass es in der Hütte lag. Nahm Nille es nicht immer mit nach Hause? Aber er schüttelte den Gedanken ab und zog los. Schon beim ersten Korb hatte er sich offensichtlich einen völlig falschen Standort eingeprägt, oder aber der Lageplan war nicht aktualisiert worden. Er hätte geschworen, dass der kleine Holzstecker mit Korb Nummer 238 auf dem Plan am Hundestrand platziert war, nun aber, nach einer Viertelstunde des Herumirrens, fand er ihn im Familienbereich, gleich neben dem Kinderspielplatz. Es war kurz vor acht, nicht mehr lange, und die ersten Neuankömmlinge vom Freitag würden den Strand entern und Körbe mieten wollen. Falk war klar, dass er bei seiner Bude würde bleiben müssen. Wo zum Teufel blieb der blöde Nille? Den Gedanken, sein Helfer könnte krank geworden sein, verwarf Falk. Nille war nie krank, das wusste er von Sten. Außerdem liebte der Klabautermann diesen Job so sehr, dass er sich noch mit hohem Fieber oder einem gebrochenen Bein an den Strand geschleppt hätte. Er hatte ja auch nichts anderes. Sein Herz hing daran, immer schon, und Falk erinnerte sich an den Abend, als Nille plötzlich vor seiner Kate gestanden hatte, überglücklich, dass Falk Stens Arbeit übernehmen würde und er, Nille, endlich wieder eine Aufgabe hatte. Als Falk so darüber nachdachte, beschlich ihn ein Gedanke, bei dem ihm gar nicht recht wohl war. Was, wenn Nille davon gehört hatte, dass er an Hubert verkauft hatte?! Was, wenn er Falk mit seinem Nichterscheinen dafür abstrafte? Kurz kochte Wut in Falk hoch, aber dann besann er sich, und die Wut machte einem anderen, viel stärkeren Gefühl Platz. Falk fühlte Scham. Er bereute ehrlich, dass er Nille nicht eingeweiht hatte. Ihn nicht darauf vorbereitet hatte, was auf ihn zukam. Dass er künftig weder eine Aufgabe hatte noch Geld von Falk bekam. Dass er, wenn man es genau nahm, auf der Straße stehen würde. Tief betroffen wurde sich Falk klar darüber, dass er Nille aufgrund seiner Debilität nicht ernst genommen hatte. Es war ihm so selbstverständlich erschienen, Nille war einfach immer da gewesen, froh, dass Falk ihm zu tun gab, froh, dass er am Strand sitzen, mit den Kindern spielen und mit Falk Kaffee trinken konnte. Verdammt, dachte Falk. Ich bin ein verdammt egoistischer Idiot.

Aber alles Grübeln und die Selbstvorwürfe halfen nichts. Er würde mit der verfahrenen Situation fertig werden und heute überall zugleich sein müssen. Die zurückgegebenen Strandkörbe überprüfen, neue vermieten, Eis, Kaffee und Sonnencreme verkaufen. Falk nahm sich missmutig vor, zunächst die Körbe auf Vordermann zu bringen und dabei seine Bude im Auge zu behalten. So früh am Morgen kamen zwar vereinzelt Urlauber, aber die große Welle rollte erst am Mittag an. Bis dahin könnte er einiges geschafft haben.

Er machte sich auf die Suche nach dem nächsten Korb. Auch dieser befand sich nicht an dem Platz, an welchem Falk ihn vermutet hatte. Gleichzeitig sah er, dass Nille vom Dünenweg zum Strand schlenderte. *Also doch*, dachte Falk erleichtert, *er kommt, und er weiß von nichts.* Er wischte mit dem Schwamm über den Plastikbezug des Strandkorbes, versperrte ihn ordentlich und ging dann auf seine Bude zu, um Nille zur Rede zu stellen. Später, in einer ruhigen Minute, so nahm sich Falk vor, würde er seinen Gehilfen dann über seine Pläne aufklären.

Zehn Meter vor seiner Bretterbude stutzte Falk. Nille war einfach weitergelaufen und hielt nun auf das DLRG-Häuschen zu.

»Nille!«, rief Falk und beschleunigte seine Schritte, »Nille, hey! Was ist los? Du bist viel zu spät!«

Aber Nille starrte stur geradeaus und würdigte Falk keines Blickes. Dieser hatte den Klabautermann endlich erreicht und stellte sich ihm in den Weg.

»He, hallo, wo willst du hin?! Wir müssen reinhauen, Alter, es ist schon total spät.«

Nille sah Falk nun an. In seinem Gesicht spiegelten sich Wut und Trauer. Er hatte rote Flecken auf den Wangen, und in seinen Augen stand das Wasser. Nille wollte etwas sagen, aber vor Erregung brachte er zunächst nur Stotterlaute hervor.

»N-n-n-nein, Falk!«, spuckte der Klabautermann ihm ins Gesicht. »S-s-s-so nicht! Ich k-k-k-komm nicht z-z-z-zu dir.«

Mit einer einzigen resoluten Armbewegung schob Nille Falk beiseite und erklomm die Stufen zu Thies Hoops Westernfort. Dabei stampfte er so wütend auf, dass die Holztreppe erzitterte. Von drinnen wurde bereits die Tür für den Klabautermann geöffnet. Nille drehte sich, bevor er ins Innere ging, noch einmal um.

»Geh weg«, sagte er zu Falk, diesmal sehr klar und deutlich, »geh weg.« Dann wandte er Falk seinen Rücken zu, machte einen Schritt ins Innere des Forts, und die Tür schloss sich hinter ihm, nicht ohne dass sich noch eine kleine weiße Rauchfahne nach draußen schlich.

Nille hatte keinen Zweifel daran gelassen, dass er mit Falk nichts mehr zu tun haben wollte. Dieser war nun am Strand ganz auf sich allein gestellt.

Aufgebracht stapfte Falk zurück in seine Strandbude, um den Treckerschlüssel zu holen. Er würde den anderen schon zeigen, dass er es allein schaffte. Sollte Nille sich doch bei Thies ausheulen, ganz egal. Er musste noch einen knappen Monat rumbringen, dann konnte er endlich von der piefigen Insel runter und alles hinter sich lassen.

Falk warf einen Blick auf die Lagekarte, um sich die Positionen der Strandkörbe, die er warten musste, besser einzuprägen, da fiel ihm auf, dass sich sowohl Korb Nummer 238 als auch der, den er soeben präpariert hatte, auf der Karte nicht dort befanden, wo sie tatsächlich standen. Nun betrachtete Falk die Karte genauer. Bei einigen Körben erinnerte er sich ganz genau, wo sie waren, zum Beispiel der von drei Kreuzberger Blondinen. Deren Korb hatte die einprägsame Nummer 333, und er hatte die Grazien mit Sicherheit nicht in die Rentnerecke gesetzt. Dort aber steckte jetzt der kleine hölzerne Piekser. Sofort zog Falk den Schluss, dass Nille die gesamte Lagekarte durcheinandergebracht haben musste. Er hatte alle Stecker auf ihrer ausgeklügelten Positionskarte ausgewechselt, damit Falk die Körbe nicht finden könnte. Na toll! Falk war hochgradig bedient. Als hätte er heute nicht schon genug zu tun, allein und ohne Unterstützung. Was hatte Nille sich dabei gedacht? Nicht sehr viel vermutlich, gab sich Falk sogleich selbst die Antwort. Das kindliche Hirn des Klabautermanns war dazu nicht in der Lage. Nille war enttäuscht und hatte ihm einen bösen, trotzigen Streich gespielt. Aber er, Falk, würde nun die Zähne zusammenbeißen. Dann musste er also die Körbe alle am Strand suchen. Wenn er es schaffte, den Trecker zum Laufen zu bringen, könnte er wenigstens mit diesem die großen Strecken seines Gebiets zurücklegen.

Der Motor sprang sofort an, was Falk zunächst sehr erleichterte. Er legte vorsichtig den ersten Gang ein. Nille hatte ihn ein paar Mal fahren lassen, und Falk wusste im Prinzip, wie man mit dem altertümlichen Gefährt umgehen musste, aber er wusste auch, dass der Traktor Macken hatte, die das Einlegen der Gänge erschwerten. Die engen Gangabstufungen, vier Rückwärtsgänge und das Handgas machten zudem die Handhabung nicht einfacher. Auch die Ausmaße und der Wendekreis des Gefährts waren für Falk ungewohnt und machten das Rangieren zum Abenteuer. Er tuckerte also langsam und so vorsichtig wie möglich los, um sich auf die Suche nach den zurückgegebenen Strandkörben zu machen. Dabei passierte es ihm häufig, dass er den Motor abwürgte oder den falschen Gang einlegte; einmal fuhr er einen Mülleimer um, und bei einem Rangiermanöver fuhr der Traktor rück- statt vorwärts und zerlegte eine von Kindern liebevoll angelegte Sandburg. Aber das waren Kollateralschäden, die Falk in Kauf nahm, froh, dass er einigermaßen klarkam. Bis zum Mittag hatte er zehn Körbe überprüft und neuen Urlaubern übergeben. Dabei war es notwendig geworden, einige der Körbe umzustellen – vom Rentner- in den Spinnerbereich oder vom Hundestrand zu den Familien. Die Aufgabe, den schweren Korb auf die Ladefläche zu ziehen, hatte immer Nille erledigt, und es hatte recht einfach ausgesehen. Nille hatte mit fünf, sechs Handgriffen den Korb richtig in Position gebracht. Falk fiel das weitaus schwerer, und er war froh, dass er schon vor geraumer Zeit mit seinem Krafttraining angefangen hatte, denn ohne Nilles Erfahrung musste man sich mit den sperrigen Dingern ganz schön abmühen. Für Falk reichten fünf, sechs Handgriffe nicht. Er zog und schob und schwitzte ordentlich, bevor er so einen Strandkorb auf der Ladefläche hatte, ihn zu einer anderen Stelle fahren und dann wieder herunterziehen und neu positionieren konnte.

Falk war schon erledigt, als das Geschäft erst richtig begann. Dazu kam, dass er in einem fort zwischen den Strandkörben und seiner Bude hin- und herpendeln musste. Kaum sah er einen Kunden an seinem Häuschen stehen, schwang er sich in die Fahrerkabine, raste hin, sprang vom Trecker, verhandelte, vermietete, verkaufte, schwang sich wieder auf den schlecht gefederten Eisensitz, steuerte einen Strandkorb an, zog, schob, wuchtete, düste wieder zurück – und das bis zum Nachmittag ohne Unterbrechung. Gegen sechzehn Uhr hatte er alle Körbe neu vermietet und auf Position gebracht. Völlig geschafft warf Falk sich in seinen Liegestuhl. Seine Oberarmmuskeln zitterten vor Anstrengung, er war nassgeschwitzt, und die Haut in seinem Nacken brannte. Er war nicht einmal dazu gekommen, sich einzucremen. Falk war froh, dass er die wichtigsten Arbeiten des Tages hinter sich gebracht und ohne größere Probleme alles allein gewuppt hatte. Dennoch fühlte er sich nicht gut. Das Zerwürfnis mit Nille machte ihm sehr zu schaffen. Er empfand es auch als Verrat an seinem Onkel Sten, der Nille, gerade wegen dessen geistiger Behinderung, äußerst liebevoll und zuvorkommend behandelt hatte. Und er, Falk, hatte das gesamte, über Jahre hinweg aufgebaute Vertrauen des Klabautermanns in die Thomsens in nicht mal einer Saison verspielt.

Plötzlich stieg Falk der Geruch von frischem Teer in die Nase; als er sich umblickte, sah er durch die hochbeinigen Stelzen des DLRG-Häuschens Nille im Sand sitzen und einige Holzpfähle, die zur Abgrenzung der verschiedenen Badebereiche dienten, mit dem schwarzen Zeug einstreichen. Thies hatte es sich also zur Aufgabe gemacht, Nille unter seine Fittiche zu nehmen und ihn zu beschäftigen, registrierte Falk etwas beruhigt. Er nahm sich vor, das Thema mit Hubert zu besprechen. Bestimmt würde es auch in der Hotelanlage einige einfache Arbeiten geben, für die man den Klabautermann einspannen könnte. Das war das Einzige, was er noch für Nille tun konnte, dass er sich bei den von Boisterns für ihn einsetzte.

Ein paar Kinder kamen über den Strand freudig auf Nille zugerannt; aus ihren Rufen entnahm Falk, dass sie ihr Eis wie gewohnt bei ihm kaufen wollten. Aber Nille schüttelte nur traurig den Kopf und zeigte zu Falk, woraufhin die Kinder krakeelend auf ihn zuliefen. Die Blicke von Falk und Nille trafen sich für einen kurzen Moment, und als Nille seinen traurig abwandte, schnürte es Falk das Herz zusammen.

Am frühen Abend schleppte er sich in seine Kate, ließ sich ins Bett fallen und zog sofort die Decke über den Kopf. Er wollte allein sein, niemanden sprechen, nicht einmal Gina. Aber er würde ihr ohnehin nicht absagen müssen, denn traditionell gehörte der Samstagabend dem Shanty-Chor, da trafen sie sich nicht. Und auf den Chor würde Falk verzichten müssen, er hatte nicht das Gefühl, als wäre er dort weiterhin willkommen. Auch das schmerzte ihn. Denn so wenig er bei seinem ersten Besuch gedacht hatte, dass er dort mitsingen wollte geschweige denn konnte, so sehr war der Chor ihm ans Herz gewachsen. Er sang mittlerweile gerne, und er genoss das Musizieren in Gesellschaft. Er hatte sich sogar schon auf den großen Auftritt beim Dorffest gefreut, aber das würde für ihn nach Lage der Dinge wohl ins Wasser fallen. Ob Hubert und Thea weiterhin am Shanty-Singen teilnahmen? Falk konnte sich nicht vorstellen, dass die Dorfgemeinschaft den tiefen Graben, den die »Dünenkrone« aufgerissen hatte, überbrücken konnte.

Am nächsten Morgen um acht Uhr riss ihn das Klingeln seines Handys aus dem Schlaf. Falk war wie benommen, als er danach suchte, und als er es in den Händen hielt, drückte er ohne hinzusehen den Anrufer weg. Aber kaum hatte er seinen Kopf unter den Kissen vergraben, klingelte es erneut. Falk stöhnte und guckte auf das Display. Eine fremde Nummer. Am frühen Sonntagmorgen! Der Typ hatte Nerven. Falk beschloss, den Anruf zu ignorieren, wozu hatte man denn eine Mobilbox. Nachdem der Anrufer es weitere fünf Mal vergeblich versucht hatte, trudelte eine SMS ein. »Geh endlich ran! Jörn.« Seufzend rief Falk zurück. Den Bürgermeister konnte er schließlich nicht ignorieren.

»Wo warst du gestern?«, tönte Jörns Stimme ungeduldig durch den Apparat. »Bist du krank? Das ist die einzige Entschuldigung, die ich gelten lasse.«

Falk zögerte, sollte er schwindeln? Aber Jörn wartete seine Antwort gar nicht erst ab.

»Also nicht. Das habe ich mir gedacht. Du kannst jetzt aber nicht kneifen. Wir haben noch drei Wochen bis zum Auftritt.«

»Jörn, ich glaube, es ist besser, wenn ich nicht mehr komme.«

»Das interessiert mich nicht, was du glaubst. Ich glaube nämlich, du tust besser daran, wieder hier zu erscheinen.«

»Na ja, aber Silke und Thies …«

Jörn unterbrach Falk unwirsch. »Die sind gestern auch gekommen. Und alle anderen ebenfalls. Hier wird nicht gekniffen.«

Alle anderen. Also auch die von Boisterns. Trotzdem versuchte Falk einen weiteren Vorstoß. »Aber das gibt doch böses Blut. Nach dieser Sache mit dem Grundstück.«

Falk hörte, wie Jörn tief Luft holte.

»Das ist deine private Entscheidung. Dazu kann ich eine Meinung haben, aber die gehört nicht öffentlich ausgetragen. Und über das andere wurde im Gemeinderat abgestimmt. Es hat sich eine Mehrheit gegen das Naturschutzgebiet ausgesprochen. Ob einem das nun passt oder nicht, das ist Demokratie. Aber das andere ist der Chor, und den leite ich. Und wenn ich sage, dass ich auf deine Tenorstimme nicht verzichten kann, dann singst du mit, ob es dir nun gefällt oder nicht.«

Das waren deutliche Worte, und Falk blieb nichts anderes übrig, als kleinlaut sein Okay dazuzugeben. Jörn beendete das Gespräch grußlos. Falk legte sein Handy zur Seite, fast ein bisschen erleichtert, dass Jörn ihn so zusammengestaucht hatte. Denn das bedeutete, dass er aus der Gemeinschaft noch nicht ganz ausgestoßen worden war.

Die folgende Woche verlief zwar mit kleineren Schikanen von Seiten seiner Strandnachbarn – die Schlüssel der Strandkörbe wurden wieder einmal vertauscht, und die Senger-Zwillinge konnten es nicht gewesen sein, die waren längst abgereist. An einem Tag hatte der Trecker einen Platten, dann wieder war der Stecker der Eistruhe »herausgerutscht« und der gesamte Inhalt geschmolzen. All dies war ärgerlich und verursachte Falk eine Menge Arbeit und Unbehagen, aber er hatte beschlossen, dass er sich nicht beschweren würde oder gar Gleiches mit Gleichem vergelten. Sollten die anderen, Thies, Nille oder wer auch immer, sich wie Kinder benehmen, er würde es durchstehen wie ein Mann, die Zähne zusammenbeißen und weitermachen wie bisher.

Trotzdem hinterließ die kräftezehrende Woche Spuren bei Falk. Er war zermürbt von der Arbeit und abends vollkommen erschöpft. Meistens schlief er nach dem Essen gleich ein, bei Gina auf dem Sofa oder bei sich zu Hause. Zwischen Gina und ihm war alles in Ordnung, aber die romantische und verliebte Stimmung der vergangenen Wochen wollte dennoch nicht wieder aufkommen. Das lag nicht nur an seiner Erschöpfung, sondern auch daran, dass Gina in Arbeit erstickte. Da die Realisierung des Projekts »Dünenkrone« unmittelbar bevorstand, waren sie und Hubsi in eine neue Phase der Bauvorbereitung getreten, und Gina war damit beschäftigt, Angebote der verschiedenen Gewerke einzuholen. Oberstes Ziel war, auf Heisterhoog ansässige Handwerker und Firmen zu beschäftigen, aber für einen Hotelkomplex dieser Größe und bei den sehr speziellen Sonderplanungen war die Auswahl eher begrenzt. Meistens hingen sie bei ihren Essen ihren Gedanken nach: Falk war maulfaul und ihm fielen fast die Augen zu, Gina dagegen war, während sie aß, damit beschäftigt, Angebote zu sichten.

Mitte der Woche hatte Falk zudem ein unangenehmes Telefonat mit seiner Mutter Grit gehabt, die von Fischbrat-

Piet erfahren hatte, was auf der Insel vor sich ging. Davon abgesehen, dass Grit nicht begeistert war, dass Falk ihr nicht selbst mitgeteilt hatte, dass er von der Uni geflogen war und sich entschlossen hatte, an Hubert von Boistern zu verkaufen, war sie zutiefst entsetzt, dass er sich zu diesem Schritt durchgerungen hatte. Sie hörte sich unter Tränen seine Argumente und Rechtfertigungen an, war aber der festen Überzeugung, es hätte noch eine andere Lösung für seine Misere gegeben. Schließlich gipfelte das ungute Telefonat in den schlimmen Satz, den Falk bislang noch nie von seiner Mutter gehört hatte: »Ich bin so enttäuscht von dir.« Damit beendete Grit das Gespräch und ließ einen Falk zurück, der sich noch schlechter fühlte als zuvor.

Falk fuhr also nur mäßig motiviert zur samstäglichen Chorprobe ins Pfarrhaus nach Süderende. Und er war nicht der Einzige, der nicht mit Begeisterung bei der Sache war. Zwar mühte sich Jörn Krümmel nach Kräften, seine Sänger zu Hochleistungen zu animieren und Spaß bei der Sache zu haben, aber die Shantys klangen schleppend und hätten eher als Begleitmusik zu einer Seebestattung getaugt.

Unter den Chorleuten hatten sich Lager gebildet – die Naturschützer um Silke und Thies auf der einen Seite, die »Verräter« wie Falk, Piet, Paulsen und die von Boisterns auf der anderen Seite. Die dritte Partei bestand aus den neutralen Insulanern, vergeblich um Einheit bemüht, allen voran Pfarrer Heinrich Päffgen. Aber alle Versuche, die Zerstrittenen zu einen – die untereinander ebenfalls keine einheitlichen Gruppen bildeten – fruchteten nicht, was sich klar und deutlich als Misston im Chor vernehmen ließ. An diesem Samstagabend sang kein fröhlicher, homogener Shantychor, sondern eine Anzahl verschiedener Stimmen intonierte mehr oder weniger zufällig die gleichen Lieder zur gleichen Zeit.

Jörn entließ seine Leute nach zwei unergiebigen Stunden

mit hängenden Schultern. Um für das Konzert gerüstet zu sein, setzte er aber unter der Woche noch eine Probe außer der Reihe an, zu der jeder Mann und jede Frau zwangsverpflichtet wurden.

Man zerstreute sich rasch in alle Winde, und als Falk in der Dunkelheit auf dem Mittelweg nach Tüdersen fuhr, fühlte er sich wie der einsamste Mensch auf der Welt. Zum Glück strichen die Lichtfinger des Leuchtturms tröstlich über das nächtliche Heisterhoog, sonst hätte nur tiefes Schwarz um Falk herum geherrscht.

23.

Falk machte in der Schicksalsnacht kein Auge zu. Vor zwei Tagen war Vollmond gewesen, und noch immer schien es so hell durch die Vorhänge in der kleinen Kate, als stünde vor dem Fenster eine Straßenlaterne. Außerdem tobte der Wind um das kleine Häuschen. Für Ende August war das ungewöhnlich, die ersten Herbststürme pflegten die Insel normalerweise erst ab Mitte September heimzusuchen.

Der deutsche See- und Wetterdienst hatte Winde in der Stärke neun für die deutsche Bucht angesagt, und Falk hatte alles, was vor dem Haus stand, in die Kate geräumt. Aber er machte sich Sorgen um die Strandkörbe. Würden die dort draußen dem Sturm standhalten? Was, wenn es Hochwasser gab? Kurz nach Vollmond kam die Springflut, und wenn es so stark vom Meer windete wie jetzt, war die Gefahr groß, dass der Kniepsand überflutet werden würde. Falk war zu stolz gewesen, sich bei seinem Nachbarn Thies zu erkundigen. Sie redeten nicht mehr miteinander. Die Schikanen hatten aufgehört, auch sah man sich bei den gemeinsamen Chorabenden, aber Thies behandelte Falk, als sei er Luft. Er nickte nicht einmal mit dem Kopf zur Begrüßung. Und auch Nille, der nun Thies und Stoppelkopf zur Hand ging, ignorierte Falk. Da war es fast wohltuend, dass wenigstens Stoppelkopf mit seinen Sticheleien gegen Falk nicht aufgehört hatte. Er benahm sich so pampig wie immer – protzte mit seinen Muskeln, schikanierte Falk mit Megaphondurchsagen, wenn er mal ins

Wasser ging, und erdreistete sich, Gina anzügliche Blicke zuzuwerfen, wenn diese zum Schwimmen kam. Das alles machte ihn nicht zu einem angenehmen Zeitgenossen, aber Falk rechnete es Stoppelkopf hoch an, dass dieser sich nicht in den Streit einmischte. Offenbar wollte er mit den komplizierten Inselangelegenheiten nichts zu tun haben.

Thies und Nille jedenfalls hatten heute am Strand Sicherheitsmaßnahmen gegen Sturm und Hochwasser ergriffen. Sie hatten die Tafel mit den Badezeiten und Temperaturangaben weggeräumt, die Mülleimer geleert und versiegelt, das Volleyballnetz entfernt sowie die Fahnen und Bälle vom DLRG-Häuschen eingeholt. Sogar der Schaukelstuhl war von der hölzernen Veranda verschwunden. Falk hatte das alles sehr aufmerksam registriert und seinerseits alles, was mit seiner eigenen Holzhütte zu tun hatte, gesichert, aber er hatte Thies nicht gefragt, ob dieser tatsächlich Hochwasser erwarte und was er, Falk, dann mit den Strandkörben tun sollte. Falk erinnerte sich dunkel, dass es in einem Herbst, als Grit und er übers Wochenende zu Besuch gewesen waren, eine Sturmflut gegeben hatte. Er war sehr klein gewesen und hatte sich schrecklich gefürchtet, als Sten mitten in der Nacht hinausgegangen war. Er hatte mit Nille und anderen Männern alle Strandkörbe vom Kniep geholt und an die Dünen gefahren. Dort hatten sie dicht zusammengedrängt wie eine Gruppe Pinguine gestanden und Wind und Wasser über sich hinwegstürmen lassen. Den einen oder anderen Korb hatte es doch erwischt, und er war aufs offene Meer hinausgetragen worden. Sten hatte erst geflucht und dann den Verlust betrauert.

Aber selbst wenn es heute Nacht dazu kommen sollte, würde Falk nicht in der Lage sein, die Körbe ohne Hilfe in Sicherheit zu bringen. Unruhig wälzte er sich im Bett hin und her. Der Sturm heulte und pfiff und nahm an Heftigkeit zu. Falk sah auf die Uhr. Halb zwei. Warum musste das jetzt noch passieren, auf den letzten Drücker? Es war Saisonende, in fünf

Tagen war das große Inselfest, er würde Shantys singen, den Kaufvertrag mit Hubsi besiegeln und die Insel für immer verlassen, mit einer Million in der Tasche. Warum musste er nun wachliegen und sich Gedanken um Strandkörbe machen, für die ab nächster Woche ein anderer verantwortlich sein würde? Oder niemand mehr, je nach Lage der Dinge. Gina hatte ihm, ziemlich verärgert, erzählt, dass Hubert von Boistern plante, den Zugang zum Strand für die Öffentlichkeit zu sperren, so dass der Strand von Tüdersen in Zukunft nur für Hotelgäste reserviert wäre. Falk versuchte, nicht darüber nachzudenken, denn das bereitete ihm nur Unbehagen, und er wollte seinen Entschluss nicht bereuen müssen. Aber nun konnte er nicht schlafen in Gedanken daran, dass er »Thomsens Strandkörbe« im wahrsten Sinne des Wortes untergehen ließ.

Energisch schlug Falk die Bettdecke zurück und beschloss, sich wenigstens von der Situation am Strand ein Bild zu machen. Er konnte ohnehin nicht schlafen, was schadete es da, mal eben aufzustehen und nachzusehen? Er zog sich den Ostfriesennerz über den Schlafanzug und schlüpfte in die Gummistiefel. Als er die Haustür öffnete, riss der Wind ihm die Klinke aus der Hand und nahm ihm den Atem, so stürmisch war es. Da der Wind vom Meer her wehte, musste sich Falk mit seinem gesamten Gewicht gegen ihn stemmen, sonst wäre er auf dem Dünenweg rückwärts ins Kiefernwäldchen geblasen worden. Kurz bevor er die Dünenkuppe erreicht hatte, wurde die Luft feucht und schmeckte nach Meerwasser. Kleinste Tröpfchen schlugen ihm ins Gesicht. Als er auf dem Scheitelpunkt des Hügels stand und den Strand überblicken konnte, bot sich ihm ein Bild des Grauens. Der gesamte Kniep stand unter Wasser. Ausläufer der Flut leckten bereits an einigen Dünenrändern. Vorn, wo normalerweise die Wasserlinie bei Flut war, wo Kinder Löcher gruben und Sandburgen bauten, brachen sich die meterhohen Wellen, und weiße Gischt schäumte auf. Einige Strandkörbe schwammen mit dem Rücken nach oben im aufgewühlten Meer; im hellen Mondlicht konnte Falk sogar ihre blau aufgemalten Nummern und die stolze Schrift »Thomsens Strandkörbe« erkennen. Tränen traten ihm die Augen, und seine Kehle wurde eng. Dort draußen schwamm das Lebenswerk seines Onkels, und er allein, Stens Erbe Falk, trug die Verantwortung für dieses Debakel. Aber noch hatte es nicht alle Körbe erwischt. Einige trotzten noch den Fluten, manche wurden kniehoch vom Wasser umspült, wieder andere standen nur einige Zentimeter tief im Wasser. Aber das Hochwasser sollte erst um drei Uhr sein, die Flut würde also noch weiter steigen. Eineinhalb Stunden, um zu retten, was zu retten war. Ohne darüber nachzudenken, ob er allein etwas ausrichten konnte, machte Falk auf dem Absatz kehrt und rannte zurück zur Kate, wo der Trecker stand. Er ließ das Ungetüm an, haute nacheinander die ersten zwölf Gänge rein und raste ohne Rücksicht auf Verluste zum Strand. Er hielt auf die Körbe zu, die Gefahr liefen, bald weggespült zu werden. Falk wusste nicht, wie weit er mit dem Traktor in die Wellen hineinfahren konnte, ohne im Sand zu versinken. Also ließ er den Trecker mit laufendem Motor stehen, als das Wasser Wadentiefe erreicht hatte, und kämpfte sich durch die Fluten zu einem Strandkorb vor. Er wollte den Korb kippen und dann durch das Wasser zur Ladefläche des Traktors ziehen – ob das allerdings realistisch war, darüber konnte Falk in der Situation keinen klaren Gedanken fassen. Er war wie von Sinnen, wollte nicht zulassen, dass die Nordsee alles vernichtete, was seinem Onkel lieb und teuer gewesen war. Falk packte den Strandkorb und riss ihn nach hinten, so dass er mit der Nummer nach unten schwamm. Aber es gelang ihm nicht, den Korb in Richtung Traktor zu ziehen, das schwere Ding tanzte auf der Gischt und wurde mit jeder Welle, die kam, in Richtung Falk gespült, zogen sich aber die Wellen zurück, trieb es auch den Strandkorb hinaus aufs Meer. Falk verlor das Gleichgewicht, als er so heftig an dem Strandkorb riss, dass er mit dem Hintern ins Wasser fiel. Er rappelte sich auf, ohne den schweren Korb, der ihn mit nach draußen zog, loszulassen. Er kämpfte verzweifelt gegen Wind und Wellen, chancenlos, und schließlich war der Strandkorb mit Wasser vollgelaufen und lag mit dem Rücken auf dem Grund. Er bewegte sich kein Stück mehr. Falk sah sich um, er beschloss, sich einen anderen Korb vorzunehmen, einen, der noch nicht so tief im Wasser stand. Er bestieg den Trecker und wollte auf eine höhergelegene Gruppe Strandkörbe zuhalten, als er zwei Gestalten sah, die vom Rand der Dünen gegen den Sturm auf ihn zu stapften. Instinktiv wedelte Falk mit den Armen und schrie, ohne sich darüber Gedanken zu machen, wer sich um diese Zeit und bei dem Unwetter am Strand aufhielt. Er hoffte nur inständig, dass er Hilfe bekommen würde, und steuerte mit dem Traktor auf die beiden Menschen zu. Die zwei waren in gelbes Regenzeug gehüllt, und als er sie erreichte, sprang einer auf das Trittbrett, der andere hinten auf die Ladefläche. Falk warf einen Blick auf den Mann, der neben dem Fahrerhäuschen stand und sich jetzt am Rückspiegel festklammerte. Der Wind hatte ihm die Kapuze aus dem Gesicht geweht, darunter hatte der Mann eine dunkelblaue Strickmütze tief in die Stirn gezogen. Aber Falk erkannte ihn sofort. Es war Thies Hoop. Thies zeigte mit dem freien Arm auf die Strandkörbe, die schon tief im Wasser standen, und bedeutete Falk gestisch, dass er dorthin fahren solle. Dann schrie er gegen den Wind: »Nille hat ein Seil! Wir ziehen sie raus!« Und Falk tat, was Thies ihn geheißen hatte. Er machte sich keine Gedanken darüber, warum Thies und Nille hier waren und warum sie ihm halfen. Sie waren seine Rettung, und jetzt zählte nur, dass sie alle drei zusammen anpackten.

Falk steuerte einen Strandkorb an, der bis zu den Sitzpolstern vom Meer umspült wurde. Sie sprangen alle drei vom Trecker, legten das Seil um den Korb und zurrten es fest. Dann wurde der Spanngurt hinter dem Fahrerhäuschen an einer

Öse eingehakt, die Sten eigens dafür anbringen hatte lassen, Nille übernahm das Fahren und Falk schob und wuchtete gemeinsam mit Thies den Korb liegend auf die Ladefläche. Dabei standen sie manchmal bis zur Brust in den Wellen, mussten sich oft genug am Traktor festklammern, damit ihnen die Unterströmung nicht die Beine wegriss, und das Salzwasser schlug ihnen ins Gesicht. Falk spürte schon nach kurzer Zeit seine Hände nicht mehr, seine Muskeln zuckten unkontrolliert und seine Waden fühlten sich an wie Eiszapfen. Aber er verschwendete keinen Gedanken an seine Befindlichkeit. Er zählte nur die Körbe, die sie retten konnten und in die Dünen brachten. Er dachte nur an den nächsten Korb und den nächsten, daran, wie er das Seil befestigen musste und mit welchem Griff die Strandkörbe am besten zu packen waren.

Bei Korb Nummer 79 erwischte eine gewaltige Welle Thies und Falk, als sie gerade dabei waren, den Korb mit einem Seil zu sichern. Das Wasser stand ihnen fast bis zur Brust, die Unterströmung riss an ihren Beinen, und Falk fand keinen Halt. Als die Welle kam, kippte der Korb nach hinten und begrub die beiden Männer unter sich. Falk krallte sich unter Wasser am Strandkorb fest und zog sich, als er die Orientierung wiedergefunden hatte, an die Oberfläche. Er holte tief Luft und sah sich nach Thies um. Aber es war kein schwarzer Cowboy zu sehen. Falk rief etwas zu Nille, der schon auf dem Traktor saß, aber der schüttelte nur den Kopf. Falk watete mühsam auf die andere Seite des Strandkorbes, dorthin, wo Thies noch gestanden hatte, als der Korb kippte. Plötzlich stieß er mit dem Bein gegen etwas. Er griff unter Wasser und bekam ein Stück Gummimantel zu fassen. Das musste von Thies sein. Falk holte tief Luft und tauchte unter. Er fühlte, dass der Cowboy eingeklemmt unter dem Korb lag. Mit aller Kraft schob Falk den Korb zur Seite, was im Salzwasser nicht so schwer fiel wie an Land, und zog dann das, was er von Thies zu fassen bekam, nach oben. Nille hatte die Situation mittlerweile erfasst;

gemeinsam schleppten sie den bewusstlosen Thies zur Ladefläche des Treckers. Falk wollte gerade mit lebensrettenden Maßnahmen beginnen, als Thies einen Schwall Wasser ausspuckte und sich dann die Seele aus dem Leib hustete. Falk fiel ein Stein vom Herzen, und Nille klopfte, ebenso erleichtert, Thies fortwährend auf den Rücken und schrie: »Alter, Alter!« Thies versuchte, sich aufzusetzen, zuckte aber zusammen und fasste sich an die Schläfe. Er blutete, offenbar hatte der Strandkorb ihn dort getroffen und ausgeknockt. Dann war er ohnmächtig unter dem Strandkorb im Wasser eingeklemmt worden.

»Wir brechen ab. Das hat keinen Sinn mehr«, gab Falk den beiden Männern zu verstehen. Aber Thies schüttelte den Kopf. »Kommt nicht in Frage.«

»Thies! Du wärst beinahe ertrunken, du …«

Thies schnitt ihm das Wort ab. »Wenn du Dank willst, den kannst du haben. Aber ich bin keine Memme. Wir machen weiter. Nille«, er drehte sich zum Klabautermann um, »gib mal nen Schluck.«

Nille holte einen Flachmann aus einer Tasche seines Ostfriesennerzes, und Thies trank daraus in gierigen Zügen. Dann reichte er Nille die Flasche, der sie sogleich an Falk weiterreichte, ohne sie an die Lippen zu setzen. Falk lehnte nicht ab, sondern nahm ebenfalls einen Schluck, ohne vorher zu kosten oder an der Flasche zu riechen. Er hätte alles zu sich genommen, wenn es nur half gegen die Erschöpfung. Es war scharf und rann brennend die Kehle hinab bis in den Magen, wo es sich glühend ausbreitete.

Thies sah Falk prüfend an und nickte. »Also dann, weiter geht's.« Damit sprang er von der Ladefläche, als wäre nichts passiert, und begann, den Korb mit der Nummer 79 zu sichern. Falk gab keine Widerrede. Er wusste, dass es zwecklos gewesen wäre, Thies jetzt nach Hause oder zum Arzt zu schicken. Apropos nach Hause, fiel es Falk ein. Thies hatte sein gesamtes Hab und Gut im DLRG-Häuschen, was war damit? Er sprach Thies darauf an, aber der winkte ab und gab Falk zu verstehen, dass er längst alles in Sicherheit gebracht hatte. Die Tatsache, dass nur er nicht umsichtig genug gewesen war, sich rechtzeitig um die Strandkörbe und alles, was damit zusammenhing, zu kümmern, beschämte Falk nun umso mehr.

Sie arbeiteten stumm, nur ab und an gab Thies Kommandos, die Nille und Falk blind befolgten. Bis weit nach Sonnenaufgang schufteten sie, und das Hochwasser begann bereits, sich zurückzuziehen, als sie den letzten Korb in Sicherheit brachten. Hand in Hand hatten sie gearbeitet und waren ein gutes Team gewesen.

Völlig erschöpft ließ sich Falk auf einer Dünenkuppe in den Sand fallen, Thies und Nille taten es ihm gleich. Alle drei blickten sie auf den Strand und auf das Ausmaß der Zerstörung, die das Meer angerichtet hatte. Jetzt, im fahlen Licht des frühen Morgens, wo das Wasser wieder zurückwich und Sturm und Wellen an Heftigkeit abgenommen hatten, konnte man den überspülten Strand beinahe schön finden. Die aufgehende Sonne glitzerte auf der Wasseroberfläche, die sich ausdehnte, soweit das Auge blicken konnte. Aber an den Dünenrändern konnte man sehen, welche Gewalt die Wellen ausgeübt hatten. Bretter, Kisten, Plastikteile, zerstörte Strandkörbe, Mülleimer, Sandschaufeln, welche die Touristen in ihren Sandburgen zurückgelassen hatten, Kinderspielzeug und jede Menge Algen und Treibgut hatten sich dort angesammelt. Es würde noch eine Menge zu tun geben im Lauf des Tages. Der Strand würde gesäubert und vieles repariert werden müssen. Aber Falk war erst einmal froh, dass nicht alles, was Sten aufgebaut hatte, vom Meer verschluckt worden war.

»Danke«, sagte er und sah Thies und Nille an, die, ebenso wie er, völlig erledigt im Sand saßen. »Danke, dass ihr mir geholfen habt.«

Nille starrte zu Boden, aber Thies wandte sein Gesicht zu Falk und sah ihm lange direkt in die Augen.

»Das war nicht für dich, Falk«, brachte er schließlich hervor. »Das war für Sten.«

Dann standen die beiden Retter auf und gingen, ohne ein weiteres Wort zu sagen, Schulter an Schulter zum Dünenweg.

Falk blickte ihnen lange hinterher. Er wusste, dass sie nicht ihm einen Gefallen getan hatten. Aber er wusste auch, dass er jetzt am Zug war.

24.

»Du kannst das nicht rückgängig machen!« Gina hatte ihren Stift fallen lassen und starrte ihn über ihre Unterlagen hinweg entgeistert an. »Niemals! Von Boistern geht im Leben nicht darauf ein. Und überhaupt …«

Das »Überhaupt« wollte Falk schon nicht mehr hören. Er wusste, was kommen würde: Vorwürfe, er habe sich die Sache mit dem Grundstücksverkauf nicht richtig überlegt, sei zu leichtfertig mit seinen Entscheidungen, ob er überlegt habe, was da alles dran hinge …

»Hast du dir mal überlegt, was da alles dran hängt?« Gina machte aus ihrer Missbilligung keinen Hehl. Sie war entsetzt, als Falk ihr mitgeteilt hatte, er wolle den Verkauf an Hubert von Boistern rückgängig machen.

Nachdem Thies und Nille ihn verlassen hatten, hatte Falk sich für drei Stunden aufs Ohr gelegt. Dann war er erneut auf den Trecker gestiegen, um den Strand aufzuräumen. Natürlich war er dabei nicht allein, die Gemeinde hatte bereits Helfer geschickt, sogar einige Touristen kamen und fassten mit an. Alle brennbaren Teile wurden in den Dünen zu einem großen Scheiterhaufen aufgeschichtet, den die Feuerwehr, sobald das Holz getrocknet war, kontrolliert abfackeln würde. Alles andere, Schrott und Plastikmüll, kam auf den Bauhof. Falk schaffte alle kaputten Strandkörbe beiseite und entschied, welche davon er noch reparieren konnte. Er hatte achtundzwanzig Körbe verloren, das war immerhin ein

Schaden in Höhe von mehreren tausend Euro. Falk wusste gar nicht, ob der Strandkorbverleih versichert war, er würde das nachprüfen müssen. Weit über fünfzig Körbe waren reparaturbedürftig. Die schaffte er in die Lagerhalle. Das würde seine Beschäftigung über den Winter werden. Geflecht ausbessern, abgerissene Armlehnen ersetzen, Markisen und Polster kleben. Außerdem würde er die Körbe reinigen müssen, sie waren verklebt mit Schlick und Algen. Und er musste den Leuten, die diese Körbe gemietet hatten, ihr Geld zurückgeben, von dem Ärger, der auf ihn niedergehen würde, mal ganz abgesehen. Alles in allem war der Tag frustrierend und anstrengend gewesen, aber Falk hatte es ertragen. Er hatte in der Schicksalsnacht erfahren, was es hieß, zusammenzuhalten. Und wie wichtig es war, sich für eine Sache einzusetzen. Die Strandkorbvermietung war die Existenz seines Onkels gewesen, und um ein Haar hätte Stens Neffe all das durch Leichtsinn verloren. Natürlich, Sten war tot. Aber Falk war sein Erbe, und das verpflichtete ihn auch, sorgfältig mit dem Nachlass umzugehen. In Falks Leben gab es nichts, für das er sich so einsetzen konnte. Keine Arbeit, kein Ziel, keine Aufgabe. Er könnte von Heisterhoog mit sehr viel Geld in der Tasche weggehen, aber dann hätte er immer noch nichts, wofür es sich zu leben lohnte. Ihm war klar geworden, dass er Geld nicht geschenkt haben wollte. Er wollte sich selbst etwas erarbeiten, eine Existenz aufbauen, auf die er mit Stolz blicken konnte. Er wusste ja nicht einmal, was er mit dem Geld von Hubsi anfangen sollte. Ohne Ziel im Leben würde es auch nichts werden mit der Familiengründung. Das gestand sich Falk ehrlicherweise ein. Und so hatte er beschlossen, das Grundstück von Sten zu behalten. Er würde die Strandkorbvermietung vorerst weiterführen, sich darin bewähren, und wenn er das ordentlich machte, konnte er darüber nachdenken, was er eigentlich wirklich tun wollte. Auch wenn dieser Entschluss bedeutete, dass er auf Heisterhoog bleiben musste.

Aber den Zusammenhalt und die Freundschaft, die er hier gefunden hatte, hatte er vorher so noch nicht erlebt.

All diese Überlegungen wollte er am Ende des schrecklichen Tages Gina mitteilen, mit ihr besprechen, was sie davon hielt. Er war am Abend zu ihr gekommen, hatte eine Flasche Wein mitgebracht und ihr von der Sturmflut erzählt. Gina war entsetzt gewesen und hatte ihn bemitleidet. Aber dann hatte sie sich wieder über ihre Pläne und Angebote gesetzt und sich bei ihm entschuldigt, dass sie weiterarbeiten müsse. Falk hatte ihr vom Sofa aus zugesehen und gedacht, dass das genau das war, was ihm fehlte. Eine Aufgabe. Und die Leidenschaft dafür. Und dann hatte er Gina gesagt: »Ich verkaufe nicht.« Und nun kam sie mit diesem »Überhaupt«. Falk hatte das Gefühl, sich rechtfertigen zu müssen.

»Ja, mir ist jetzt klar, was alles daran hängt. Aber das habe ich vorher nicht bedacht. Ich habe nur das Geld gesehen und deine Begeisterung für die ›Dünenkrone‹ …«

»Ach, jetzt bin ich schuld?« Gina wurde richtig sauer. Sie schob fahrig ihre Unterlagen zusammen. »Ich habe dich nicht dazu überredet zu verkaufen, Falk. Du bist von der Uni geschmissen worden und wusstest nicht, was du tun solltest, erinnerst du dich?«

»Ja, schon«, gab Falk zu. »Ich habe eben gedacht, mich verbindet nichts mit dieser ganzen Sache und der Insel, und ich kann das alles auf einen Schlag loswerden.« Er bemühte sich nun, ruhig und eindringlich zu sprechen, um Gina mit seinen Argumenten zu überzeugen. »Aber gestern habe ich gemerkt, dass das nicht stimmt. Ich habe mir da was in die Tasche gelogen. Natürlich auch wegen der Kohle.«

»Was?!«, unterbrach ihn Gina biestig, »du willst mir doch nicht erzählen, dass du wegen einer Handvoll Strandkörbe auf eine Million Euro verzichtest? Mach dich nicht lächerlich.«

»Es sind nicht nur die Strandkörbe. Du hast doch letztens

erst gesagt, das Hotel wird alles verändern. Tüdersen, Heisterhoog, die Leute, die Infrastruktur. Und ich will nicht daran schuld sein. So einfach ist das.«

»So einfach ist das?« Ginas Stimme wurde richtig schrill, Falk hatte sie noch nie so außer sich erlebt. »Und was ist mit meinem Job?« Sie stand auf und kam auf ihn zu. Mit zittrigem Finger zeigte sie auf die Unterlagen auf ihrem Schreibtisch. »Seit Jahren warte ich auf diese Chance! Ich schleppe mich von Praktikum zu Praktikum, arbeite achtzig Stunden die Woche für einen Hungerlohn, nur damit ich eine Chance habe auf richtige Arbeit. Jetzt habe ich es endlich geschafft, da kommst du und sagst, du hast es dir anders überlegt! Hallo, geht's noch?!«

Nun platzte auch Falk der Kragen. »Ach darum ging es, nur um deinen Job? Und ich war das Mittel zum Zweck, ja? Der nützliche Idiot. Dem man nur ein bisschen um den Bart gehen muss, und dann verkauft er schon sein Grundstück, und zack hast du den tollen Job in der Tasche! Hat Hubert dich vielleicht zu mir geschickt, damit du mich überredest?«

»Jetzt bist du zu weit gegangen, Falk.« Gina zitterte vor unterdrückter Wut. »Wie kannst du mir so was unterstellen? Hau ab! Raus aus meiner Wohnung!«

Aber Falk ging schon freiwillig zur Tür, er hatte keinen Bedarf an einer weiteren Auseinandersetzung.

Gina rief ihm auf der Treppe noch nach: »Und lass dich nie, nie wieder bei mir blicken!«

Keine Bange, dachte Falk wütend, *du kannst bleiben, wo der Pfeffer wächst. Nämlich bei Hubsi und Konsorten.*

Als er die Tür seiner Kate hinter sich schloss, wusste Falk trotz des Streits mit Gina, dass er den Entschluss, doch nicht zu verkaufen, richtig getroffen hatte. Er fühlte sich hier zu Hause. Hier, in seiner Kate, im verschlafenen Tüdersen, auf Heisterhoog. Als er vor knapp drei Monaten hierherkam, hatte er nicht damit gerechnet, dass sich die Dinge so entwickeln würden. Er war wie selbstverständlich davon ausgegangen, dass er nach Hamburg zurückkehren würde. Aber durch den Streit mit Gina war ihm vor Augen geführt worden, dass er nur ein Mittel zum Zweck war. Hubsi könnte sein Hotel bauen, Gina hätte ihren lang ersehnten Job. Er hätte Geld. Sehr viel Geld. Aber es würde nicht so viel bléiben, er würde den Gewinn hoch versteuern müssen, ohnehin war zusätzlich noch die Erbschaftssteuer fällig, und außerdem entledigte das Geld ihn nicht seiner Sinnfrage. Was sollte er mit seinem Leben anfangen? Falk schlug drei Eier in die Pfanne, nahm sich eine Flasche Bier aus dem Kühlschrank und öffnete das Küchenfenster. Er horchte in die Nacht. Der Sturm hatte sich über Tag gelegt, man hörte entfernt das Rauschen des Meeres und vereinzelt die Schreie der Möwen. Eine innere Ruhe breitete sich in ihm aus. Morgen würde er zu Hubsi gehen und ihm sagen, dass er vom Kaufvertrag zurücktreten würde. Sicher fand sich noch ein anderer Platz auf der Insel für die »Dünenkrone«. Er würde den Winter über in Tüdersen bleiben, die Strandkörbe in Schuss bringen und sich Gedanken darüber machen, wohin sein Leben gehen sollte. Und vielleicht würde er sich wieder mit Gina versöhnen können, wenn der erste Ärger verraucht war. Gina. Falk spürte, wie sich sein Magen zusammenkrampfte. Als er nach dem Streit ihre Wohnung verlassen hatte, war er einfach nur stinksauer gewesen und hatte sie und ihren Job verflucht. Aber jetzt, als er allein war und in die Nacht hinausstarrte, erinnerte er sich an all die wunderbaren Momente, die sie zusammen erlebt hatten. An Ginas ausgelassenes Lachen, an ihre weichen Locken, die ihm ins Gesicht fielen, wenn sie sich liebten, an den Geruch ihrer Haut und den Geschmack ihrer Küsse. Er liebte sie. Noch immer und ungebrochen. Er wollte nicht glauben, dass Hubert von Boistern sie auf ihn angesetzt hatte. Er würde um Gina kämpfen, um jeden Preis. Aber zunächst musste er den Kaufvertrag rückgängig machen, das war, was jetzt zählte. Der Vertrag sollte in den nächsten Tagen unterzeichnet werden, der Vorvertrag war es bereits. In vier Tagen war der erste September, und dann sollte das Grundstück auf Hubsi übergehen. Falk war besorgt, was Hubsi sagen würde, wenn er ihm seinen Entschluss mitteilte.

Aber Hubert von Boistern alias Bernd Frekksen sagte gar nichts. Er lachte schallend und wollte sich nicht mehr einkriegen, als habe Falk ihm einen besonders guten Witz erzählt. Als das Lachen schließlich langsam abebbte und der massige Körper nicht mehr davon erschüttert wurde, sondern nur noch nachbebte, legte Hubsi seine fette Pranke auf Falks Schultern. »Vergiss das mal ganz schnell, mein Junge.«

Falk seufzte. Damit hatte er gerechnet. Hubert nahm ihn nicht ernst. Er würde es wiederholen müssen. Wieder und wieder, bis der Dicke es glaubte.

»Ich werde den Kaufvertrag einfach nicht unterzeichnen, Hubert. So sieht's aus.«

Der Druck der Hand auf seiner Schulter verstärkte sich.

»Du kommst aus dieser Nummer nicht mehr raus, Falk. Der Vorvertrag ist notariell beglaubigt. Und somit rechtsgültig.«

Falk nickte. »Ist mir klar. Dann werde ich eben vertragsbrüchig. Aber ich verkaufe nicht. Das ist mein letztes Wort.«

Jetzt schmerzte seine Schulter so sehr, dass er glaubte, die Knochen würden gleich brechen. Hubsi schob sein dickes Gesicht ganz nah an das von Falk, und Falk sah, dass er dabei war, die Fassung zu verlieren.

»Ich geh in Regress. Und dann blechst du ohne Ende. Ich habe Ausgaben gehabt, Falk, für die kommst du auf. Und noch mehr. Überleg's dir. Wenn ich mit dir fertig bin, bist du ruiniert.«

Der Immobilienhai war so nah an Falk herangerückt, dass

dieser Hubsis Bieratem riechen konnte. Da war er, Bernd Frekksen. Sein Gegenüber hatte nichts mehr von Adel. Er war wütend, er war primitiv, und Falk wusste mit Bestimmtheit, dass er die Geschicke der Insel nicht in seine Hände legen wollte. Er hielt dem kalten Blick aus den kleinen blauen Äuglein stand. Schließlich stand Frekksen stöhnend auf und verließ die »Auster«. Im Hinausgehen zeigte er auf Falk.

»Der übernimmt die Rechnung«, wies er die Kellnerin an.

Falk nahm auch das in Kauf. Und es war ihm völlig klar, dass er nicht nur auf den einhundertsechzehn Euro sitzen bleiben würde.

Hubert von Boistern war schnell. Bereits am folgenden Tag bekam Falk ein Schreiben vom Anwalt. Darin forderte dieser einen Schadensersatz in Höhe von zehn Prozent des Kaufpreises für seinen Mandanten im Falle, dass Falks vertragsbrüchig werden sollte. Das wären 100 000 Euro. Falk setzte sich hin und machte Kassensturz. Er brachte jeden Freitag das Bargeld, das er bei der Strandkorbvermietung eingenommen hatte, zur Bank. Auf dem Konto lagen jetzt 94 000 Euro – unversteuert, versteht sich. Dazu kam alles Bargeld, was er noch zu Hause hatte. Das waren knappe fünfhundert Euro. Davon würde er die Reparaturen an den Strandkörben zahlen müssen. Zwar hatte Falk herausgefunden, dass Sten eine Versicherung gehabt hatte, aber da dieser der Todesfall und der daraus resultierende Besitzerwechsel nicht gemeldet worden war, war es fraglich, ob sie anstandslos zahlen würde. Nach Abzug der Einkommens- und der Erbschaftssteuer würde von dem Geld allerhöchstens ein Drittel übrig bleiben. Dreißig-, vielleicht vierzigtausend. Zu wenig, um Hubert von Boistern auszuzahlen. Er konnte vom Kaufvertrag nicht zurücktreten, ob er wollte oder nicht. Falk vergrub den Kopf in den Händen. Es war so weit, zum ersten Mal in seinem Leben: Er wusste nicht mehr weiter.

25.

Es roch köstlich nach Vanillewaffeln, als Falk durch die kleinen Gassen von Süderende schlenderte. Es war der Tag des großen Dorffestes, und ein Verkaufsstand reihte sich an den anderen. Wahre Menschenmassen schoben sich über die mit dicken runden Steinen gepflasterten Gässchen, die meisten hatten etwas zu essen in der Hand oder zeigten sich gegenseitig, was sie an den Ständen der Kunsthandwerker gekauft hatten. Kinder und Hunde wuselten durch die Beine der Erwachsenen, Touristen und Einheimische vermischten sich. Die Stände wurden nicht nur von Insulanern unterhalten, zu den großen Festen kamen auch Markttreibende vom Festland. Da gab es jemanden, der wunderschöne handgearbeitete Quilts feilbot, mehrere Buden mit Schmuck, hauptsächlich aus Bernstein, der angeblich von der Küste kam, in Wirklichkeit aber zum größten Teil kostengünstig aus Polen importiert wurde. Von Holzschwertern über handgerührte Kosmetik, Bastel- und Malstände für die Kleinsten und natürlich Herzhaftes und Süßes zu essen und zu trinken wurde alles angeboten, was das Herz begehrte. Auch Piet hatte einen Stand aufgebaut, wo er leckere Krabben- und Fischbrötchen verkaufte. Jedermann konnte hier auf seine Kosten kommen, und auch Falk hätte das Dorffest genießen können, wenn ihn die Sache mit Hubsi und die Trennung von Gina nicht so sehr niedergedrückt hätten.

Er wanderte ein Gässchen hinunter, an kleinen mit Reet gedeckten Häusern vorbei, vor denen sich üppige Hortensien,

Stockrosen und Phlox im leichten Wind wiegten, als er den Stand von Silke Söderbaum mit wunderschöner Töpferware sah. Sie hatte ihren überdachten Tisch neben dem der Frau vom Wollladen, wo es stark, aber nicht unangenehm nach Schaf roch. Die Wolle hing in dicken Strängen und in allen Regenbogenfarben getönt von der Holzdecke des Standes herab. Grit wäre begeistert gewesen, dachte Falk. Sie hatte früher, in den Achtzigern, leidenschaftlich gerne gestrickt und ihn mit immer neuen bunt geringelten Socken, dicken Pudelmützen und Pullovern mit irischem Zopfmuster beschenkt. Schade, dass sie heute nicht hier sein konnte. Falk hätte die Gegenwart seiner Mutter tröstlich gefunden. Sie war die Einzige, der er sich anvertraut und von seinem Dilemma erzählt hatte. Sie konnte ihm nicht helfen, hatte ihm aber gut zugeredet. Grit hatte angeregt, Falks Vater um finanzielle Unterstützung zu bitten, schließlich ging es um das Land seines Bruders. Das war das erste Mal in seinem Leben, dass seine Mutter erwog, Geld von Harms anzunehmen, und damit war Falk klar geworden, wie sehr ihr Herz daran hing, dass das Grundstück von Sten bewahrt würde. Aber Falk hatte sich Bedenkzeit auserbeten. Er hatte noch eine Frist von vierundzwanzig Stunden und hoffte auf ein Wunder.

Als er jetzt an Silkes Stand vorbeiging, wollte er erst schamhaft weggucken, er hatte Silke das letzte Mal bei der schicksalshaften Gemeinderatssitzung getroffen. Aber Silke hatte ihn bereits erblickt und hob die Hand. Sie lächelte verhalten. Falk erwiderte erleichtert ihren Gruß. Zu seiner großen Überraschung winkte Silke ihn zu sich.

»Danke, Falk, ich hab davon gehört«, sagte sie, als er ihr gegenüberstand.

Falk wunderte sich. Dass er vom Kauf zurücktreten wollte, wussten nur Grit und Gina. Und Hubsi natürlich, aber der würde die Sache tunlichst unter Verschluss halten. Falk hakte vorsichtshalber nach, bevor er etwas preisgab.

»Was meinst du?«

»Dass du Thies das Leben gerettet hast. Nille hat's mir erzählt. Also, so gut er erzählen kann jedenfalls.«

»Ach das.« Falk war froh, dass es darum ging. »Nicht der Rede wert.«

Silke sah ihm forschend ins Gesicht. »Warum warst du überhaupt da draußen am Strand? Die Körbe können dir doch egal sein, wenn du sowieso hinschmeißt?« Ihr sonst so scharfer und klarer Blick flackerte ein bisschen. Falk wusste, dass Silke ihm seine Entscheidung, an Hubsi zu verkaufen, nicht verziehen hatte, aber sie schien zu ahnen, dass das letzte Wort vielleicht noch nicht gesprochen war.

Falk gab sich arglos.

»Ich weiß nicht, Silke. Instinkt. Wer weiß, wozu es gut ist.« Damit nickte er ihr freundlich zu und ließ ihren Töpferstand hinter sich. Aber er bekam noch mit, dass Silke sofort mit der Wollfrau die Köpfe zusammensteckte. In Heisterhoog blieb kein Geheimnis lange verborgen.

Falk bog um die Ecke und stand unvermittelt vor Ole Reents. Dieser trug eine martialische Schürze aus Metallringen und einen ebensolchen linken Handschuh. In der rechten Hand hatte er ein spitzes Werkzeug; als er Falk erblickte, stieß er damit auf etwas, das er in seiner Linken hielt, wobei es laut knackte. Falk sah sich verwirrt um und erkannte, dass Ole Reents unter einer weiß-blau gestreiften Markise stand, auf der der rote Schriftzug stolz »von Boistern's Austern« versprach. Tatsächlich stand Hubsi nur unweit von Ole, ganz in Weiß gekleidet, mit dem unvermeidbaren Cowboyhut, und füllte Gläser mit perlendem Champagner. Dazu reichte Ole die von ihm frisch geknackten Meerestiere.

Als auch Hubsi Falk gewahr wurde, erstarrte er kurz, fasste sich aber schnell. Er zauberte ein Grinsen auf sein feistes Gesicht und rief Falk über die Köpfe seiner Kunden hinweg zu: »Die Zeit läuft, mein Lieber!«

Falk nickte und wandte sich rasch ab. Ganz in der Nähe hatte Pfarrer Päffgen einen Stand, wo er für eine Patengemeinde in Nigeria Geld sammelte und zwei Heisterhooger Frauen Streuselkuchen verkauften. Neben dem Pfarrer stand Jörn Krümmel. Als Falk Jörn erblickte, hatte er den dringenden Impuls, sich ihm anzuvertrauen. Falk hatte Jörn als loyalen und objektiven Menschen schätzen gelernt. Er ging zu den beiden Männern und wurde freundlich begrüßt. Doch bevor er Jörn um ein Vieraugengespräch bitten konnte, entschuldigte sich dieser.

»Ich muss noch unseren Auftritt vorbereiten. Wir sehen uns um sechs an der Bühne. Seid bitte pünktlich und stimmt euch schon mal ein.«

Heinrich Päffgen und Falk nickten wie zwei brave Schüler, und Jörn verschwand. Falk unterhielt sich noch kurz mit dem netten Pfarrer, zog dann aber weiter. Nicht, dass er ein konkretes Ziel gehabt hätte, aber er gab die Hoffnung nicht auf, auf dem Fest Gina zu treffen. Er hatte Tag und Nacht an sie gedacht, und seine Sehnsucht nach ihr war so stark, dass er es kaum aushielt. Er mochte nicht glauben, dass alles aus sein sollte, nur wegen der vermaledeiten »Dünenkrone«. Dennoch hatte er jeden Impuls unterdrückt, sie anzurufen, er wollte ihr unbedingt in die Augen sehen, wenn er ihr sagte, dass er ohne sie nicht leben könne. Aber Gina ließ sich auf dem Dorffest nicht blicken, sosehr Falk auch nach ihr suchte. Manchmal glaubte er, ihre Locken in der Menge entdeckt oder ihr Lachen gehört zu haben, aber wenn er diesem Eindruck nachging, war sie entweder schon wieder weg oder er hatte sich getäuscht. Und es war nicht allein die Sehnsucht nach der Frau seiner Träume, Falk hatte außerdem das dringende Bedürfnis, noch einmal mit Gina über sein Problem mit dem Verkauf an Hubsi beziehungsweise dem Rückzug davon zu sprechen. Er wollte unbedingt seine Position klarmachen, in Ruhe, ohne Streit, und er hoffte, dass sie ihn dann verstehen würde.

Falk hockte sich auf einen Findling, der vor der Kurverwaltung auf dem Rasen lag und noch warm von der Sonne
war. Von hier aus hatte man freien Blick auf die Salzwiesen,
aufs Watt und auf die weit entfernte Nachbarinsel. Dahinter
lag das Festland. Falk kam es so vor, als sei es nicht nur einige
Kilometer Luftlinie entfernt, sondern als gehöre es zu einer
anderen Welt. Er wunderte sich über sich selbst, dass er kein
Bedürfnis hatte, dahin zurückzukehren.

Jetzt schob sich von rechts eine Figur ins idyllische Bild.
Viel zu große gelbe Gummistiefel, in welche eine dunkelblaue
Arbeitshose gestopft war, ein weiß-blau geringelter Sweater,
fusselige Haare und ein zerknautschter Elbsegler. Unverkennbar: Nille, der Klabautermann. Er hatte den Blick auf den Boden gerichtet und zog hinter sich einen alten Bollerwagen, in
dem sich Flaschen und Dosen stapelten. Offensichtlich hatte
er den Auftrag bekommen, schon während des Festes ein
bisschen für Sauberkeit zu sorgen. Falk stand auf und ging zu
ihm hin. Nille bemerkte ihn erst, als Falk direkt vor ihm stand
und ihm den Weg versperrte. Zuerst wollte er ausweichen,
aber Falk sprach ihn gleich an.

»Nille, warte mal. Hau nicht ab.«

Nille starrte zu Boden.

»Es tut mir leid«, fuhr Falk fort. »Das war nicht in Ordnung
von mir, dass ich dir nichts davon gesagt habe, dass ich an
Hubsi verkaufen will.«

»Tut man nicht, Falk, tut man nicht«, stieß Nille jetzt erregt
hervor und sah Falk empört, aber auch verletzt an.

»Da hast du recht. Das tut man nicht. Und ich möchte mich
bei dir dafür entschuldigen.«

Nille zuckte mit den Schultern. »Vorbei. Ist vorbei.« Damit
versuchte er, um Falk herum zu manövrieren, aber der hielt
ihn auf.

»Warte, Nille. Das ist noch nicht alles.«

Jetzt sah der Klabautermann ihm wieder direkt ins Gesicht.

»Es wird alles wieder gut«, fuhr Falk fort. »Ich krieg das hin, ich versprech's.«

Nilles Augen wurden feucht. Plötzlich legte er unvermittelt seinen Kopf an Falks Brust.

»Super, Falk, super«, murmelte er in Falks Pullover. Falk legte behutsam seinen Arm um Nilles Schultern und klopfte ihm beruhigend auf den Rücken. Dann löste sich der Klabautermann von ihm und ging mit seinem Bollerwagen weiter, auf der Suche nach allem, was die Leute weggeschmissen hatten. Falk blickte ihm hinterher. Dann gab er sich einen Ruck und machte sich langsam auf den Weg zur Bühne, der Auftritt des Shanty-Chores stand bevor.

Er war der Erste, aber er musste nicht lange warten, bis ein Sänger nach dem anderen eintrudelte. Jörn war sehr nervös und ging zu jedem Einzelnen, um ihm Tipps zu geben, an welcher Stelle er aufpassen musste, etwas verbessern konnte, leiser, lauter, höher, tiefer singen sollte. Außerdem verteilte er rote Halstücher für alle, um wenigsten ein bisschen den Eindruck von Einheitlichkeit in die buntgekleidete Truppe zu bringen. Schließlich nahm er seinen Platz am Pult ein und bat seine Leute gemäß einer vorher festgelegten Choreographie auf die Bühne. Das Publikum stand dicht gedrängt, der Auftritt bekam viel Aufmerksamkeit. Nach dem Chor sollte noch eine Folkband spielen, und später würde es erdigen Rock geben, zu dem dann auch getanzt werden durfte. Falk ließ den Blick über die Menge schweifen, aber es waren zu viele Köpfe, um unter ihnen den von Gina ausmachen zu können.

Das Programm startete mit dem Lied »Nimm uns mit, Kapitän, auf die Reise«, das total in die Hose ging. Jörn starrte böse über seine Goldrandbrille und schüttelte missbilligend den Kopf, aber sie wackelten stimmlich und fanden nicht zusammen. Der Applaus war entsprechend spärlich. Jörn entschied sich daraufhin, die Reihenfolge etwas umzustellen und sofort mit den Gassenhauern zu beginnen, bei denen das Publikum immer mitging, egal, wie schlecht sie dargeboten wurden. Sie sangen nacheinander »Wir lagen vor Madagaskar«, »What shall we do with the drunken sailor« und »Auf der Reeperbahn nachts um halb eins«. Schon beim zweiten Song stieg die Stimmung im Publikum, was sich auch auf die Chorsänger übertrug. Jetzt harmonierten ihre Stimmen endlich prächtig, und Jörn war an seinem Pult kaum zu halten. Er drosselte das Tempo mit »La Paloma«, legte mit »Wo die Nordseewellen« nach, und mit »My Bonnie is over the ocean« erreichten sie den Höhepunkt der Rührseligkeit. Als Falk die Zeilen »Last night, as I lay on my pillow« sang, entdeckte er sie. Sie stand am äußersten rechten Rand, weit hinten, aber es war unverkennbar Gina. Und sie sah zu ihm. Nur zu ihm. Falk spürte den Blick von Gina fast körperlich auf sich ruhen, und als der Chor den Refrain »Bring back, bring back, oh bring back my Bonnie to me« intonierte, legte er all seine Gefühle, seine Sehnsucht und Inbrust in diese Zeilen. Er hatte kein Auge mehr für Jörn, weil er die Blickverbindung mit Gina auf keinen Fall abreißen lassen wollte.

Es folgten weitere Shantys, das Publikum tobte und forderte Zugaben, aber schließlich war der Heisterhooger Shanty-Chor entlassen und polterte von der Bühne. Falk wollte nichts wie weg, zu der Stelle, an der Gina gestanden hatte, weil er befürchtete, dass sie ihm wieder entgleiten würde. Aber Jörn ließ niemanden gehen, sondern schüttelte einem jeden die Hand und bedankte sich für den dann doch noch gelungenen Auftritt. Als Falk schon nervös wurde, stand Gina plötzlich neben ihm.

»Du hast schön gesungen.« Sie sah zu ihm auf. Und zu seiner großen Verwunderung konnte Falk erkennen, dass sie Tränen in den Augen hatte.

»Danke«, erwiderte er und hakte besorgt nach: »Ist alles okay mit dir?«

Gina schüttelte stumm den Kopf. Sie wollte etwas sagen, brachte aber kein Wort über die Lippen. Schließlich zog sie Falk am Arm.

»Können wir irgendwo reden?« Ihre Stimme zitterte. Irgendwie hatte Falk sich ihre Versöhnung anders vorgestellt, weniger tränenreich. Er schob Gina weg von den Chorleuten, denn er konnte sehen, dass Hubert von Boistern bereits neugierig zu ihnen herübersah. Auch Silke und Thies war Ginas Anwesenheit und ihre Erregung nicht entgangen. Also lotste Falk Gina in eine ruhige Ecke, abseits der Bühne.

»Was ist denn passiert? Du bist ja völlig durch den Wind!«, erkundigte er sich vorsichtig.

Gina holte tief Luft und bemühte sich, nicht in Tränen auszubrechen.

»Es tut mir leid, Falk. Du hattest so recht mit allem. Und ich war so schrecklich …«

Falk nahm ihre Hände in seine. »Hier geht es doch nicht ums Rechthaben. Ich will nicht recht haben. Ich will nur, dass wir uns nicht streiten. Und ich war auch schrecklich.«

Gina schniefte. »Trotzdem. Ich wollte einfach nicht sehen, dass …« Nun schluchzte sie und fummelte umständlich ein Taschentuch aus ihrer Jeanstasche. Kraftvoll schnäuzte sie hinein. Danach zitterte ihre Stimme weniger, und sie hatte sich wieder einigermaßen unter Kontrolle.

»Ich habe nur an den Job gedacht«, sagte sie mit klarer und fester Stimme. »Und dabei habe ich nicht gemerkt, dass Hubert von Boistern ein Betrüger ist.«

»Was?« Nun fiel Falk aus allen Wolken. »Wieso das?«

»Die Ökopläne für die ›Dünenkrone‹ sind Makulatur.« Ginas traurige Verzweiflung wich der Wut. Sie blies sich ungeduldig eine lockige Haarsträhne aus dem Gesicht, und Falk hätte sie am liebsten an sich gezogen und leidenschaftlich geküsst. Aber er merkte, dass Gina sich erst Luft machen musste.

»Dieser Hubsi hat mich einfach nur vorgeschoben. Von

wegen Regenwasseraufbereitung und regenerative Energie! Der will bloß einen Hotelklotz da hinstellen, weiter nichts«, echauffierte sich Gina. »In den letzten Tagen hat er eine Baumaßnahme nach der anderen verworfen. Ich habe ihm die Angebote vorgelegt, aber er hat alles abgelehnt. Zu teuer, zu teuer, zu teuer. Dabei hat er mich behandelt, als sei ich ein ahnungsloses Dummchen.«

Und das, da war Falk sicher, war Hubert von Boisterns größter Fehler. Mit machohafter Herablassung war er bei Gina an der falschen Adresse.

»Meinen Job bei Jonkers & Jonkers bin ich jetzt natürlich auch los. Keine ›Dünenkrone‹, keine Festanstellung«, seufzte Gina. »Aber das Schlimmste ist«, jetzt wurde sie ein bisschen kleinlaut, »ich glaube, er hatte von vornherein nichts anderes vor. Aber er wusste genau, dass er die Leute hier nur dazu bekommt, diesem Wahnsinn zuzustimmen, wenn er das Ganze als fortschrittliches Ökoprojekt tarnt. Also ich kann nur sagen: Gott sei Dank bist du vom Kaufvertrag zurückgetreten.«

Falk sah sie einfach nur an.

»Oder?«, hakte Gina nach, »bist du doch?«

»Weder noch«, gestand Falk nun ein. »Ich werde es mir einfach nicht leisten können. Er will zehn Prozent von der Kaufsumme als Schadensersatz. Das sind hunderttausend Euro. Und die habe ich nicht.«

»Verdammte Hacke.«

Falk und Gina sahen sich in die Augen. Zunächst ratlos ob der verfahrenen Situation. Dann zunehmend zärtlicher. Sie versanken im Blick des anderen, und ihre Köpfe neigten sich einander zu. Falk las in Ginas Augen die gleiche tiefe Liebe und Zuneigung, die auch er für sie empfand, und er flüsterte: »Ich liebe dich!«, als ihre Nasenspitzen sich beinahe berührten. Plötzlich kippte Falk vornüber und konnte sich nur knapp halten, denn jemand war auf seinen Rücken gesprungen und umschlang seinen Hals mit den Armen.

»Hier versteckst du dich, Falkie-*Boy*!«

Falk schloss kurz die Augen. Bille. Der Super-GAU. Er öffnete die Augen und sah Gina an. Die starrte ihn an, warf Bille einen missbilligenden Blick zu und drehte ab. Falk stöhnte und machte noch einen Versuch, Gina aufzuhalten.

»Gina, warte! Das ist nicht so, wie du denkst!«

Habe ich das eben gesagt?, dachte er. *Ein Satz wie aus einem schlechten Drehbuch. Klar, dass sie sich nicht davon aufhalten lässt. Aber jetzt muss ich das Problem hier erst mal lösen.*

»Wer ist das?« Bille hatte die Arme in die Seiten gestemmt und grinste ihn herausfordernd an. »Hast du dir hier was angelacht? Kleine Insulanerliebe?«

»Weder klein noch Insulaner.« In Falk stieg Wut hoch. Darüber, dass Bille hier unangemeldet aufkreuzte und Anspruch auf ihn erhob. Obwohl sie vor drei Monaten nicht gerade einvernehmlich auseinandergegangen waren. Vor allem aber war er wütend über sich selbst, weil ihm einfiel, dass er den Brief, in welchem er sich von Bille getrennt hatte, nie abgeschickt hatte. Der lag noch immer in der Nachttischschublade. Also musste er endlich Nägel mit Köpfen machen.

»Hör zu, Bille«, begann Falk. »Das ist ja nett und lustig, dass du hier aufkreuzt …«

»Nicht nur ich«, unterbrach Bille ihn, »Luzie, Bertie, Tom, Nico und Franzi sind auch da. Die warten am Caipirinha-Stand auf uns.«

Auch das noch, dachte Falk. *Die haben mir jetzt echt gefehlt. Die ganze Hamburger Clique. Als hätte ich nicht genug Probleme.* Aber er rang sich zu einem Lächeln durch. Er wollte das hier nicht in Streit und Unfrieden beenden.

»Na, das ist ja super. Bille, ich wollte dir schon lange was sagen, aber nicht am Telefon. Dann habe ich dir einen Brief geschrieben, den habe ich allerdings nicht abgeschickt.«

Er machte eine Pause und sah Bille an. Sie sah zu Boden und tat Falk plötzlich leid. Die Jahre mit Bille hatten viele tolle

Momente gehabt. Sie waren wild gewesen, lustig und chaotisch. Er mochte Bille nach wie vor. Aber er war erwachsen geworden in den letzten Wochen.

»Ich finde es besser, wir trennen uns«, sagte er leise.

Bille starrte noch immer auf ihre Füße.

»Wir haben ziemlich viel gestritten in der letzten Zeit«, setzte Falk so behutsam wie möglich nach.

Jetzt sah Bille hoch und ihm direkt in die Augen. Wut spiegelte sich in ihrem Blick.

»Am Arsch, Falk«, sagte sie aufgebracht.

»Was?« Falk war aus dem Konzept.

»Am Arsch«, wiederholte Bille resolut. »Nur weil wir ein bisschen Zoff gehabt haben und du dir hier 'ne Schnecke angelacht hast, willst du mich abservieren? Ohne mir eine Chance zu geben? So gehst du mit mir nicht um, Falk Thomsen. Das hab ich echt nicht verdient.« Sie sah ihn herausfordernd an.

Falk wusste, dass Bille recht hatte. Er hatte das alles mit sich ausgemacht. Seine Unzufriedenheit in den letzten Wochen, seine Weigerung, nicht mit nach Goa zu fahren, und nun die plötzliche Trennung. Tatsächlich hatte Bille gar keine Gelegenheit gehabt, seine Entscheidung zu beeinflussen. Das war ungerecht und egoistisch von ihm. Andererseits war Falk klar, dass die Trennung unumgänglich war, und Bille wusste das im Inneren ihres Herzens bestimmt auch. Er würde ihr nur Zeit geben müssen. Aber Bille war, ebenso wie er, Verdrängungskünstlerin.

»Wir gehen erst mal zu den anderen rüber und trinken einen, okay? Und morgen reden wir darüber. Oder du hast es dir dann sowieso anders überlegt, ja?«

Bille gab ihm einen Kuss, und Falk ließ sie gewähren. Diesen Aufschub würde er Bille zugestehen müssen. Gina war ohnehin abgezogen, und vielleicht war es besser, heute Abend diese Beziehungsprobleme auf sich beruhen zu lassen und sie morgen im Licht des neuen Tages frisch anzugehen. Schließlich musste er noch eine Sache regeln. Und die duldete keinen Aufschub.

»Okay«, gab Falk zurück, »aber ich muss danach noch was regeln.«

Bille nahm seine Hand, was Falk ihr angespannt gewährte, und sie schlenderten durch die Gassen zum Caipi-Stand. Die Folkband hatte mittlerweile die Bühne erobert, es dämmerte, nur die Lichterketten der Verkaufsstände erhellten die Szenerie. Falk hielt Ausschau nach Gina, aber sie war wieder untergetaucht.

Als sie an dem Stand ankamen, gab es ein großes Hallo, und Falk vergaß seinen Ärger darüber, dass die Freunde ihn so unvermutet überfallen hatten. Irgendwie freute er sich doch, sie alle zu sehen. Nach zwei Caipirinhas lagen sie alle in den Armen; Bille erzählte von Goa, Franzi und Nico waren in London gewesen, Bertie berichtete davon, wie er sich in Südfrankreich von seiner Freundin getrennt hatte, und Falk schoss schließlich den Vogel ab, als er eine dramatische Schilderung der Sturmflut ablieferte. Über alles andere, was auf der Insel geschehen war und sein Leben total verändert hatte, wollte er nicht sprechen. Das behielt er für sich, aber trotz des Spaßes, den er mit seinen Freunden hatte, dachte er fortwährend daran, dass seine Zeit ablief und er wegen Hubsi eine Entscheidung treffen musste.

Es war gegen elf, als die Verkaufsstände längst das Licht gelöscht hatten, die Rockband auf der Bühne die letzten ruhigen Balladen ablieferte und lediglich ein eiserner Kern von Leuten an den Trinkbuden stand. Es ging feuchtfröhlich zu an den drei Bars. An der Bierschänke hatten sich neben einigen Touristen Piet und Imker Paulsen festgequatscht. An dem Stand von Gino, der Antipasti servierte und sizilianischen Rotwein ausschenkte, standen Jörn Krümmel, Pastor Heinrich Päffgen, Thies Hoop, Silke Söderbaum und einige ihrer Freunde. Da, wo Falk mit seiner Clique war, versammelten sich zu

Falks Verdruss die von Boisterns und Ole Reents. Falks bester Freund Bertie hatte bereits etwas zu viel getrunken, als er begann, ausgerechnet Nancy von Boistern begehrliche Blicke zuzuwerfen. Unglücklicherweise fielen seine Annäherungsversuche auf fruchtbaren Boden, denn Nancy, krankhaft vergnügungssüchtig, empfand die Aufmerksamkeit des Szene-Hamburgers als durchaus willkommene Abwechslung zu ihrem unterbelichteten Bodybuilder-Verlobten. Mit großem Unbehagen bemerkte Falk, wie Ole Reents die Flirterei von Bertie und Nancy beobachtete und dabei schnell und stetig einen Caipi nach dem anderen in sich hineinschüttete. Falk wollte Bertie noch warnen, aber Ole war schneller. Er packte Falks Freund überraschend und unvermittelt am Kragen und drohte ihm lallend. Bertie ließ sich nicht lumpen und schüttete Ole lachend den Rest aus seinem Caipirinha-Glas ins Gesicht. Daraufhin klatschte ihm Oles Faust aufs Auge. Bille kreischte und versuchte, Ole von Bertie wegzuzerren, aber da hatte sie nicht mit Nancy gerechnet, die Bille mir nichts, dir nichts ihre kleine Lackledertasche um die Ohren haute. Und ehe Falk es sich versah, war er in die größte Schlägerei seines Lebens verwickelt.

Bertie war, als Ole ihn niedergeschlagen hatte, so unglücklich gegen die Bar gefallen, dass diese einfach umkippte, mitsamt den Flaschen und Gläsern. Der Besitzer geriet außer sich vor Wut und attackierte die Hamburger. Falk, der versuchte, die Wogen zu glätten, geriet zwischen die Fronten; ehe er etwas dagegen unternehmen konnte, lag er am Boden, und Thea von Boistern war über ihm und versuchte offensichtlich, ihm die Augen auszukratzen. Doch von hinten kam jemand und riss Thea von Falk weg. Es war Silke Söderbaum, die Thea erst einmal links und rechts ohrfeigte. Blitzschnell waren die beiden Frauen in einen Ringkampf verwickelt, wie auch alle anderen um sie herum. Falk bekam nur die Hälfte mit, weil er immer wieder angerempelt wurde, sich zur Wehr setzen oder einem Schlag ausweichen musste. Piet und Paulsen hatten sich so schnell in die Schlägerei eingemischt, als hätten sie seit Jahren darauf gewartet, dass so etwas passierte. Thies teilte erwartungsgemäß ordentlich aus, der schwarze Cowboy mähte einen Mann nach dem anderen nieder. Leider ging dabei der Stand von Gino völlig zu Bruch, dessen Besitzer sich rächte, indem er die Prügelnden mit seinen Antipasti bewarf. Obwohl Falk grundsätzlich körperliche Gewalt verurteilte, merkte er während der Schlägerei, dass sein aufgestauter Frust und seine Wut sich Bahn brachen und er nur allzu gerne die Gelegenheit wahrgenommen hätte, einem der hier Anwesenden ordentlich eins auf die Mütze zu geben: Bernd Frekksen. Dieser hatte gleich zu Beginn der Massenprügelei seinen Cowboyhut verloren, der nun zerknautscht und verschmutzt unter den Schlägern lag. Aber Falk machte ihn schließlich doch aus. Frekksen hatte gerade den Buchhändler in der Mache, und Jörn stand neben den beiden und versuchte energisch, sie zu trennen. Aber seine Friedensbemühungen trugen keine Früchte.

Falk nahm Anlauf und sprang Hubsi-Frekksen von hinten auf den Rücken. Er würgte den fetten Hals so lange, bis der Inselunternehmer von seinem Gegner abließ.

»Du kleines Arschloch«, zischte er Falk durch zusammengebissene Zähne hindurch zu. »Denkst wohl, du kannst dich mit mir anlegen, wie?«

Jetzt provozierte der Fettsack ihn auch noch! Falk brüllte vor Wut und rammte von Boistern seinen Schädel in den dicken Bauch. Dieser bekam keine Luft mehr und kippte um wie ein Sack. Flink wie ein Wiesel war Falk über ihm, aber sobald Hubsi wieder atmen konnte, setzte er sich zur Wehr. Und obwohl Falk der Geschicktere und Schnellere war, fiel es ihm schwer, Hubsi auszuknocken, denn der hatte einfach Masse. Er war bestimmt doppelt so schwer wie Falk, und als dieser einen Moment nicht aufpasste, hatte Hubert ihn abgeschüttelt und warf nun seinerseits seine weit über hundert Kilo auf Falk. Dem gelang es nicht, sich unter dem Wal hervorzuwinden, der quer über seinem Brustkorb lag und sich von Falks Fäusten unbeeindruckt zeigte. Falk sah Rot und biss zu. Er erwischte Huberts feisten Oberarm; einen Moment später drang der Schmerz zu dessen Hirn vor, und er brüllte wie am Spieß. Falk nutzte die Schrecksekunde und quetschte sich unter Frekksens massigem Körper hervor. Dieser drehte sich vor Schmerz stöhnend herum, und Falk presste rasch sein Knie auf Hubsis Hals. Jetzt hatte er gewonnen. Sobald Hubsi Anstalten machte, sich zu wehren, verstärkte Falk den Druck seines Knies auf Hubsis Kehlkopf, und dieser bekam keine Luft. Falk wollte Hubsi gerade dazu erpressen, den Kaufvertrag als null und nichtig zu erklären, als jemand an ihm zog.

»Hör auf, Falk, runter da! Hubert erstickt doch gleich, siehst du das nicht?« Es war Jörn Krümmel, mit wirrem Haar und zerrissener Jacke, der mit zutiefst besorgtem Gesicht versuchte, Falk von seinem Gegner fortzuziehen.

»Erst, wenn er von seiner Forderung zurücktritt«, ächzte Falk. Mittlerweile hatte die Schlägerei ihren Zenit überschritten, und die Kombattanten lösten sich langsam voneinander. Einige Neugierige gruppierten sich um Falk und Hubsi. Darunter Thies Hoop, der verächtlich auf den am Boden liegenden und nach Luft japsenden Bernd Frekksen hinabsah.

»Was für eine Forderung?«, erkundigte sich Jörn verwirrt, und Falk erklärte ihm kurz und knapp den Sachverhalt. Er ließ sich schließlich von Frekksen herunterziehen, der sich jammernd an die Kehle griff.

»Zehn Prozent?« Jörn sah Hubsi kopfschüttelnd an. »Das ist doch illegal, Hubert. Das kriegst du nie durch.«

Hubsi japste nur.

Jetzt mischte sich Thies ein. »Lass es gut sein, Bernd. Lass den Thomsen aus dem Vertrag raus. Du machst dir doch sowieso keine Freunde mit dem Scheiß.«

Aber Jörn schob Thies zur Seite. »So einfach ist das nicht, Thies. Hubert hat Kosten gehabt, und Falk muss dafür aufkommen. Ein Geschäft in dieser Höhe geht man nicht erst ein und überlegt es sich dann anders.« Strafend blickte er zu Falk, der sich prompt vorkam wie ein ungezogener Junge. Nun sahen alle zu dem am Boden sitzenden Frekksen hinunter, und Falk tat er beinahe leid. Er streckte Hubsi die Hand hin, der einschlug und sich von Falk hochhelfen ließ.

»Jetzt wird erst mal aufgeräumt, und dann klären wir die Sache«, ermahnte Jörn die Umstehenden. Tatsächlich sah es aus wie auf einem Schlachtfeld. Überall waren Holztrümmer von den kaputten Buden, Glasscherben, Alkoholpfützen und zermanschte Antipasti. Sowohl die beiden Inselpolizisten als auch ein Sanitäter waren mittlerweile eingetroffen. Aber niemand, auch nicht die geschädigten Budenbesitzer, wollte Anzeige erstatten. Jörn hatte Gino und den beiden anderen Schankleuten Entschädigung zugesagt und jeden der an der Schlägerei Beteiligten aufgefordert, Geld dafür zu spenden. Die Blessuren beschränkten sich auf zerrissene Klamotten, das ein oder andere blaue Auge, Kratzer und Prellungen. Niemand musste ärztlich behandelt werden, sogar Hubsis beinahe zerquetschter Kehlkopf erholte sich rasch.

Es war weit nach Mitternacht, als Jörn Krümmel Falk und Hubsi zum Pastor in die Küche bat und sie bei heißem Kakao und Streuselkuchen einen Kompromiss aushandelten, der in einem Protokoll festgehalten und von allen unterschrieben wurde.

26.

Falk bereitete gerade Spiegeleier mit Speck zu sowie ge-
schmorte Tomaten, als Bille sich als Erste von der Clique in
der Küche blicken ließ. Sie stand mit zerzaustem Haar und einem ausgewaschenen T-Shirt in der Tür und bobachtete Falk
gähnend. Als er Bille so sah, wie er sie vier Jahre lang morgens gesehen hatte, überkam Falk ein zärtliches Gefühl. Bille
war okay. Und sie hatte es verdient, dass da einer war, der sie
liebte, mit all ihren Ecken und Kanten. Aber Falk wusste, dass
er nicht dieser Jemand sein würde. Als sie alle gestern nach
der Schlägerei in die Kate gekommen waren, hatte er Bille
den Abschiedsbrief gegeben, den sie kommentarlos in ihre
Tasche gesteckt hatte. Aber sie hatte auch keinerlei Anstalten
gemacht, zu ihm ins Bett zu kriechen. Stattdessen hatte sie
noch lange mit den Freunden gewitzelt, sich nichts anmerken
lassen und war schließlich brav in ihrem Schlafsack einge-
pennt.

Jetzt stahl sich Bille ein Stück knusprigen Speck direkt aus
der Pfanne und schob ihn genüsslich in den Mund.

»Du bist der perfekte Hausmann, Falkie-*Boy*«, sagte sie lächelnd und zwickte Falk dabei in den Hintern. Falk war nicht
zum Scherzen zumute. Die Sache mit der Trennung musste
jetzt auf den Tisch, ein für alle Mal.

»Hast du den Brief gelesen?«, erkundigte er sich vorsichtig.

»Nö«, gab Bille entspannt zurück.

Falk schluckte.

»Aber«, fuhr Bille fort, »ich hab mir überlegt, dass wir unsere Sache mal auf Eis legen sollten. Ich hab nachgedacht, und irgendwie haben wir uns ziemlich auseinandergelebt. Findet Bertie auch.«

Falk wusste nicht, ob er lachen oder schreien sollte. So also hatte Bille sich das zurechtgelegt. Sie wollte einfach nur nicht diejenige sein, die verlassen wurde. Das passte nicht zu ihrem Selbstbild. Für Falk ging das in Ordnung. Hauptsache, er war frei. Aber was sollte eigentlich dieser Nachsatz mit seinem Freund Bertie? Beinahe spürte er einen kleinen Stich der Eifersucht.

»Wieso Bertie?«, erkundigte er sich misstrauisch.

»Na, wir haben viel geredet, Bertie und ich. Als du weg warst. Bertie kommt mich ja ab und zu mal besuchen.« Das klang vorwurfsvoll, und das sollte es auch.

»Aha, besuchen«, echote Falk. Dieses Gespräch lief so ganz anders, als er sich das vorgestellt hatte.

»Jedenfalls«, fuhr Bille fort, »finde ich, dass ich mich noch nicht fest an dich binden sollte. Da draußen gibt's ne Menge cooler Typen, ich guck mich lieber noch mal 'n bisschen um. Also dafür, Frau Thomsen zu werden, ist es noch zu früh.«

Als ob er das jemals gewollt hätte! Falk musste sich sehr zusammenreißen, um seine Verwunderung über Billes Sinneswandel nicht zu zeigen, und stellte die Pfanne mit den Spiegeleiern auf den reichgedeckten Frühstückstisch. Bille folgte ihm mit den geschmorten Tomaten.

»Also wenn das okay für dich ist, Falk?« Sie standen nun direkt voreinander, und Falk sah in Billes funkelnde Augen. Das Wasser, das sich in ihren Winkeln sammelte, strafte ihre heiteren Sprüche Lügen. Aber er würde ihr nicht in die Parade fahren. Sie hatte sich die Trennung so zurechtgelegt.

»Klar ist das okay«, sagte Falk und zwinkerte. Dann nahm er Bille in den Arm und drückte sie fest. Dabei spürte er, dass es ihr schwerfiel, sich von ihm zu lösen.

»Freunde?«, fragte Bille ihn mit einem kleinen Zittern in der Stimme.

»Freunde«, bestätigte Falk. In dem Moment sah er Bertie aus dem Badezimmer kommen. Falk grinste seinen Kumpel an.

»Morgen, Alter«, Bertie sah verunsichert von Bille zu Falk, »stör ich?«

Bille legte in Sekundenbruchteilen den Schalter um. Sofort nahm sie Bertie flirtiv an der Hand und zog ihn zu sich.

»Aber gar nicht, Bertie-*Boy*«, dabei zwinkerte sie Falk zu, »nur ein kleines Geplänkel unter Freunden.«

Falk grinste. Bille würde auch ohne ihn klarkommen, dessen war er nun sicher.

Die Clique hatte sich entschieden, die frühe Nachmittagsfähre zu nehmen, und Falk brachte seine Leute zur Bushaltestelle in Tüdersen. Als der Bus kam, umarmte Falk seine Freunde und versprach, bald mal wieder einen Abstecher nach Hamburg zu machen. Wenigstens um seine Sachen aus der WG zu holen. Schließlich verschwand der Bus in Richtung Leuchtturm, und Falk schwang sich auf sein Fahrrad. Er hatte das Wichtigste noch vor sich: Gina davon zu überzeugen, dass mit Bille bereits Schluss gewesen war, bevor er sie kennengelernt hatte. So gut wie, jedenfalls. Außerdem musste er ihr von Jörn Krümmels grandioser Schlichtung erzählen. Als sie gestern Nacht bei Pfarrer Heinrich um den Küchentisch gesessen hatten, hatte Jörn eine längere Moralpredigt an Falks und Hubsis Adresse gerichtet. Schließlich hatten sie eine gerechte Lösung ausgehandelt. Hubsi sollte darlegen, welche Kosten ihm im Zuge des geplatzten Kaufvertrages entstanden waren, und Falk verpflichtete sich, dafür aufzukommen. Überschlägig würde die Summe, für die von Boistern Belege würde liefern müssen, knappe vierzigtausend Euro betragen. Das war gerade das, was Falk abzüglich Steuern und Unkosten von seinem

Strandkorbgeschäft übrig bleiben würde. Er stand also jetzt, am Ende der Saison, mit Nichts da. Keine Freundin, kein Studium, kein Geld. Was die beiden letzten Posten anging, akzeptierte Falk das klaglos, schließlich war er selbst daran schuld. Aber der erste Posten, die Freundin, daran würde er etwas ändern. Dazu war er wild entschlossen.

Er parkte sein Fahrrad vor dem Haus, in dem Gina wohnte, und durchquerte den Garten. Die Besitzerin des Hauses, die ihn mittlerweile gut kannte, winkte ihn zu sich. Sie war dabei, ihre Rosen zu schneiden, und unterbrach ihre Gartenarbeit, um Falk zu sagen, dass Gina ausgezogen war.

»Ausgezogen?« Falk war fassungslos.

»Ja«, bestätigte die Frau. »Vor einer halben Stunde. Sie hat mir noch den halben Monat bezahlt und …«

Aber den Rest hörte Falk nicht mehr. Er rannte zu seinem Fahrrad, sprang auf den Sattel und trat in die Pedale. In knapp zehn Minuten legte die Fähre in Norderende ab, und Gina musste darauf sein. Bis zum Fähranleger waren es sechs Kilometer, das musste er schaffen.

Falk radelte wie bei der Tour de France, nur dass er ungedopt war. Er überholte alles und jeden rücksichtslos, ignorierte das Stechen in seiner Lunge und holte das Letzte aus sich heraus. Als er in die Kurve zur Mole bog, hörte er das Tuten der »Aurora«. Das war das Zeichen dafür, dass sie in Kürze ablegen würde. Er erreichte den Fähranleger, schmiss sein Rad achtlos hin und drängte sich zwischen die winkenden Menschen, die Abschied nahmen. Er brüllte Ginas Namen und scannte mit den Augen die Relings auf beiden Decks. Es standen so viele Menschen auf der Fähre, dass es ihm unmöglich war, Gina herauszufiltern. Aber Bertie entdeckte er, sein giftgrüner Pulli stach aus der Menge hervor. Er unterhielt sich mit jemandem, der neben ihm stand, und Falks Herz setzte einen Moment aus, als er erkannte, wer das war. Die honigblonde Lockenmähne war unverkennbar.

266

»Gina!«, brüllte er. »Gina, ich liebe dich!«

Die Umstehenden blickten zu ihm und lachten. Die Fähre gab erneut ein Signal. Falk rief wieder Ginas Namen, und diesmal machten sich die Menschen neben ihm einen Scherz und fielen in Falks Schreie ein. Endlich wurde Gina auf ihn aufmerksam. Falk wiederholte sein Liebesgeständnis. Während die Menschen an der Hafenkante applaudierten, als Falk auf die Knie fiel, ließ der Bootsmann die Bugklappe schließen. Die Motoren der »Aurora« dröhnten, die Bugwelle schäumte auf, und das Schiff legte ab. Da verschwand Gina, und Bertie wedelte aufgeregt mit den Armen. Er schrie ebenfalls etwas, Falk verstand davon nur das Wort »erklärt«, während er irritiert versuchte herauszufinden, wohin Gina verschwunden war. Er entdeckte sie auf der Treppe zum Autodeck, wo sie mit einem Maschinisten diskutierte und wiederholt an Land zeigte. Plötzlich wurde die Bugklappe wieder geöffnet, und die »Aurora« manövrierte erneut an die Mole. Falk rannte hin, und Gina kam ihm förmlich entgegengeflogen, obwohl das Schiff noch nicht wieder ganz angelegt hatte und ein Seemann versuchte, sie zurückzuhalten. Aber Gina setzte mit einem beherzten Sprung an Land, wo Falk sie fest in die Arme schloss und küsste. Die Leute am Fähranleger und die auf der Fähre johlten, aber Falk war es egal, dass alle Welt ihm dabei zusah, wie er seine Liebste küsste. Denn er war dabei der glücklichste Mensch der Welt.

Eine Ärztin im Hamburg der Kaiserzeit kämpft für die Rechte der Frauen

Hamburger Hafen, 1910: Anne Fitzpatrick ist eine der ersten Ärztinnen Deutschlands und arbeitet unter großen Anfeindungen in einem Frauenhaus. Ihre Mission ist es, Frauen zu helfen, denen Leid zugefügt wurde. Als die couragierte Pastorentochter Helene bei ihr auftaucht und mitarbeiten will, unterstützt Anne die junge Frau in ihrem Wunsch, etwas Sinnvolles zu tun. Da werden neben dem Frauenhaus im Hafenbecken zwei Leichen entdeckt. Die Opfer hatten Kontakt zur neuen Frauenbewegung, so wie Anne selbst auch. Die Polizei spielt den Vorfall jedoch als Mord im Milieu herunter. Aber warum ermittelt der wortkarge Kommissar Berthold Rheydt trotzdem weiter? Zusammen mit Helene sucht Anne nach Antworten und gerät dabei in immer größere Gefahr.

Henrike Engel
Die Hafenärztin. Ein Leben für die Freiheit der Frauen
Roman

Klappenbroschur
Auch als E-Book erhältlich
www.ullstein.de

ullstein

»Ich habe gar keinen Enkel ...«

Ehe kaputt, Weinhandlung pleite. Alles, was Sandra vom großen Glück geblieben ist, sind Likes auf Instagram. »Gejammert wird trotzdem nicht«, findet ihre rüstige Mutter Heike. Guter Wein muss her. Also auf nach Apulien! Doch die Reise der beiden wird schon am Gotthard-Tunnel jäh unterbrochen: Auf einer Raststätte gabeln sie den fünfzehnjährigen Federico auf. Er ist aus dem Heim abgehauen und will zu seinem Großvater Alessio nach Brindisi. Den kennt er allerdings nur vom Foto, weshalb Alessio wenig erfreut ist, als Sandra und Heike den Jungen bei ihm abladen wollen. Ein Bambino hat ihm gerade noch gefehlt! Der mürrische Alte lebt einsam auf einem Weinberg und behauptet, er habe gar keinen Enkel. Es braucht Heikes ganzen Einfallsreichtum und Federicos jugendlichen Charme, um Alessios, aber auch Sandras Glück ein wenig nachzuhelfen...

Tessa Hennig
Immer Ärger mit den Bambini
Roman

Taschenbuch
Auch als E-Book erhältlich
www.ullstein.de

ullstein